R

Roepman

jan van tonder

Human & Rousseau
Kaapstad Pretoria

Lesers wat meen dat hulle
hulleself of ander persone in
hierdie boek herken, misgis hulle.
'n Storie is nie die lewe nie.

Kopiereg © 2004 deur Jan van Tonder
Eerste uitgawe in 2004 deur Human & Rousseau
Heerengracht 40, Kaapstad
Foto op band: www.gettyimages/galloimages.com
Bandontwerp en tipografie deur Michiel Botha
Geset in 11 op 13 pt Sabon deur Alinea Studio
Gedruk en gebind deur Paarl Print,
Oosterlandstraat, Paarl, Suid-Afrika

ISBN 0 7981 4458 0

Vir
DEON VISSER

EN

MY SUSTERS Magda, Ronél, Annette, Elna en Marietjie, by wie
ek kleintyd stukkies lewe kon afloer en -luister.
Vir DIE VROU wat destyds hoeveel jaar in ons huis gewerk het;
aan haar dra ek die Gladys-karakter op om te vergoed vir die
feit dat ek haar Zoeloenaam en -van vergeet het. En in die
hoop dat dit met haar en haar mense goed gaan.
Ook vir MARIETJIE COETZEE wat my al 20 jaar lank van my
ergste darlings probeer red; vir TINEKE wat die manuskrip
onvermoeid gelees en herlees het; vir SUZAAN wat my nie
toegelaat het om aan *Roepman* te twyfel nie.
Postuum vir MY BROER, Andries, wat ongelukkig nooit sy
wonderlike stories neergeskryf het nie. So ook vir MY PA EN
MA, Andries en Anna, wat ons almal met baie hulp van Bo
grootgekry het.

1

"Die lewe is nie 'n storie nie, Timus, hoeveel keer moet ek dit nog vir jou sê?"

Mens kan sien Pa se voete is nie gewoond aan kaal wees nie. Sy tone probeer van die gras af wegkom. Hulle is amper so wit soos die gips aan my arm.

"Timus, hoor jy my?"

"Ja, Pa."

"Wat het ek gesê?"

"Dat die lewe nie 'n storie is nie."

"Kyk na my as ek praat!"

Dis moeilik om na Pa te kyk as hy kwaad is. Sy oë is ligblou. Gewoonlik. Maar as hy kwaad is, kan mens amper nie sien waar die wit ophou en die blou begin nie. Ek verwag altyd dat sy een oog myne sal bly vashou terwyl die ander een my op en af kyk, op soek na nog iets om mee ontevrede te wees.

Dis erg genoeg om met jouself ontevrede te wees as jy in die spieël kyk. Die Here het my mos uitgekies om agter te bly. Al my maats is my voor. Myle. Gebreekte stemme, hare tot in die kieliebakke, baard, nét sulke peesters. Maar ek wil nie daaroor praat nie.

"Hoekom jy dink ons jou nog oor enigiets moet glo, is vir my 'n raaisel. Die spul twak darem wat jy nou weer hier gestaan en kwytraak het . . . Ons lê snags wakker oor jou, Timus, ek en jou ma."

Pa is nie 'n man wat sal jok nie, maar dit glo ek nie: dat hy oor my wakker lê. Má, ja, maar nie hy nie. "Jy kwel jou verniet, vrou, kinders word vanself groot," sê hy altyd as Ma nóg 'n bobbejaan agter die bult gaan haal. Sy sê hy slaap saans nog voor sy kop kussing raak, en hy word eers na die eerste sluk oggendkoffie wakker. Glo oor hy 'n rein gewete het.

"Jy maak die lewe nie juis vir ons makliker nie, Timus."

Ek sê amper vir hom dit was Joepie se ma wat dit vandag vir ons moeilik kom maak het, nie ek nie. Sy het hier kom staan en ou koeie uit die sloot grawe.

Toe Pa-hulle nou die dag terugkom van die plaas af en sien my arm is gebreek, het Braam gou gesê: "Gehol en geval, Pa." Braam is my broer. Hy is baie ouer as ek. Ma het haar kop geskud: "Timus, jy sal my nog grys hare gee met jou wildgeit." Pa het gesê kinders se breekplekke groei gou aan, sy hoef haar nie te kwel nie.

Niemand het weer iets daaroor gesê nie, tot Joepie se ma vandag hier aangekom het, kopdoek oor die curlers en haar voorskoot nog om die lyf. Toe sy by die kleinhekkie inkom, het Ma haar net een kyk gegee en gesê daai vrou se tong jeuk seker weer vandag iets vreesliks. Dit was so goed sy sê ek mag maar gaan afluister.

Die tannie het nie eers gaan sit nie. Net dag gesê en begin praat: "Ek kom doen net my Christelike plig, Abram. Jy weet ek is nie 'n vrou wat my neus in ander mense se sake steek nie, maar ek kon nie langer hierdie ding alleen dra nie. Twee weke nou al, vandat julle van die begrafnis af teruggekom het tot nou toe, loop ek met 'n gewetenswroeging wat my nie rus of duurte gee nie."

Toe vertel sy vir Pa hoe ek bebloed en vuil en met geskeurde klere en 'n af arm by die huis aangehardloop gekom het. Van die vlei se kant af. En wie weet wat my nie dalk alles daar oorgekom het nie. Dit nogal op 'n Sondag.

Pa klop met die kneukel van sy middelvinger teen my gips. "Die enigste rede hoekom ek jou nie foeter nie, is omdat die Here jou klaar genoeg gestraf het. Wanneer gaan jy verantwoordelikheid begin aanleer, Timus?"

Ek knip my oë. Weer 'n keer. Kan dit wees? Pa se een pupil bly doodstil staan en die ander een beweeg: af, af, tot by my voete, op na my gebreekte arm, en terug na my gesig toe. Hy het dit tóg reggekry, na al die jare.

"Timus," sê hy, "waar is jou gedagtes nóú weer?"

"Ek konsentreer op wat Pa sê."

"Wat het ek gesê?"

"Dat Pa 'n rein gewete het."

"Wat?" Hy lyk baie kwaad. "Badkamer toe, lyk my ons is by praat verby."

Die badkamer beteken 'n pak slae. Ma sou gesê het there's no two ways about it. En al wat ek gedoen het, was om die waarheid te vertel oor hoe ek my arm gebreek het, al wou ek nie eintlik nie.

Pa stuur jou badkamer toe en dan gaan spuit hy die gras nat terwyl hy dink hoeveel houe genoeg sal wees. Hy wil nie slaan terwyl hy kwaad is nie, sê hy. Terwyl jy wag, dink jy aan allerhande goed om te probeer vergeet waar jy is en hoekom, en na 'n láng ruk kom Pa en maak die deur agter hom toe en gaan sit op die lêwwetrie se deksel. Hy praat eers met jou, terwyl hy in jou oë in kyk. Dan slaan hy.

Jy kan skree soos jy wil, sy hart word nie sag nie – hy slaan soveel soos hy besluit het. Maar dié kere wat hy voor die tyd besluit het hy gaan jou nie slae gee nie, kyk hy jou en kyk jou tot jy wens hy wil liewer slaan en klaarkry. En as hy weg is, sluit jy die deur en sit 'n halfuur op die bad se rand, te skaam om uit te kom.

Die wag is altyd erg vir my. Almal in die huis weet wat kom, en hulle is stil soos mense by 'n begrafnis. Mens hoor die lokomotiewe en elektriese units by die loco en jy hoor ander kinders wat nie slae gaan kry nie in hulle eie jaarts lag, en partykeer kom Rankieskat teen jou bene skuur en hy weet nie eers hoe rooi hulle netnou geslaan gaan wees nie.

Hier is niks te doen in die badkamer nie. Vir Pa is dit maklik, hy staan buite met die tuinslang in die hand. As hy wil, kan hy sy vinger oor die punt hou en die water laat sprei sodat die son 'n reënboog daarin maak. Of kyk hoe ver hy gespuit kan kry. Ek weet hoe ver: verby die hoogste takke van die wildevy in ons agterplaas. Sulke sterk water het ek nog nooit op 'n ander plek gesien nie. Dis oor ons in 'n gat bly, sê Braam. As mens van ons af oploop tot bo waar Lighthouseweg by Bluffweg uitkom, en dan verder met Bluff aan teen die bult uit tot heel bo waar hy weer begin sak na Wentworth se kant toe, kom jy by die watertoring uit. 'n Grote ding wat ons van hier onder af kan sien. Die water kom daarvandaan in 'n dik pyp onder die pad langs af tot hier, en van die dik pyp af in dunneres na die huise toe. As mens ons tuinslang op die grond laat lê en jy draai die kraan heeltemal oop, spuit hy so erg dat hy heen en weer swaai en opstaan en neerslaan soos 'n ding wat pik.

Ons spring daaroor en koes en probeer om nie natgespuit te word nie, maar die tuinslang maak baiekeer 'n skielike draai en dan kry mens 'n koue skoot oor die lyf. As Ma dit sien, kom maak sy die kraan toe. "Ook net mense wat nie hulle eie was-goed was nie wat so in die water sal speel," sê sy dan.

Saans na ete kom haal Gladys warm water in die huis om mee te bad. Sy het net koue water in die shower van haar kaia. Sy kom haal eers haar kos en pak die skottelgoed in die oond om dit die volgende oggend te was, anders is haar dag te lank, sê Ma. Wanneer sy haar badwater kom haal, is dit al donker. Ek het haar een aand ingewag, en toe sy met die emmer water op die kop terugloop na haar kaia toe, het ek die kraan vinnig oopgedraai. Sjjjjj! het die tuinslang gemaak en Gladys het gaan staan. Die water het skielik gespuit en die tuinslang het heen en weer begin swaai. Gladys het gegil en die emmer laat val. Voor ek die kraan heeltemal toegedraai kon kry, het Ma in die agter-deur gestaan.

Ek het slae gekry daardie aand. Ma was baie kwaad. "Dit kon kookwater in daardie emmer gewees het – wat dan?"

"Sy vat nooit kookwater nie, Ma."

"Maak nie saak nie. Sy is 'n grootmens. As jy iemand wil skrikmaak, doen dit met jou eie portuur."

Ek het dit nie vir Ma gesê nie, maar nie Joepie of Hein of wie ook al sou so mooi soos Gladys geskrik het nie. Eendag is eendag, het ek myself belowe, dan laat ek haar weer onder haar badwater uit skrik.

Gelukkig was dit Ma wat my daai keer geslaan het. Sy word vir 'n mens kwaad en sy gryp 'n tamatiekasplankie en gee jou 'n klompie harde houe en alles is oor en verby. Nie Pa nie. Hy hou jou hande agter jou rug vas en hy slaan jou bobene met die plathand. En as daar 'n ding is wat hard is, is dit 'n operator se hande. Byna so hard as die gips aan my arm. Dís hoekom ek nou hier sit. Nie oor Pa se gewete nie, maar oor die gips.

Mense sien mos gips aan jou en dan wil hulle weet waar dit vandaan kom.

"Hallo, Timus. En dáái gips?"

Nie hoe gaan dit met jou, met my gaan dit nog goed, dankie, nie. Nee, dis altyd: En daai gips? Of: Is jou arm gebreek? Of: Must be quite hot under that cast of yours, Timus. Hoe sal dit nou nié wees nie? Durban is kaalarm al warm genoeg. En van die sweet en die badwater stink die watte onder die gips al byna soos die walvisstasie.

Braam sê ek moet sê nee, daar's niks fout nie, ek het sommer lus gehad om nie te kan krap waar my arm jeuk nie, toe laat ek die gips aansit. Maar hy kan maklik praat; dis nie hy wat met so 'n stuk ding aan sy arm sal sit op Mara-hulle se paartie nie.

Mara en Rykie word een van die dae een en twintig. Hulle is 'n tweeling. Mara wil paartie hou, dis al waaroor sy praat. Maar vir Rykie is dit nie so 'n groot ding nie. Wat háár pla, is dat sy pregnant is. Dit was 'n vreeslike ding in ons huis gewees, Rykie wat in die ander tyd is. Pa het begin maak asof sy nie meer bestaan nie. Niemand kon haar naam meer voor hom noem sonder om afgejak te word nie. Toe sê die meisiekinders, as ons dan nie daaroor mag praat nie, dan lag ons maar daaroor.

"Hoe dink julle gaan ek lyk met 'n pens op my twenty-first?" vra Rykie wanneer iemand iets oor die paartie sê.

Dit laat my beter voel oor my af arm, want ek sal nie die enigste een wees met iets wat niemand sal kan miskyk nie.

Aag wat, daar gaan anyway nie meisies wees nie. Seker net Mara-hulle se pelle en boyfriends en goed. Joon seker ook. Pa sê al doen Joon die nederigste werk, sal hy wat Abram Rademan is enige tyd een van sy dogters met hom laat trou, want Joon is 'n godvresende jong man wat nog baie mense die regte pad gaan aanwys.

Joon is 'n roepman. Dis hy wat moet sorg dat almal betyds wakker word vir hulle shifts. In sy trapfiets se carrier knyp hy 'n boek vas waarin almal se name geskryf staan: stokers, drywers, shunters, kaartjiesondersoekers, wielkloppers. Hy weet hoe laat elkeen moet inval. Wanneer hy iemand wakker geklop het, gee hy die boek sommer deur die kamervenster aan, dan moet daardie een by sy naam teken. Wie dan sy shift mis of laat opdaag, kan nie kla dat Joon nie vir hom kom sê het dis tyd om te gaan werk nie.

Ma sê as roepmanne nie hulle werk doen nie, sal die hele SA Spoorweë en Hawens gaan staan. Maar die spoorweë kan gerus wees – Joon is ons roepman.

Hy is ant Rosie se seun. Ant Rosie wat van die môre tot die aand straatop en straataf loop en klippe optel. Sy het 'n sak wat aan 'n strap oor haar skouer hang en sy sit die klippe daarin. Party mense spot met haar in die verbygaan: "Tel op, antie, tel op," sê hulle. Ma raas met my as sy hoor ek doen dit ook. Sy sê ant Rosie tel seker die klippe op sodat ander mense mekaar nie daarmee moet gooi nie. Maar niemand weet regtig hoekom nie. Mens kan haar ook nie vra nie, want sy is stom.

Partykeer wens ek ék was stom, dan sou ek my minder in die moeilikheid ingepraat het. Ek sou nie nou in die badkamer gesit het as ek my mond gehou het nie.

Anyway, ant Rosie is Joon se ma en Joon is skeel. Nie skeel soos ander mense nie – hy moet sy kop eintlik agteroor hou om te kan sien waar hy gaan. Dis hoekom mense wat nie van hom hou nie, hom Sterrekyker noem. Ek weet nie hoe hy op die paartie gedans gaan kry sonder om op meisies se tone te trap nie.

Maar of ons ooit by 'n dansery gaan uitkom, moet ons nog sien, want Pa het gesê nie onder sý dak nie. Hy sê 'n mens kan jonk wees op 'n mooi manier, sonder om te dans. Mara sê in daai geval was sy lank genoeg jonk op 'n mooi manier. "Een van die dae is ek so oud soos Pappie en dan sal ek ook nie meer lus hê om te dans nie en dan sal dit vir my ook maklik wees om te sê dis sonde."

Sy is vies vir Rykie ook, oor sy nie saam met haar teen Pa wil opstaan oor die dansery nie.

"Asof hy hom aan ons sal steur," het Rykie gesê.

"Maak nie saak nie, ons moet mekaar ondersteun!"

"Dis anders vir my as vir jou, Mara. Dit sal half simpel wees vir 'n swanger vrou om te twist en te rock 'n roll."

"Nou's jy skielik 'n vrou. Gmf. Ek praat nie net van die paartie nie, man. Wat van die spul reëls in dié huis? Hoe lank werk ek en jy al, Rykie, en as iemand by ons kom kuier, moet hulle tienuur loop – ek skaam my elke keer dood vir Pa."

Ek sou ook as ek hulle was. Tienuur saans roep Pa uit die kamer uit: "Daar sal geslaap word!" En na vyf minute staan hy in sy pajamas in die sitkamerdeur en wag daar tot die kêrel by die voordeur uit is. Dan's daar nie eers kans vir 'n good night kiss nie.

"As ons saamstaan teen hom, het ons 'n kans," sê Mara.

Rykie het haar hand op haar bors gesit. "Ek sal tog nooit weer vry nie."

"Nou moet ek ly omdat jy jou bene blerriewil . . ."

"A-ta-ta-ta-ta!" het Ma gewaarsku en ek kon nie verder hoor nie. Mara was rooi in die gesig. Rykie het begin huil.

Die twee meisiekinders was lankal nie meer vir mekaar kwaad nie, toe is Mara nog vir Pa vies, en hy die ene donderweer, hoe Ma ook al die vrede probeer bewaar. Toe bel iemand gelukkig om te sê oupa Chris is dood, en Mara se paartie was vir eers vergete. Maar toe is ék weer dikbek omdat hulle my nie wou saamvat vir die begrafnis nie oor dit skooltyd was. Toe Oupa nog geleef het, het ons elke jaar by hom en ouma Makkie op die plaas gaan kuier. In die Klein-Karoo. Ladismith. Elke keer wanneer Ma kleinkoekies bak vir saamvat op die trein, sê sy sy wens sy kan net een keer in haar lewe gaan vakansie hou – nie kuier by familie nie. Maar vir my is die plaas die beste plek op aarde, en die treinry soontoe net so lekker. Dit vat drie dae en drie nagte met die trein om daar uit te kom. Die beste deel is die geluid van die Oranje Snel se 16E-lokomotief in die nag. Bongolo, noem die mense hom. Donkie. Gladys sê mens moet eintlik sê imbongolo. Maar die 16E klink nie soos 'n donkie nie. Daar's nie nog 'n lokomotief met so 'n beat nie. Die tweede aand kom mens by Kimberley aan, waar tannie Toeks en oom Neels bly. Tannie Toeks is Ma se suster, sy dra mooi klere en haar hare is altyd gedoen. 'n Geleerde vrou, tannie Toeks. Sy en oom Neels bring altyd vir ons lekker eetgoed stasie toe en hulle staan en gesels by ons kompartement se venster. Dan ry die trein weer en Ma vee die trane uit haar oë.

My ander tweelingsusters, wat nog op skool is, Erika en

Martina, het dit lekker gehad: een van hulle twee kon saam begrafnis toe, en hulle kon self kies wie, solank daar nie 'n bakleiery van kom nie, het Pa gesê. Wie ook al sou saamgaan, kon haar werk by die ander een inhaal. Maar later het Pa van besluit verander: Erika moes saam, want sy en Salmon is te verlief om te weet wat goed is vir hulle. Mara en Bella en Rykie het agtergebly oor hulle al werk en nie meer op Pa se vrypas kan treinry nie.

Braam wou sy eie kaartjie betaal, maar Pa het gevra dat hy moet bly, want daar moet darem 'n man in die huis wees.

Ek het Pa gesmeek om te kan saamgaan, maar verniet. Oor my skoolwerk. As ek nou so daaraan dink, is dit eintlik Pa se skuld dat ek nou gaan slae kry. Oor hy my by die huis gelos het.

"Jy is klaar agter genoeg met jou dromery," is al wat hy gesê het.

Ek het rede gehad om ontevrede te wees, want dit was nie my skuld dat ek nie soos die ander een van 'n tweeling is nie. Ek weet hoe dit gekom het ook. Ek het Ma dit hoor vertel. Tannie Hannie het die dag by haar gekuier en ek het eenkant sit en speel. Tannie Hannie en oom Stoney het toe nog net 'n rukkie in die huis agter ons gebly, sy en Ma het mekaar nog nie so goed geken soos nou nie.

"Eers was dit Mara en Rykie, toe Braam en Bella, toe Erika en Martina. Êrens moes dit stop, Hannie, jy weet nie hoe voel dit nie."

"Ek wil ook nie, Ada." Dit is Ma se naam: Ada. "Nee kyk, dis partykeers vir my te stil, jy weet, net ek en Stoney in die huis, maar ek weet darem nie of ek sou kans gesien het nie. Kleintyd is al erg genoeg, maar vyf groot meisiemense in een kamer, wat beddens en hangkaste moet deel – nee, dis 'n resep vir moeilikheid daardie."

"Soos ek sê, Hannie, toe die ses kleingoed nou daar is, êrens moes dit stop. Maar vyf jaar later, toe ek dink ek is nou oud genoeg en alles is dankieheretog verby, was dit weer sulke tyd."

"Mans het ook nie genade met 'n mens nie."

"Praat jy."

"Kyk, die enigste tyd nog wat ek Stoney aan my laat vat, is wanneer sy lus begin uithang waar ander mense dit kan sien."

Ma lag. "Nee, jong, vir my was daar nie kans vir verwyt nie, want Abram het net naweke huis toe gekom en dan was ek tog te dankbaar vir die ekstra paar hande."

"Ek weet nie hoe jy dit gehou het nie, Ada."

"Daar is altyd genade, Hannie. Wanneer die nuwe twee gelyk honger geword het en ek moes gaan sit om vir elkeen 'n bors te gee, kon die ander maar skree soos hulle wil – dit was my rustyd."

Ek het op die stoeptrap sit en luister. Hulle het nie van my geweet nie. Ek was besig om te tel hoeveel tieties Snippie het. Haar pens het dáár gestaan van die kleintjies. Ma het verniet koppies kookwater deur die vensters gegooi om die reuns te verjaag.

"Die oudstes was later groot genoeg om te begin help met die kleintjies, anders weet ek nie wat sou gebeur het toe ek wéér swanger was nie. Ek het groot gedra, en maande lank het ek aaneen gebid dat die Here my asseblief tog nie nóg 'n tweeling moet gee nie.

"Maar ek sê vir jou, Hannie, wanneer die nood op sy hoogste is, is die uitkoms daar: dit was net Timus. Op sy eie. Die enigste van my eiers wat nie 'n dubbeldoor was nie."

Dubbeldoor. Dis 'n ding wat ek nog nooit kon uitgewerk kry nie, al het ek vyf susters en twee ore en twee oë. Die meisiekinders maak altyd of ek nie bestaan nie, dan praat hulle ook dinge voor my, nes Ma en tannie Hannie, of hulle hol kaal van die badkamer af kamer toe as hulle weet dis net hulle en ek in die huis. Ek loer hulle so uit die hoek van my oog, en ek het nog nie 'n eier van 'n uur oud aan een van hulle gesien nie.

"Timus het alleen aangekom, maar Hannie, laat ek jou sê, na sy geboorte het die ordinêrste pyntjie my op hol gehad – was Timus regtig op sy eie hier binne, of wag daar nog 'n verrassing vir my? Dit het weke gevat voor ek heeltemal gerus was."

Hulle lag dat die trane loop.

Ma haal 'n sakdoek uit haar rok se mou. "Toe die dokter my vra wat ek hom gaan noem, kon ek net my skouers optrek, want die hele tyd wat ek hom verwag het, was ek so verskrik dat ek skoon vergeet het dat hy naam moet kry."

"En toe, Ada?"

"Noem hom sommer Septimus, sê die dokter vir my. En al wis ek goed daar was nog nooit g'n Septimus in ons familie nie, sê ek vir Abram dis wat ons die kind gaan doop."

"Jy was seker so bly dat dit net een kind was wat naam nodig had dat jy hom Hendrik Frensch ook sou genoem het as die dokter dit voorgestel het."

"Gmf!" antwoord Ma.

Hendrik Frensch, dis doktor Verwoerd se name. Ek sou nie omgegee het as hulle my so genoem het nie. Pa ook nie, hy's 'n Nat. Ek wonder of hy vandag so maklik sou besluit het om my pak te gee as hy moes sê: Badkamer toe, Hendrik Frensch!

In die tyd wat Ma-hulle Oupa gaan begrawe het, is ek op 'n Sondag vlei toe. Sondae mag ons nie see toe gaan of bos toe of vlei toe nie. Ons moet ons stil gedra. In ons eie jaart. En dis waar ek van plan was om te bly daai Sondag wat Pa-hulle weg was, maar toe kom die kerk-Bantoes met hulle lang rokke en tromme en goed by ons huis verby en ek onthou skielik die plek wat ek 'n tyd terug in die bos gesien het. 'n Plek wat my bang gemaak het.

Ek het eendag daarop afgekom toe ek vir Ma gaan avokado's soek het. Elke boom wat ek geken het, was al gestroop, maar toe kry ek in een van die digste dele van die bos 'n groot boom met baie vrugte aan. Ek sou nooit van hom geweet het as dit nie vir die trop ape was nie.

Ek was skielik tussen hulle, en ek het geskrik, maar toe hulle in die bome vlug, is ek agter hulle aan, al met die bospaadjie op. Toe hulle met die boomtoppe langs weg van die paadjie af begin swaai, moes ek onder die struikgoed deurkruip om te sien waarnatoe hulle gaan. Dit was half skemer op die vloer van die bos. Die grond was klam. Toe is daar skielik 'n plekkie waar ek kon regop staan. Die ape was weg, maar voor my was die grootste avokadopeerboom wat ek nog ooit gesien het.

Ek was bang vir die stilte en die alleengeit. As iemand my daar vermoor het, sou g'n mens my ooit gekry het nie. Ek het nie mooi geweet waar ek is nie. Rondom my was net bosse en digte struike en bobbejaantou en ander rankgoed. Eintlik was

ek verdwaal. My maag het begin draai. Toe is dit of ek my ver-
beel ek hoor 'n lokomotief fluit, en ek dink dadelik aan Joon.
Altyd wanneer ek die gewoel by die loco hoor, weet ek dat die
mense daar besig is om te werk omdat Joon hulle wakker
gemaak het. En wanneer ek aan Joon dink, begin my banggeit
altyd weggaan.

Ek het in die boom opgeklim, al met 'n oorhangtak langs, en
toe ek bo die res van die bos uitkom, kon ek my oë nie glo nie:
net 'n paar honderd tree van my af was die vlei en die shunting
jaart en die loco met sy rye trokke en lokomotiewe en elektriese
units. 'n Ent verder weg die kampong waar die Bantoes bly wat
by die loco werk. En toe eers sien ek hoeveel avokado's daar
aan die takke sit. Ek het een gepluk en my arm laat afhang en
gekyk waar ek die peer kon laat val sonder om dit te kneus,
maar my vingers wou hom nie los nie – skuins onder my was 'n
oopte met 'n groot kring in die gras, diep uitgetrap soos onder
die swings in die parkie naby die skool. Binne die kring was die
gras lank en regop. Buite-om was dit platgedruk. Ek het som-
mer geweet dis die Bantoes se kerkplek.

Ma hou nie daarvan dat ons kaffer sê nie – hulle is Bantoes.
Ma is 'n Sap. Sy sê alle mense het regte. As Bantoes iets doen
waarvan sy nie hou nie, noem sy hulle nerwe of skepsels.

Ek is huis toe met net daardie een avokadopeer, want dit het
vir my gevoel of ek nie op die kerkplek hoort nie. Die hare op
my voorarms het bly regop staan. Maar die Sondag toe die
Bantoes met hulle tromme en mooi klere verbykom, het ek se-
ker nie mooi gedink toe ek kortpad vlei toe vat om hulle te gaan
inwag nie.

Ek het op een van die avokado se oorhangtakke gaan lê en
wag, reg bo die danskring. Die kerk-Bantoes het deur die vlei
aangeloop gekom, nader en nader, en toe hulle reg oorkant my
gaan staan, het ek skielik vasgekeer gevoel. Ek wou af, grond
toe, maar dit was te laat om weg te kom. Een-een het hulle met
'n nou paadjie langs na die kring toe gekom, en na 'n rukkie se
skuur tussen bosse en takke deur het hulle onder my gestaan.
Mens moet weet van hulle paadjie, anders sal jy hom nie kry
nie.

Toe hulle buite-om die kring gaan sit, het ek geweet hoekom die gras daar so platgedruk was. Een van die mans het begin bid. Hy het hard gepraat. Nou en dan het daar spoeg aan sy baard gesit. My lyf het seer geword, maar ek wou dit nie waag om te roer nie, al was almal se oë toe.

"Amen," het die man gesê en hulle het begin sing. Die tromme het nog eenkant gelê – oopgesnyde olieblikke met beesvel wat oor die twee openinge met rieme styfgespan is. Ek het gewens hulle wil daarop begin speel sodat ek my kon regskuif op die tak sonder dat iemand my hoor.

Een van die vrouens se kleintjie het begin huil en sy het haar rok se knope voor losgemaak en hom laat drink. Niemand het eers na haar gekyk nie. Net ek. Ek hét al gesien hoe 'n vrou dit doen: toe Gladys nog vir Boytjie tiet gegee het, maar sy het altyd 'n doek oorgegooi as ek of Pa of Braam naby was. Boytjie is haar kind.

Uiteindelik het party van die mense op die tromme begin slaan: ka-doem, ka-doem, ka-doem-doem-doem. Die ander het begin dans, al in die rondte in die uitgetrapte kring. Ek het my 'n bietjie reggeskuif op die tak, maar daar het stukkies bas ondertoe geval en ek het banger geword.

Een van die mans, die een wat gebid het, het weer hard begin praat. Of dit preek was, weet ek nie. Sy kop het kort-kort agteroor getrek, asof hy opkyk, maar sy oë was die hele tyd toe. Die tromme het nog steeds gespeel en die man het al hoe harder gepraat. Dit was of ek die tromslae in my lyf voel: ka-doem, ka-doem, ka-doem. Die tak het my begin seermaak en ek moes weer effens skuif. Daar het weer bas afgeval, langs die man wat preek verby, maar een stukkie het op sy gesig beland. Sy oë het oopgegaan en hy het reguit na my gekyk en stil geword. En ná hom die tromme ook, een na die ander. Die mense wat gedans het, het opgehou en ook na my gekyk. Die een wat gepreek het, het begin opstyg na my toe, hoër en hoër. Skielik was sy gesig bý my. Ek het na hom opgekyk. Ons was al twee op die grond. My linkerarm het gepyn.

Toe het ek opgevlie en met die nou paadjie langs vlei toe gehol, en deur die vlei huis toe. Ek moes my arm vashou sodat hy nie te veel beweeg nie. Dit het al hoe seerder geword en ek het gehuil. My klere was geskeur.

"Pa slaan jou dood," het Braam gesê toe hy my sien. "Waar was jy?"

Omdat dit Sondag was, was die spoorwegdokter se spreek-kamer toe. Braam moes my met die bus hospitaal toe vat. Addington. Casualties. Toe hy vir my sê ons gaan soontoe, wou ek nie saam nie, want ek het al te seer gekry daar.

Wanneer ons tandpyn kry en die gate raak te groot, moet die seer tand uit. Mens lê eers nagte om en huil. Ma sit naeltjies of bruin skoenpolish in die gat om die koue uit te hou en laat mens 'n Aspro drink, maar later help dit nie meer nie, dan is Addington al uitweg. Daar staan mens in 'n lang tou. As jy voor kom, spuit die dokter jou in, en jy gaan staan weer heel agter. Wanneer jy die tweede keer by die dokter kom, trek hy jou tand. Partykeer is die tou te lank, dan het die spuitgoed uitge-werk teen die tyd dat jy voor kom. Hulle spuit jou nie weer nie, al skree jy hóé.

"Nie Addington toe nie, asseblief, Braam."

"Dis óf Addington, óf jou arm groei skeef aan."

Die dokter het gesê ek is gelukkig nog jonk, dis net groen-houtbreuke van die radius en die ulna, dis hoekom hy net aan die voorarm gips hoef aan te sit. Hy het watte en nat gipslappe daarom gedraai sonder om my seer te maak.

Toe begin die mense met hulle vrae. Maar hulle stupidgeit is niks teen Joepie se ma se Christelike plig nie. Dit het gemaak dat ek vir Pa alles moes vertel. En toe ek kom by die Bantoe wat opgestyg het, het Pa sy hande in die lug gegooi en vir my gevra hoeveel keer hy nog vir my moet sê die lewe is nie 'n storie nie.

Maar ek het nie gejok nie: dit wás 'n Bantoe wat my arm gebreek het.

Ma-hulle het na 'n week teruggekom. En wat bring hulle van die plaas af saam? Nie Oupa se sanna of sy swepe of die streep-sak rosyntjies in die waenhuis of die groot eetkamertafel of die riempiesbank of die traporreltjie nie. Nee, hulle kom met Ouma hier aan. Ouma Makkie.

"Wat het van al Oupa-hulle se mooi goed geword, Ma?"

"Verdeel tussen die kinders," het Ma gesê. "Die goed wat ek gekry het, het oom James en oom Malcolm en tannie Toeks by my gekoop. Wat help dit in elk geval om 'n eetkamerstel stuk-stuk uit te deel? En ons het die geld nodiger as die stoele."

"Het ons dan niks van Oupa gekry nie, Ma?" het ek gevra.

Sy het my hare deurmekaar gekrap en in my oë gekyk. "Hoe kan jy so vra, my klonkie, wat van Ouma? Ons het háár mos nou."

Asof Ouma nie skatryk kinders het nie, met blerriewil net twee of drie kinders in hulle groot huise. Ons het nie gevra dat sy na ons toe moet kom nie. Nou moet ek elke dag 'n ver ent met haar gaan stap oor Ma bang is sy val of verdwaal of iets as sy alleen stap. En nog erger: Braam moet in die gang slaap en ek by Ma-hulle in die kamer.

Ek word partykeer snags wakker van hulle stemme, dan hoor ek goed waarvan ek liewer nie wou geweet het nie.

"Ou man, ek weet nie hoe ons hierdie maand gaan deurkom nie," sê Ma.

"Moenie weer die bobbejaan agter die bult wil gaan haal nie, vrou."

"Ek wens dit was 'n bobbejaan, Abram, maar dis 'n wolf, en hy's voor die deur, nie agter die bult nie."

"Jy sê dit elke maand en elke keer kom ons reg."

"Omdat ek ons almal altyd te kort doen, dis hoekom. Ons oudstes verjaar een van die dae en waar is die geld om vir hulle geskenke te koop? Dank die Vader hulle is die laastes vanjaar; ek betaal nog af aan die ander s'n."

"Hulle is almal oud genoeg om te verstaan as daar nie geld vir presente is nie, vrou."

"Jirre, Abram, hulle kry nooit niks van ons nie."

As Má die dag vloek, dan is daar fout.

"Dis nie waar nie."

"Toe hulle nog op skool was, was dit klere wat ek vir hulle gekoop het – wat hulle in elk geval moes kry, verjaardag ofte not. Partykeer moet 'n mens vir iemand iets gee wat hy nie no-dig het nie, Abram, uit jou hart uit, sommer net."

Pa is stil. Ma ook. Maar na 'n ruk sê sy: "Kan ons nie maar dié maand se tiende terughou nie?"

"Dis nie ons s'n nie, Ada, dit moet kerk toe."

"Kerk toe, ja," antwoord Ma. Sy klink moedeloos.

Ek wens ek kan vir haar sê volgende jaar is dit darem net ek wat nog op skool is vir wie gesorg moet word; en dat Mara self vir my gesê het sy en Rykie sal nie omgee as hulle net silwer sleutels kry vir hulle mondigwording nie; en dat ek darem nou in die hoërskool is en nie meer aan die sentlegging by die kerk hoef deel te neem nie.

As dit nie oor geld is wat Ma-hulle praat nie, is dit oor Mara en Rykie se paartie. As ek eers wakker is, help dit nie om my ore toe te druk nie, ek hóór wat hulle sê.

"Maar dis waaroor mondigwording gaan, Abram, om jou eie besluite te begin neem."

"Solank hulle onder my dak is, sal hulle maak soos ek sê."

"Ons twee het gedans toe ons jonk was."

"Binne-in 'n trouery in, ja!"

Ma bly lank stil.

"Het dit jou meer as een en twintig jaar gevat om spyt te kry, Abram, of het jy my net nooit gesê nie?"

"Ek was op pad Noorde toe, ek wou nie 'n vrou en kind hê om my oor te kwel nie."

Weer nie 'n woord nie. So lank dat ek gedink het hulle het aan die slaap geraak. "Nou moet Mara-hulle vir óns sondes betaal?" Weer Ma.

"Wat wil jy hê, vrou, dat ons dogters in Point Road moet eindig?"

Ek weet van Point Road. Dis 'n straat aan die stad se kant van die hawe waar die night clubs is. Waar matrose van oral in die wêreld af kuier. G'n ordentlike vrou kom daar nie. Almal rook en drink en dans. Dis 'n woord wat 'n mens nie voor Pa moet noem nie: dans.

"Hoekom sit jy hier?" Dis ouma Makkie.

Ek antwoord nie.

"Jou pa?"

"Ja, Ouma."

"Het jy kwaad gedoen?"

"Nee, Ouma."

"Laat ek hoor." Sy kom sit sommer langs my op die bad se rand. Sy ruik altyd na naeltjies en snuif en goed. Sy sit haar hand op my knie. Haar vingers is dun en knopperig en koud. "Toe, vertel."

Ek skud weer my kop. "Netnou sê Ouma ook ek lieg."

"Ek sal nie."

Ek vertel haar die hele storie, hoe ons Sondae twee maal op 'n dag moet kerk toe gaan en niks mag doen wat lekker is nie en hoe ek nie na Oupa se begrafnis toe mag gegaan het nie en van verveling en asprisgeit en van nuuskierigheid oor die kerk-Bantoes vlei toe is en hoe my arm gebreek geraak het.

"Het jy dit alles net so vir jou pa vertel, kind?"

"Nee, Ouma, nie dat dit op 'n Sondag was nie, maar dié het hy klaar geweet, Joepie se ma het vir hom gesê."

"Haar Christelike plig gewees, nè?"

Ouma weet al amper alles van almal af. Sy staan op en sê: "Bly jy net hier sit." En uit is sy by die badkamer.

Na 'n ruk hoor ek haar stem in die kombuis.

"Awerjam, gaan jy die kind nou slaan?" Sy noem Pa nooit Abram nie. Ek spits my ore, maar ek hoor nie wat Pa antwoord nie, net die dreuning van sy stem. Hy praat 'n hele ruk.

"Was jy nooit kind gewees nie, Awerjam, het jy jou nooit dinge verbeel nie?"

Dinge verbeel, sê sy. Ouma glo my ook nie.

"Ek wil nie my neus in jou sake druk nie, dis oor jou goedheid wat ek vandag hier by julle kan bly, maar ek sê vir jou, as jy vandag daardie klong gaan loop foeter, sal dit 'n sône wees. Wat hy daar in die vlei gesien het, het hy gesien."

"'n Kaffer wat in die lug opstyg, Ma?" Pa se stem is skielik hard.

"Ek sê jou, hy't gesien wat hy gesien het. Ons moenie, Awerjam, ek en jy wat nie meer daardie gawe het nie, dit van hom af probeer wegvat nie. Onskuld is puur genade, en die Here weet, dit duur nie."

Ek hoor Pa se voetstappe aankom. "Jy kan maar gaan speel, maar sorg dat jy terug is vir ete," sê hy kwaai voor hy in die gang afstap sitkamer toe.

Ek kan my ore nie glo nie. Ek staan op. Ouma is nog in die kombuis. Vir die eerste keer is ek bly sy het na ons toe gekom. Nes my arm gesond is, sal ek vir haar die mooiste avokadopere in die bos gaan pluk. Ek sal een deursny en met 'n vurk fynmaak sodat sy nie eers haar tande hoef in te sit om dit te eet nie.

"Dankie, Ouma."

Sy wys met haar hand dis sommer niks nie. "Kom hier," sê sy.

Ma sê ons moenie so wegtrek as Ouma ons 'n drukkie wil gee nie.

"Ouma . . ."

"Ja, Timus-kind?"

"Wat is onskuld nou eintlik?"

"Ek weet nie hoe om te verduidelik nie." Sy haal haar sakdoek uit. Die lap is gevlek van die snuif. Sy blaas: prrrrr! Toe sit sy haar arm weer om my en sê: "Onskuld is iets wat 'n mens eers leer ken as jy dit kwyt is."

"Wat help dit dan mens het dit, Ouma?"

Sy trek net haar skouers op. "Ek weet nie. Maar dít kan ek jou sê, Timus-kind, ons kry dit eendag in die hemel terug."

Toe loop ouma Makkie by die kombuis uit, verby die badkamer, na haar kamer toe.

2

Ek loop sommer straatop om onder Pa se oë uit te kom, netnou dink hy aan nog iets waaroor hy my badkamer toe kan stuur.

Dis byna tyd vir Mara om huis toe te kom. As die meisiekinders op 'n Saterdag dorp toe gaan, is hulle voor eenuur terug. Ma sê sy hou daarvan dat haar kroos saam om die etenstafel is.

As ek by die busstop wag, koop Mara dalk vir my iets by die kafee; sy hou nie daarvan as Pa my slaan nie. As sy by die huis is wanneer ek slae gekry het, keer sy die eerste roomyskarretjie voor wat verbykom, en laat my uitsoek wat ek wil hê. Regte roomys, nie die koeldrank-ys wat Ma koop nie.

"Pa het my amper pak gegee vandag," sê ek vir haar toe sy van die bus afklim.

"Hoekom?"

"Hy het my gevra hoe ek my arm gebreek het."

"En?"

"Toe vertel ek hom."

"Die waarheid?"

Sy moenie ook kom staan en lol nie. "Jip."

"Tog nie dat dit Sondag was nie?"

"Hoe weet jy dit was 'n Sondag?"

"Joepie se ma. Gesê sy is bekommerd oor jou."

"As sy regtig bekommerd was oor my, sou sy nie vir Pa gesê het nie."

Dit lyk my ek het Mara verniet gaan inwag. Ons trek al langs die oop stuk veld voor 'n mens in ons straat afdraai, klaar verby die kafee én byna verby die OK.

"Weet jy wat, Timus?"

"Wat?"

"Ek dink ek weet wat die eintlike rede is hoekom Pappie jou wou foeter: dis oor die bome. Noudat jou arm gebreek is, kan jy nie meer help met die bome nie."

Daaraan het ek nooit gedink nie.

Pa kap Saterdae bome af. Bome wat mors of wat dit te

donker maak in huise, of waarvan die wortels mure laat kraak. Of wat mense bang is op hulle karre en goed sal omval. Dis hoekom ons een van die dae by Kenneth-hulle gaan kap. Kenneth Shaw is in my klas, al is hy Engels. Sy ma sê hy moet tweetalig grootword. Hulle huis sit hoog op die bult anderkant Bluffweg. Ryk mense met twéé lakens op elke bed. Hoekom weet ek nie, want hulle komberse is so sag dat dit mens nie eers sal krap nie. Kenneth se ma is mooi, sy lyk nie soos 'n tannie nie. Haar hare is altyd gedoen en haar mond is rooi van die lipstick. As ek partykeer in die middag na skool daar gaan kuier, kan ek Pa se bulldozer van hulle stoep af sien, ver onder ons waar hy besig is om 'n stuk vleiland langs die hawe droog te lê.

"Pa is nie regverdig nie, Mara."

"That's no lie," sê sy.

Ek begin moed opgee oor die roomys.

"As hy regverdig was, sou hy julle laat dans het op julle twenty-first."

"Dit kan jy ook weer sê." Mara gaan staan. "Ek sê jou wat . . ."

"Wat?"

"Jy kan ook iemand na my partytjie toe bring."

Asof dit nou opmaak vir ure se wag in die badkamer.

"Ek het nie 'n meisie nie."

"Wat van Elsie?"

Elsie is in my klas. Sy is mooi. Mooier as al die meisies wat ek ken. Behalwe Helen. Helen is Zane se girlfriend. As mens Helen by die swembad kry by Ansteys of Brighton Beach en sy't daai blink bikini van haar aan en sy kom staan voor jou om hallo te sê, weet jy sommer al die meisies is jaloers op haar. En al die ouens op Zane. As Helen met jou praat en in jou oë kyk, kan jy nie wegkyk nie. En as jy na aan haar gaan staan wanneer sy met iemand anders praat, sien jy die fyn haartjies op haar bene, en dié wat van haar naeltjie afloop ondertoe. Braam sê hy kan verstaan hoekom Zane sê hy sal moor as iemand met haar lol. Of as sy hom die dag verneuk of so. Hy laat haar nie eers met ander ouens práát nie, behalwe met ons wat te klein is vir haar, en met Joon. Hy mag by haar huis ook vir haar gaan kuier, al is Zane nie daar nie. Ek het altyd gedink dis omdat Joon skeel is, maar ouma Makkie sê nee, Zane is skrikkerig vir Joon – op 'n manier wat niks met vuiste te doen het nie.

Ek het Elsie nog nie in 'n bikini gesien nie, maar dis orraait. Ek het darem haar tas skool toe en terug gedra, al van die heel eerste Republiekdag af. Daai dag was almal trots daarop dat ons nie meer 'n Unie was nie, van Pa af tot die onderwysers en dominee Van den Berg. Nie die Engelse mense nie; hulle wou 'n Unie bly, onder die koningin se vlag. Ons het 'n groot byeenkoms by die skool gehad en elke kind het 'n vlaggie gekry. Dominee het met gebed geopen en ons skoolhoof, meneer Gertenbach, het 'n vreemde oom met 'n hoed en 'n donker pak laat toespraak hou. Ek het nie juis geluister wat hy gesê het nie – Elsie was langs my. Dit het nie vir my saak gemaak of ons onder die koningin of die Republiek se vlag gestaan het nie. Een van die ander seuns het Elsie se vlaggie gegryp en ek het myne vir haar gegee. Ons was al amper by hulle huis voor ek gevra het of ek haar tas kan dra. Sy het hom vir my gegee en ons vingers het aan mekaar geraak. En altyd daarna, elke keer wanneer ek haar tas aanvat, en wanneer ek hom vir haar teruggee.

Maar laas jaar, standerd vyf, het ek begin bang word. Oor 'n ding wat Martina vir my gesê het, sommer uit die bloute uit: "Ek sien Elsie het sommer al meisiekind geword. Rêrig mooi. Heupies en tieties en alles. Jy moet oppas as julle in die hoërskool kom, Timus, sy gaan 'n hit wees daar."

Ek het kwaad geraak. Maar bang ook.

"Man, ék dra haar tas," het ek gesê.

Martina het haar kop staan en knik asof sy alles weet. Ek haat dit as iemand dit doen.

"Jy dra haar tas, ja, maar hou jy haar hand vas?"

Ek wou nog vir haar sê van ons vingers, maar toe praat sy al weer.

"Het jy haar al gesoen, Timus?"

Martina was reg. Toe ons vanjaar in die hoërskool kom, het ek gesien Voete Labuschagne begin pouses met Elsie praat. Ek het hulle só gekyk en sommer geweet. Voete se stem het lankal gebreek en hy skeer en hy is glo al van standerd sewe af in die eerste rugbyspan. Hy het standerd tien gedop. Party mense sê aspris, om nog 'n jaar lank rugby te kan speel vir die skool.

Anyway, Elsie is nou Voete se girlfriend. En ek kan niks daaraan doen nie. As ek Zane was, sou ek kon, maar ek is ek.

Toe ons by die huis kom, ek en Mara, haal sy haar beursie uit en gee vir my tien sent. "Gaan koop vir jou 'n lekker roomys," sê sy.

Ek vat die geld, maar ek het nie meer lus vir roomys nie.

"Timus-kind," sê ouma Makkie, "as Zane so sterk is soos jy sê, hoekom kry hy nie vir Joon van Helen af weggehou nie?"

"En oom Rocco van sy ma af," sit Martina by.

Ma raps haar met 'n nat vadoek op die boud.

"Eina!"

"Hou jou neus uit grootmensgoed, veral as dit verkeerde dinge is, en nog meer so voor Timus."

As ek nie my ore oopgehou het nie, het ek seker nou nog nie geweet van Zane se ma en oom Rocco nie. En van hoe bang mense vir Joon is. Hoe hulle met hom naby liewer die kwaad wat hulle wil doen, laat staan tot hy weg is. Eenkeer het hy glo voor Zane se ma en oom Rocco gaan staan toe hulle weer êrens heen op pad was. Oom Rocco is ryk. Hy't 'n kar met 'n afslaandak. Hy kom kuier by die tannie wanneer die oom dagskof werk. Partykeer gaan ry hulle 'n entjie en dan sit Zane se ma haar mooiste kopdoek op sodat die wind haar hare nie te veel verwaai nie.

Maar daai dag wat Joon voor hulle gaan staan het, het die tannie haar kop laat sak en teruggeloop in die huis in en oom Rocco het sy kar se taaiers van kwaadgeit laat spin en weggery.

Toe Ma daarvan hoor, het sy gesê sy wens Joon kan oral wees, dan sou daar baie minder sonde gewees het hier waar sy haar kinders goed probeer grootmaak.

"As Zane regtig wil," sê ek, "sal hy vir Joon en oom Rocco saam kan platslaan."

Ouma Makkie trek 'n knypie snuif in haar neus op. "Hoekom haal hy dan sy frustrasies op die onskuldige vlermuise uit?"

"Gmf! Daar's niks onskuldig aan 'n vlermuis nie," sê Ma.

Dis vrugtevlermuise wat Ma so kwaad maak, nie die gewones nie. Wanneer ons wildevy se vrugte ryp is, kan 'n mens hulle bedags hoog tussen die blare sien hang, groter en leliker as Zane s'n, en saans vreet hulle die vye en skyt in die verbyvlieg blertse teen ons huis se mure. Soggens moet Gladys dit met die tuinslang afspuit, dan sê sy altyd: "Zane kills the wrong bats."

Niemand kan voor die tyd raai wanneer dit sal gebeur nie, maar op 'n dag wanneer dit al skemer begin word, hoor iemand die draad fluit, en dan is dit nie lank nie of die hele spoorwegkamp weet: Zane slaan vanaand weer vlermuise.

Mens kom soos gewoonlik van die skool af en jou ma is besig met die goed wat sy elke dag mee besig is. Jy hoor honde blaf en Rankieskat lê opgekrul op Pa se stoel. Dit raas by die shunting yard en die loco. Jy eet koffie en brood en trek jou skoolklere uit en gaan speel buite.

Dis 'n gewone dag tot die draad begin swaai, en voordat daar drie vlermuise dood lê, tou 'n hele streep kinders agter Zane aan.

Hy loop op die muur langs wat keer dat die skuins jaarts van die huise aan die bos se kant van die straat wegspoel as dit reën.

Zane praat dan met niemand nie, maar elke keer as die draad 'n vlermuis tref, sê hy: "Bastard."

Ons help hom om die dooies bymekaar te maak en hulle in 'n boks te gooi. Nie een mag bly lê nie.

Joon hou nie daarvan as Zane draad swaai nie. Hy sê die vlermuise het niks verkeerds gedoen nie. Maar Zane laat hom nie sê nie. Partykeer nie eers van Joon Sterrekyker nie.

Hoe donkerder dit is, hoe moeiliker is dit om al Zane se vlermuise in die hande te kry. Party val in struike, dan kry ons hulle die volgende dag eers wanneer ons skool toe loop. Lewendiges ook, wat met gebreekte vlerke kruip en vir 'n mens tande wys en piep as jy jou hand na hulle toe uitsteek. Een het my al gebyt en ek het gedink ek gaan hondsdolheid kry, maar ek het nie.

Ons weet nooit wanneer Zane gaan ophou nie. Dis sommer skielik. Hy laat sak sy arm en die draad val grond toe. Dan loop hy na die lamppaal waar Kingsingel sy draai by die Gouwse maak, naby ons huis, en daar wag hy vir die boks vlermuise. Baie van die straatligte by ons word met ketties uitgeskiet of met klippe uitgegooi, en dan moet die Korporasie kom regmaak. Maar die een voor die Gouwse se huis bly heel. Ek dink die ouens is bang om hom uit te skiet, want dis Zane se vlermuislig. As die boks kom, dop hy hom om en die vlermuise val flop-flop-flop op die teer. Twintig, dertig van hulle. Dié wat nog lewe, trap hy dood. "Bastard, bastard, bastard!" Dan loop hy straataf. Nie huis toe nie. Hy loop net.

Joepie tel partykeer 'n dooie vlermuis op en jaag die meisiekinders daarmee. Hy hou hom aan die vlerke op sodat hulle oop staan soos dominee Van den Berg se toga wanneer hy die seën uitspreek.

Die volgende dag is daar nie een vlermuis oor nie, net 'n hopie spierwit beentjies. Ons het eers gedink dis katte wat hulle opvreet snags, maar 'n kat kan nie 'n beentjie so skoon vreet soos 'n mier nie en 'n hele nes miere sal dit nie in een nag kan doen nie.

"Iets moet met hulle gebeur in die nag," sê Joepie. " 'n Wonderwerk of iets."

Hy is 'n Apostolie. Ma sê hulle glo meer in wonderwerke as ons.

3

Ek het nog nooit so lank aaneen gepie nie. Seker maklik 'n gelling water gedrink. Die straal blink in die maanlig. Ek is seker dat ek nie sal kan ophou nie, al kom staan die hele skool se meisies nou 'n kring om my, al skaam ek my dood, al krimp my peester weg tussen my vingers. Ook nie of hy vreeslik kleiner hoef te word om amper te verdwyn nie. En al krimp hy ook hóé, hy sal oop en bloot bly sit, want daar's nie 'n enkele haar om agter weg te kruip nie.

Hoekom ek so baie water gedrink het, is eintlik Hennie se skuld. Hennie is 'n polisieman wat by my susters kom kuier. Spoorwegpolisie, nie SAP nie. Maar hy sê altyd gou hy's nie 'n gewone "stasieblompot" nie, hy is in 'n spesiale seksie wat sorg dat die spoorweg se goed nie by die hawe gesteel word nie en dat smokkelgoed gekonfiskeer word.

Hy het 'n kar, en hy skimp aanmekaar dat hy graag een van my susters drive-in toe sal wil vat. Maar hy weet nie van watter een hy die meeste hou nie, nou kuier hy maar by almal, en hy kry nie een gevry nie. Nie dat Pa die meisiekinders sal toelaat om drive-in toe te gaan nie. Hy sê dis 'n plek waar van goeie meisies slegtes gemaak word. Meantime wás Bella al een keer by die Bluff Drive-in saam met Hennie – ek het gehoor toe sy dit vir die ander vertel. Maar sy het kwaad teruggekom, nie sleg nie. "Hy't wragtag nie eers vir my tjoklits of cooldrink gekoop nie. Net twee koppies koffie gaan haal, een vir die wind screen en een vir die agterruit. Toe ek weer sien, is al die vensters toegewasem en sy hande orals."

Ma hou nie van Hennie nie oor hy 'n mens nie in die oë kyk nie en omdat hy vir Rankieskat afgestoot het toe dié op sy skoot wou spring. Daar is fout met een wat 'n mens nie in die oë kyk nie en boonop nie van diere hou nie, sê sy.

Hennie het eenslag 'n kiekie uit sy wallet gehaal en vir Martina-hulle gewys. Erika het net gesê sies! en eenkant toe gestaan, maar Martina het bly kyk.

"Nogal groot vir so 'n klein mannetjie, nè?" het sy gesê.

Hennie het gelag en vir Martina geknipoog. "As 'n girl die dag kan begin comparisons maak, dan's dit mos omdat sy al iets van die lewe gesien het, of wat praat ek alles? Dalk moet ek jóú 'n slag drive-in toe vat."

Dis toe dat hulle agterkom ek is ook in die kombuis en dat wegsteek nie sal help nie. As Ma daai kiekie moes gesien het, het sy vir Hennie nek omgedraai. Vir ons ook. Dis van 'n Japannees wat kaal bo-op 'n vrou lê, met sy peester halfpad in haar ingedruk. Ek het in my hele lewe nog nie so iets gesien nie.

Hein het my al baie vertel wat mans en vrouens met mekaar doen, en ek kan partykeer my ore nie glo nie, maar die kiekie het ek met my eie oë gesien. Hennie sou my ook nie gewys het as ek hulle nie uitgevang het nie. Hy het geweet Ma sal hom wegjaag as ek gaan klik, toe moes hy maar.

Ek wou nog lank daarna gekyk het, maar hy het die ding by my gevat en in sy wallet teruggesit. "Die laaitie kan nog nie eers skuim pis nie en hy's klaar jags," het hy gesê en na Martina-hulle gekyk.

As Ma hom so moes hoor praat . . .

Ek weet wat jags is, maar ek het nie verstaan wat Hennie bedoel het toe hy sê ek kan nog nie eers skuim pis nie. Voor die meisiekinders kon ek hom nie vra nie, want dan het hulle geweet ek kan dit nog nie doen nie, wat dit ook al is. Lank daarna het ek en Salmon een aand buite staan en pie. Salmon is Erika se boyfriend. Ons staan nog so en pie, toe sien ek vir die eerste keer waarvan Hennie gepraat het. Waar Salmon se straal die grond tref, staan daar stadig skuim tussen die gras op. Hy het al sy gulp toegetrek en teruggeloop huis toe, toe is die skuim nog daar. Die blasies het begin bars maar ek het bly kyk tot die laaste een toe. Daai aand het ek besluit ek sal nie rus voor ek dit ook regkry nie.

Nou skyn die maan en ek pie en pie, al op een kol. Die lig blink op 'n klompie blasies, maar hulle tel nie, hulle bars te gou. Ek staan op my tone om 'n bietjie meer hoogte te kry. Dit help ook nie. Ek skud my peester af en sit hom terug en trek my broekspyp reg. Miskien as ek hoër staan. Op 'n stoel. Of nóg hoër.

Dalk op die dak, maar daar sal mense my sien. Ek kyk na Gladys se kaia. Jip, dis die regte plek. Hoog genoeg, en weggesteek tussen die wildevy se takke.

Die wildevy is baie groot. Ma het hoeveel keer al vir Pa gevra om hom af te saag, maar Pa wil nie. Eenkeer het hy gesê: "Vrou, Jona het net 'n wonderboom gehad om onder te skuil, 'n rankerige ding wat in een nag opgekom en in een dag verlep het – hy sou wat wou gee vir een soos dié."

"Net oor hy nie sewe kinders en 'n man en 'n ma se wasgoed gehad het om droog te kry nie, Abram."

Ek skrik 'n bietjie toe ek Gladys se deur hoor oopgaan. Dis van daai blikdeure wat soos asdromdeksels raas. Sy gaan sit haar groot skottel aan die shower-kant van haar kaia neer en vat 'n emmer en loop oor die gras na ons agterdeur toe. Ek bly staan sonder dat ek weet hoekom, tot sy met die emmer warm water op haar kop na haar kaia terugloop. Sy sien my nie agter die wildevy se stam nie. Sy gaan in die shower in maar maak nie die deur toe nie. Boytjie slaap seker al. Ek dink sy los die deur oop sodat sy kan hoor as hy wakker word.

Daar brand 'n kers by Gladys. Sy trek haar klere uit en sak op haar knieë af, boude teen haar hakke, en skep water met 'n blik oor haar lyf. Terwyl sy haar was, wieg haar tiete stadig soos die hawe se water wanneer 'n boot verbykom.

Ek buk deur die heiningdraad, want by die Ahlerse se piesangbome sal ek na Gladys kan kyk sonder dat iemand my sien. My voet haak vas en die draad spring. Gladys kyk op. Ek is bang sy maak die deur toe, maar sy doen dit nie. Sy begin haar lyf met seep smeer. Haar hande vryf oor haar blink bene en arms en in haar kieliebakke en gaan oor haar tiete en onder hulle deur. Ek wonder of haar vel baie glad is met die skuim daarop, en hoe sag dit is waar dit induik onder haar vingers.

Ek het nog nooit iets gesien wat so mooi is nie. Elsie en Helen, ja, maar hulle het altyd klere aan.

Gladys kan gerus wees, ek sal haar nooit weer probeer skrikmaak wanneer sy haar badwater gaan haal nie.

Sy gooi weer water oor haar lyf. Wit strepe skuim loop teen haar af. Ek gaan sit, want my rug raak seer van so staan en buk om tussen die piesangblare deur te kyk. Die droë blare ritsel en kraak. Gladys kyk op, reguit na my kant toe. Ek voel my ore rooi word, al weet ek sy kan my nie sien nie. Gladys hou haar arm oor haar bors. Sy blaas die kers dood. Ek hoor hoe sy weer water oor haar gooi. Dis 'n rukkie stil voor die kaiadeur se slot inknip.

Toe ek buk om deur die draad te klim na ons kant toe, gaan die Ahlerse se buitelig aan. Die agterdeur gaan oop.

"Naand, Timus, waa'ntoe is jy so haastig op pad?" vra oom Basie, Hein se pa.

Dis niks lekker as oom Basie 'n mens voorkeer om te praat nie. Hy sê dieselfde ding oor en oor. Hy het 'n snor en 'n groot maag en net een been. 'n Shunter gewees, maar toe verloor hy sy been en hulle gee hom 'n office job. Die mense sê hy het 'n bottel by die werk weggesteek gehad, 'n paar honderd tree van die loco af waar die spore teen stampblokke doodloop. Die uitskoptrokke hol op hulle eie soontoe nadat die lokomotief of die elektriese unit hulle 'n stoot gegee het. As jy met jou rug na die loco toe sit, kom die trokke by jou verby sonder dat jy hulle hoor. Doodstil, daai ysterwiele op die spoor, selfs 'n swaar lokomotief soos 'n Garratt s'n. Net oor die laste hoor mens hulle: tiktik-tiktik.

Dis 'n lekker plek om te speel, maar as 'n shunter die slag op 'n trok aangery kom, voete op die trap en een hand aan die reling en die walkie-talkie in die ander hand, dan moet jy vinnig padgee of hy spring net daar af en foeter jou. Dit sal nie help om dan by die huis te gaan kla nie, want wat het jy daar gesoek? Dis die gevaarlikste plek waar mens kan dínk om te speel, sê die grootmense.

Oom Basie was een aand glo weer by die bottel en toe hy daarna twee trokke moet koppel, sien hy die buffers is uit lyn uit en hy skop na die skewe een. En sy been word vasgeslaan. Morsaf. Glo bloed net waar mens kyk toe hulle die trokke uitmekaar trek. Daar's nie 'n dokter op aarde wat so 'n spul aanmekaargewerk sal kry nie, ene pappery tussen die enkel en die knie.

As oom Basie kans kry, vertel hy jou die storie. Braam sê hy kan verstaan hoekom Fransien is soos sy is as hy na oom Basie kyk. Fransien is Hein se suster. Niemand wil haar vir 'n meisie hê nie, al sê sy altyd sy gaan met Joon trou as sy groot is.

Daar is drie mense vir wie Fransien liewer is as vir al die ander saam: haar ma, Boytjie, en Joon. Sy gaan lankal nie meer skool nie en sy is nou eers vyftien. Haar mond is heeltyd oop en haar tong woel soos 'n kleinhondjie wat halfpad gebore is en nie verder kan kom nie. As sy praat, verstaan omtrent net haar ma en Boytjie en Joon wat sy sê.

Agter oom Basie kom Hein ook uit. Hy't seker gehoor sy pa praat met my. "Kom kyk hier," sê hy, "ek wed jy't nog nie so iets gesien nie."

Ek kyk eers om my, want Ma hou niks daarvan as ek met Hein praat nie, wat nog van in hulle jaart kom. Ek wens hulle wil die buitelig afsit.

"Kyk," sê Hein. "My pa het dit by sy pel gekry wat by die walvisstasie werk."

"Wat is dit?" Ek kry net-net om die ding gevat. Weerskante van my hand steek hy 'n ent uit.

"Walvistand. Fokken groot, hè?"

As Ma my hier moet sien en die tale hoor wat Hein praat, en oom Basie se asem ruik!

Ek moet huis toe. Maar as ek loop, kan ek nie meer na die walvistand kyk nie. Dis 'n mooi ding. Baie glad. Half wit en half geel, soos die twee ivoorseekoeitjies wat Pa van die Noorde af gebring het na die oorlog. Maar die walvistand is vir my mooier.

"Sal ek ook een in die hande kan kry, oom?"

"As jy by die walvisstasie kan uitkom, ja. En as jy twee rand het – daai kaffers wat slag, is fokken snoep."

Nee wat, ek kan dit maar op my maag skryf. Waar sal ek twee rand kry? Noudat ek nie meer kan help met die bome nie, sal ek nie 'n sent uit Pa kry nie. Hy vra net altyd of ek weet hoe swaar hy aan die geld kom wat hy end van die maand huis toe bring.

Maar ek weet nou dat ek nog graagter as voorheen walvisstasie toe wil gaan. 'n Mens weet nooit. En al kry ek nie 'n tand nie, sal ek darem weet hoe dit lyk as hulle die walvisse slag. Braam beloof net altyd om my te vat, maar ek weet hy sal nie.

Ek kan self soontoe loop, maar Pa het gesê hy slag my af as ek dit doen. Dis te gevaarlik, sê hy, die ent tussen die Suid-pier en die walvisstasie wat aan die seekant van die Bluff is.

My blaas begin seer word van te lank knyp.

Ek hou die tand na oom Basie toe uit, maar Hein sê: "Nee, gee hier, dis myne." Hy vat die tand en sit dit in sy sak asof dit sommer 'n ding is wat mens agter elke bos uitskop.

"Ek moet ingaan," sê ek.

Oom Basie haak sy krukke onder sy arms in en draai op sy een been om. "Ja, ek ook seker. Kom jy, Hein?"

"Netnou, Pa."

Toe oom Basie in is, sit hy die lig gelukkig af.

"Nou kan ek nie meer knyp nie," sê ek. Ek draai my rug so half op Hein toe ek my broekspyp begin optrek.

"Waarvoor is jy skaam?" vra hy.

"Ek is g'n skaam nie."

"Hoekom draai jy dan weg?"

"Sommer."

Ek hou die straal mooi op een plek. Dalk gebeur 'n wonderwerk terwyl Hein dit kan sien, dink ek. Die pie-straal maak blasies, maar hulle bly bars.

"Fokkit," sê Hein, "watse blaas het jy?"

Ek skud af en sit weg. "Pie jy al skuim?" vra ek, maar nie asof dit belangrik is om te weet nie. Sommerso, dis hoe ek dit vra.

Hy antwoord my nie, draai effens en haal sy peester uit. "Aangesien ons dan nou skaam is vir mekaar."

Ek is spyt hy't weggedraai, want ek wil sien hoe groot syne is. Hy kan nogal spiteful wees, Hein Ahlers.

Sy straal tref die gras en two ticks staan die skuim. "Daar's jou antwoord," sê hy.

Ek maak of ek nie die skuim gesien het nie. "Waar?"

"Dáár, man, het jy nie oë in jou kop nie?" Die blasies is besig om te bars. Ek wag tot hulle byna heeltemal weg is voor ek antwoord.

"Ek maak partykeer net soveel, maar nie elke keer nie."

Toe lag hy vir my. Partykeer dink ek regtig ek moet maar vir Ma luister en ophou om met Hein Ahlers te praat.

Salmon het nie vir my gelag toe ons die aand saam buite gepie het nie. Hy is anders as al die ouens wat by my susters kuier. Ek hou van hom. Ouma Makkie het al vir Ma gesê sy sien 'n trouery aankom.

Ek hoor hoe Ouma vir Erika vra: "My kind, vertel tog hoe jy aan dié oulike klong gekom het."

Erika se oë blink. "Het ek Ouma nog nie vertel nie?"

Salmon kom juis vandag weer hier eet. Dis nou elke Sondag se ding, en dan nog Vrydagaande ook. Pa wil nie hê hulle moet mekaar meer as dit sien nie, want dan gaan Erika haar skoolwerk afskeep, sê hy. Muisneste en skoolwerk gaan nie saam nie.

"Ons het op die Trans-Karoo ontmoet, Ouma, laas Desember, op pad terug van Ouma-hulle af."

Hulle het van die oggend tot die aand in die gangetjie voor ons kompartement staan en praat, tot Pa sy kop by die skuifdeur uitgesteek en gesê het: "Erika, kom in, môre is nog 'n dag."

Ouma kry so 'n ver kyk aan haar. "Laas Desember? Toe't jou oupa nog geleef, nè?"

"Ja, Ouma." Mens kan sommer sien Erika het nie nou lus om oor Oupa te praat nie.

"Ai toggie tog."

Uit die bloute uit kry ek ouma Makkie jammer. Vir die eerste keer dink ek daaraan hoe hartseer sy moet wees. Oor Oupa en die plaas en alles. As 'n mens se ouma jou kamer vat, dink jy nie hoe sý voel nie. Dit was seker nie vir haar maklik om in die stad te kom bly nie.

"Is ek nie vir julle 'n las nie, Awerjam?" het ek haar vir Pa hoor vra kort na sy hier aangekom het.

Pa het sy kop geskud en gesê: "Daar gaan baie mak skape in 'n kraal."

En Ma het vir haar gesê: "Ma is soos 'n vars briesie in hierdie huis."

Toe was ek nog kwaad vir Ouma, maar ek is nou bly ons het

háár gekry en Ma se familie net die stoele en tafels en goed. Al ruik haar kamer nie altyd soos 'n vars bries nie.

"Maar wag," sê Ouma vir Erika, "dis gisters daardie, ons was oor jou Salmon aan't prate, of hoe?"

"Ek is baie lief vir hom, Ouma."

"En hy vir jou ook, ek sien hoe hy na jou kyk. Maar sê vir my, het hy jou al 'n bynaam gegee? Dit sê baie van 'n man se gevoelte vir sy nooi. Nee wat, moenie so bloos nie, kind."

Erika laat haar kop sak. "As ons alleen is, noem hy my Spinnekop, Ouma. Ek weet dis sommer simpel, maar hy sê dis oor ek sy hart toespin met liefde sodat hy nie kan loskom nie en ook nooit sal wíl nie."

Ouma sit haar hand op Erika se arm. Haar vingers lyk soos takkies. "Dis g'n simpel nie, Erika-kind. Jy moet hou wat jy het, dis 'n trouman daardie, en hulle is so skaars soos hoendertande. Kyk, ek sê altyd 'n mens moenie 'n mooi man vertrou nie – hy's almal se man – maar jou Salmon is van 'n ander têp se water."

"Dis waar, Ouma."

"Ek sien jou ma is net so erg oor hom, en dit sê iets, hoor."

"Tot Pappie sê hy is 'n agtermekaar kêrel."

Ouma vee met haar hand oor haar hare en knipoog vir Erika. "As ek darem vandag vyf of ses jaar jonger was, het ek jou opdraand gegee by daardie klong." Sy lag dat haar tande byna uitval. Toe haal sy dit anyway uit en krul haar tong in haar neusgat in. Aspris.

"Sies, Ouma!" Erika staan eenkant toe.

Ouma lag. Sy kyk na die valstande in haar hand. "Tanne is net 'n las. As die Here wil gehad het mens moet tanne hê, sal jy daarmee gebore gewees het." Toe lag sy éérs.

Erika dink nie dis snaaks nie. "Ouma haal nie Ouma se tande uit wanneer Salmon hier is nie, hoor!"

Al wat ek hoef te doen, is om by die walvisstasie uit te kom, dalk gee iemand vir my 'n tand present.

By die hout-jetty wat so diep in die hawe insteek, gaan staan ek. As mens op hom inloop, weg van die kant af, voel dit amper of jy in die water self ingaan. Die jetty staan op pale in die diep water. Daar is 'n sagte geklots, soos wanneer mens die slag kans kry om alleen te bad, en met jouself lê en speel, stilletjies, oor jy nie wil hê iemand moet hoor nie.

Die gety is besig om in te kom. Ek kan dit sien aan die goed wat stadig onder my verbydryf: plastieksakke, 'n jellievis, olie van die skepe wat blink kolle kleur op die water maak. Tot 'n kurkprop. As mens sit en visvang, soek jy verniet na 'n blerrie prop om 'n dobber van te maak, maar wag nou net tot jou arm in gips is en jy jou visstok by die huis moet los. As ek nou 'n lyn in die water gehad het, het die aas heen en weer onder my dobber gespoel. Vis hou van aas wat beweeg. Daar is blacktails en pinkies en mullet in die water. Die mullet vat nie maklik aas nie – húlle moet mens met 'n jigger vang. 'n Jigger is drie hoeke wat aan mekaar vasgesoldeer is. Jy gooi hom sonder sinker in en pluk-pluk die stok terwyl jy inkatrol, dan kap die skerp punte in 'n vis se lyf vas en jy trek hom uit. Maar 'n mens moet oppas vir die hawepolisie as jy 'n jigger aan jou lyn het.

Die prop dryf vinniger as die ander goed, want hy steek bo die water uit en die windjie help hom aan. Dis dieselfde wind wat die stank van die walvisstasie af aanwaai sodat mens dit partykeer nie kan hou nie, of jy by die huis is of by die skool of in die kerk.

Agter die prop, so net-net onder die water, dryf daar nog iets: lank en deurskynend soos 'n worsderm, een kant oop en met 'n tiet aan die toe kant. 'n Glassy het in die ding ingeswem en in die noute van die punt vasgesteek – hy kan nie vorentoe of agtertoe nie. Nou is ek éérs spyt ek het nie my visstok hier nie, want dan sou ek die derm met die stok se punt gehaak en die vissie uitgehaal het vir lewendige aas. Met lewendige aas vang mens maklik 'n bonito of 'n ding. Barracuda ook, maar dan moet jy 'n staal-trace hê.

"Wat sit jy die water so en kyk, Timus?" Dis Hein se stem. By hom is van sy pelle, sien ek toe ek omkyk. Hein het 'n sigaret in die mond. "Wens jy daar kom 'n meermin uit wat laaik van laaities met gips aan hulle arms?" Sy pelle lag.

Ek wil-wil vies word, maar onthou van die derm wat nou al aan die wegdryf is, en ek wys daarna.

"Wat is dit daai?"

Hulle kyk almal waar ek beduie en bars toe uit van die lag. Hulle hou later aan die reling vas om nie in die water val nie. Hein skiet sy sigaretstompie na die dermding toe. "Dis 'n effie, man," sê hy.

"Wat is 'n effie?"

"Jirre, kan 'n mens so onnosel wees?"

"Dis wat die Japannese gebruik as die hoere hulle op die skepe kom service."

Ek skud my kop, want ek weet nie waarvan hulle praat nie.

Hein sê: "Man, hulle trek dit oor hulle voële as hulle die hoere naai. Om nie kleintjies te maak nie, want hoe sal 'n pregnant hoer nou lyk?"

"Gebruik gewone mense dit ook, of net hoere en Japannese?"

Hulle antwoord my nie eers nie. Klap mekaar net op die skouers en begin weer lag.

Toe sê Hein: "Dis nou die laaitie wat ek julle van vertel het, die bobaas-skuimpisser van die spoorwegkamp!"

En hy en die ander ouens sê nog 'n klomp vieslike goed in die wegloop. Ek is nou te bang om aan te loop walvisstasie toe – netnou kry ek hulle langs die pad.

Ek wag tot ek hulle nie meer kan sien nie, en hol dan langs die hawemuur af tot waar ek weer die effie kry. Die vissie is nog in sy punt. Dit kan nie wees nie, g'n man se peester kan so swel nie. Ek maak my oë toe en probeer die Japannees op Hennie se kiekie onthou, maar dit help nie, dit was te klein om mooi te sien. Nee, Hein-hulle het sommer die storie uitgedink. Hoe sal 'n effie anyway kleintjies kan keer? As dit waar was, sou Rykie mos nie nou in die ander tyd gewees het nie. En dan sou juffrou Louw nie dié week nog in die klas oor oorbevolking hoef te gepraat het nie. Dan sou ek ook uit die moeilikheid gebly het. Maar toe móés een van die kinders mos vra: "Hoekom het arm mense altyd so baie kinders, Juffrou?"

Juffrou Louw het haar kop geskud. "Nogal 'n interessante vraag, het een van julle dalk die antwoord daarop?"

Almal het net na haar gekyk. Toe sê sy: "Ek is bevrees ek verstaan dit ook nie. Julle weet, daar kom 'n punt wanneer selfs die groot ape soos orangoetangs in droogtetye weet om nie verder te teel nie, maar mense het die een kind na die ander, en dan staan en kla hulle oor geld vir kos en klere."

Ma sê altyd ons is haar rykdom, maar ek weet darem nie. Ryk mense het min kinders, dit het ek self al gesien. En ryk mense het karre. En hulle bly in hulle eie huise, nie die spoorweg s'n nie.

Ek het my hand opgesteek.

"Ja, Timus?"

"Juffrou, ek wonder of dit nie dalk partykeer is . . ." Ek was dadelik spyt dat ek begin praat het.

"Ja, Timus?"

"Of dit nie partykeer is omdat die Here 'n ekstra klompie laat gebore word nie. Ek bedoel –"

"Timus!" Juffrou Louw het bloedrooi geword.

"Ek bedoel maar net, Juffrou –"

"Ek weet presiés wat jy bedoel, en ek dink nie ek wil die res van die klas se gemoedere daarmee besoedel hê nie. Kom, jy kan vir meneer Gertenbach gaan vertel waarvan jy die Allerhoogste beskuldig!"

Juffrou Louw weet van ons Rademans, hoeveel kinders ons is. Sy het vir my broer en al my susters ook skoolgehou. Erika en Martina is nou nog in haar biologieklas. Ek het gedink sy sal weet wat ek bedoel.

My enigste hoop het by meneer Gertenbach gelê, maar dit was nie soos die vaste hoop waarvan dominee Van den Berg altyd praat nie.

"Wat is die probleem vandag, juffrou Louw?" het Meneer gevra. In die een hoek van sy kantoor is daar 'n kierierak, soos Oupa s'n op die plaas, maar daar is nie kieries in nie, net rottangs.

Juffrou se gesig was nog steeds bloedrooi. "Ek weet nie mooi hoe om dit aan u te stel sonder dat ek my aan godslastering skuldig maak nie, Meneer, maar wat Timus so pas in die klaskamer gesê het, vóór die ander kinders . . ." Sy het haar vuis so half in haar mond gedruk, soos ek ook meestal liewer moet doen voor ek praat.

Meneer Gertenbach het na die kierierak toe geloop. "Gaan maar voort, Juffrou."

"Ek weet regtig nie hoe om dit te stel nie, Meneer, maar wat die kind gesê het, het daarop neergekom dat God die oorsaak van oorbevolking is, nie die mens nie."

Meneer Gertenbach het sy sakdoek uitgehaal, 'n spierwitte wat nog opgevou is, en met sy ander hand 'n rottang uitgesoek. Daar is geles, bruines, dikkes, dunnes, party waarmee ek al slae gekry het en ander wat nuut bygekom het. Ek wou vir Meneer sê hy mag my nie slaan nie, want ek het niks verkeerds bedoel nie, maar ek het stilgebly.

Hy het sy sakdoek aan die punt gevat en oopgeskud. Dit het gelyk soos 'n groot voël wat sy vlerke klap. Hy het skielik oud gelyk. Sy skouers het soos Oupa s'n gehang die dag op die plaas. Oupa was kwaad. Ek en Braam het weer in die dam gespeel. Ons en Hendrik en Frikkie en Herklaas. Hulle is Lena wat in die plaaskombuis werk se kinders. Ons het 'n makou gevang en hom onder die water ingedruk en 'n rukkie daar gehou en dan laat los. 'n Makou kom nooit op waar jy hom onder die water ingedruk het nie, hy swem eers 'n ent van jou af weg. Mens weet nie waar hy gaan opkom nie, want die damwater is bruin en 'n makou kan sy asem lank ophou. Wanneer hy opkom, moet die naaste ou hom gryp en weer onder die water indruk. Eenkeer het die makou naby my opgekom en ek het hom gevang, maar hy was seker al moeg, anders het ek hom te lank onder die water gehou, want toe ek hom los, het hy sommer bý my opgekom. Nie eers sy kop uit die water gelig nie.

"Nou's jy in die moeilikheid," het Braam gesê, en toe ek met die slap makou kant toe gaan om hom tussen die bossies weg te steek, het Oupa geroep: "Bring hier daai makou! Gee die ding vir my!" Oupa was kwaad. In een hand het hy sy geel kierie gehad, en in die ander een die dooie wit makou.

"Moet my asseblief nie slaan nie, Oupa," het ek gesê.

"Wat?" Dit was Meneer se stem. Hy het die rottang met sy sakdoek staan en vryf. "Wat het jy daar gesê, Timus?"

"Ek sê vir Meneer die kind het nie respek nie."

Meneer het op die rand van sy lessenaar gaan sit. "Jy was nou op 'n ander plek, nè, Timus?"

My kop het vanself geknik.

"Mm. Sê nou vir my hoekom jy die Here van allerhande dinge beskuldig."

Toe vertel ek vir hom wat ek vir Juffrou gesê het. "Ek bedoel maar net dat my ma nie self besluit het om drie tweelinge te hê nie, Meneer." Nie 'n woord van haar dubbeldoor-eiers nie – juffrou Louw sou daaroor ook die piep gekry het. "Dis wat ek wou sê, Meneer, dis seker die Here wat oor sulke goeters besluit."

Meneer Gertenbach het heeltyd mooi na my geluister, en toe sê hy: "Juffrou Louw, ek dink die seun het homself net verkeerd uitgedruk. Formuleer jou antwoorde in die vervolg beter, Timus. Maar ja, wat jy gesê het, is waar: die mens wik en God beskik. Ek dink dit is wat hy bedoel het, Juffrou."

Juffrou Louw was baie ontevrede. Buite het sy by haarself loop en brom, maar ek kon hoor wat sy sê: "As party mense net minder wil wik . . ."

Al die kinders het my aangestaar toe ons by die klas inloop. Elsie ook. Ek sou liewer slae wou gehad het.

"Wat het jy heeldag gedoen?" vra Pa vir my.

"Hawe toe gewees."

"Om te wat – jy kan tog nie visvang met daardie gips aan nie?"

"Ek het sommer lus gehad, Pa."

"Timus."

"Ja, Pa?"

"Was jy walvisstasie toe?" Die wit en die blou van sy oë begin inmekaarloop.

Ek kyk grond toe.

"Nee, Pa."

"Lieg jy vir my?"

"Nee, Pa."

"Mm," brom hy, "moenie dat ek hoor jy was daar nie." Hy haal sy knipmes uit en begin sy naels skoonmaak. "As jy nie jou arm gebreek het nie, kon jy my baie gehelp het met die Shaws se bome. Ons kon vandag minstens een platgekry het."

Mara knipoog vir my. Sy't my mos gesê.

Een van Kenneth-hulle se bome het 'n tyd terug omgewaai en dwars oor hulle grasperk geval. Ek het vir die tannie gesê sy moet Pa vra om die boom te kom opsaag. Toe laat sy hom kom en sy sê wanneer hy tyd het moet hy sommer nog twee ander bome ook uithaal, voor hulle op een van haar kinders val. Ek het daarna uitgesien om te help, want dis vir my lekker daar. Nou kom staan en maak Pa of ek aspris lyf wegsteek.

Wanneer ons 'n boom moet omkry, klim ek hoog op tot waar Pa sê ek moet 'n tou aan 'n groot dwarstak vasmaak. Dan saag ek die tak af terwyl Pa aan die tou trek sodat die tak reg val. Al laer saag ek die takke af tot die stam amper kaal is.

Pa trek altyd sy hemp uit. In Durban het 'n mens skaars gebad of jy sweet jou klere teen jou lyf vas, sê hy, wat nog te praat van wanneer jy in die son staan en bome uitgrou. Dis vir my lekker om te kyk hoe Pa se spiere span as hy werk. Na 'n rukkie blink die sweet op sy arms en sy rug. Hy weet nét hoe om die byl in te lê sodat die stam presies val waar hy hom wil hê, weg van huise en kragdrade en heinings af. Ek help hom om die takke met 'n treksaag op te saag. Dan gaan ek huis toe en Pa begin grou. As dit baie groot bome is, grawe hy diep. Partykeer moet hy 'n hele paar Saterdae teruggaan voor al die wortels uit is. Dan betaal die mense hom en hy bring die geld vir Ma. Ek kry twintig sent vir elke groot boom wat ons af-maak.

4

Ek en Mara is alleen in die sitkamer. Ons en ons twee oupas en oumas agter boepensglas en doktor Verwoerd geraam in die showcase. Mara sit kop onderstebo voor die gramradio en huil. Sy het nie eers agtergekom toe ek by haar verbygeloop en hier in Pa se stoel kom sit het nie. Die seven-single draai om en om. Elke keer as die musiek ophou, lig die naald op, dan gaan hy terug na die begin van die plaat en sak vir 'n nuwe begin. Dan sing Jim Reeves dieselfde liedjie van voor af: "This world is not my home". En Mara blaas haar neus en huil verder.

Elke end van die maand koop Mara vir haar 'n LP. Partykeer 'n seven-single ook as daar 'n nuwe hit op die radio is. En as sy hartseer is, haal sy vir Jim Reeves uit en sit op die vloer voor die gram. Soos nou.

Ek hou nie daarvan as mense huil nie. Pa doen dit nooit nie, sy lip bewe net wanneer daar 'n regtige hartseer ding gebeur, soos toe hy vir ons gesê het Oupa is dood.

Vir Ma het ek al drie keer sien huil. Die meisiekinders sê dis min vir 'n vrou, Ma hou haar sterk vir ons onthalwe, maar Ma sê hulle tjank genoeg vir haar part en sommer vir tien ander ma's s'n.

Nou die dag toe Oupa dood is, was die laaste keer wat Ma gehuil het. Die vorige keer was toe Jim Reeves se vliegtuig geval het. Ek sal dit nooit vergeet nie. Ek was elf. Almal het hartseer gelyk daardie dag. Jim Reeves se liedjies is aanmekaar oor die radio gespeel: "He'll have to go", "Is it really over", "Adios Amigo", "Distant Drums", "Blue Boy".

"Jim Reeves sing nou vir die engele," het Mara gesê en sommer al sy plate gaan koop. "Al moet ek vir die res van my lewe daaraan afbetaal – I guess I'm crazy."

Pa het gesê die man het nou wel mooi gesing, maar dis verkeerd om van 'n mens 'n afgod te maak.

"Hoor wie praat," het Mara agter haar hand gesê en na doktor Verwoerd se portret in die showcase gewys.

Die eerste keer wat Ma gehuil het, was die dag toe doktor

Verwoerd geskiet is. Die radio het kort-kort getoetoetoetoeeee, toetoetoetoeeee, en die omroeper het gesê hoe sleg dit met doktor Verwoerd gaan. Dit was vreeslik. Ma het daardie middag in die sitkamer staan en huil. Aanhoudend, sodat ek later bang geraak het. Toe het ek nog vir haar Mamma gesê. Ma het haar nie van een van ons laat troos nie. Pa het naderhand sy arms om haar gesit en gesê: "Toemaar, vroutjie, hy sal nie doodgaan nie – ek glo die Here weet hoe nodig ons ons eerste minister het." Maar Ma het hom weggestoot. Toe sê sy: "Dis nie oor jou doktor Verwoerd nie, Abram, dis hierdie gát, dit is g'n plek om kinders in groot te maak nie."

Ek dink hoekom Mara vandag weer so na Jim Reeves luister, is oor die ding tussen haar en Pa wat maar nie wil regkom nie. Sy het elke aand aan tafel iets te sê oor hoe lekker dié of daai se twenty-first was en hoe almal die dansery geniet het. Sy vertel dit vir die ander meisiekinders, maar ek weet sy mik na Pa se ore tòe. Dit maak hom niks. Ma sê Mara vryf Pa verkeerd op; hy is moeg as hy van die werk af kom en dan het hy nie lus vir 'n gepruttel in sy ore nie.

Pa kom by die sitkamer in en lig die platespeler se armpie. Grrrt, maak die naald.

Mara kyk op. "Nou't Pappie my plaat gekrap!"

"Jy kan bly wees ek breek hom nie flenters nie. Timus, bring vir my die *Kerkbode*, op my bedkassie."

Mara is nie meer in die sitkamer toe ek terugkom nie. Ek kry haar by Ma in die kombuis.

"Jy kan hom nie kwalik neem nie, Mara," hoor ek Ma se stem, "want selfs vir my wat lief is vir oorle Jim se musiek, het dit 'n bietjie erg geraak, die een plaat oor en oor."

"Maar dit was nie nodig om my plaat te krap nie."

"Ek wens jy en jou pa wil ophou om aan mekáár te krap. Kom, ek maak vir ons tee. Wil jy ook hê, Timus?"

"Asseblief, Ma."

Sy lig die ketel om te voel of daar genoeg water in is. "Mens sou dink 'n verjaardag is 'n heugelike gebeurtenis, maar nee, in dié huis bring dit struweling."

Voor Ma se woorde koud is, klink 'n kwaai stem en 'n gekap

buite op. Deur die venster kan ons oom Gouws in sy jaart sien. "Dakkakkers!" skree hy en slaan met 'n stuk pyp teen die asblikdeksel. Op hulle dak sit 'n klompie duiwe. Hy maak weer 'n lawaai en van die duiwe vlieg op. Drie bly sit. As hulle weet wat ons weet, sal hulle ook vlieg: oom Gouws gaan nou sy windbuks haal en een doodskiet. Die ander sal wegvlieg voor hy weer oorgehaal kry.

As mens hom vra hoekom hy sy eie duiwe doodmaak, sê hy: "Goeie resiesduiwe kom reguit hok toe om geklok te word na hulle gevlieg het."

"Dit wil ek tog nie aanskou nie." Ma trek die gordyn toe, maar los hom op 'n skrefie. Pa raas altyd as sy dit doen. "Geen wonder Timus is so nuuskierig nie," sê hy dan.

"Dis weer sulke tyd, lyk dit my. Darem een huis waar dit erger gaan as hier by ons," sê Ma met haar gesig naby die gordyn. "'n Vreeslike man om mee getroud te wees, daardie Harry Gouws. Die arme Marie."

"Wat van arme Ma-rá? As Mammie van die venster af wegkom, sal Mammie sien dat daar in hierdie huis ook smarte is." Mara lyk nie soos iemand wat binnekort gaan verjaar en paartie hou nie.

Nie een van ons mag by die Gouwse kom nie, maar Braam kuier gereeld skelm daar. Melinda Gouws dra die kortste rokkies en sy het die langste bene in die straat. As sy op hulle agterstoep se trap sit, gaan ek na Joepie toe, want hulle bly reg langs die Gouwse, en dan staan ek so dat ek haar broek kan sien. Rooi. Sy dra net rooi panties. Braam sê hy wil nog die girl ontmoet wat lekkerder kan vry. Hy weet ek sal nooit oor hulle klik nie, want dan sal hy ophou om saans vir my stories in die bad te vertel. Ons moet saam bad, ek en hy. Die meisiekinders ook. Altyd twee-twee. Om krag te spaar. En elke aand vertel Braam vir my 'n storie. Niemand kan stories vertel soos hy nie. Hy het vroeër vir my stukke voorgelees uit die boeke waarmee hy besig is, maar toe begin hy bril dra en die glase word dof van die stoom en hy moet sy eie stories begin uitdink. Dis beter as die boeke s'n.

"Waar Melinda se skoonheid vandaan kom, weet ek nie," sê

Braam, "want die oom is leliker as 'n makoumannetjie en die tannie is ook nie 'n oil painting nie. Ek neem die ou man nogal nie kwalik dat hy die kat in die donker knyp nie. En dan nogal 'n blerrie mooi kat ook, al is dit 'n koeliemeid."

Die Gouwse is die enigste mense wat ek ken wat nie 'n Bantoevrou het vir 'n bediende nie. Haar naam is Goolshan. Die mense sê dis oor sy van die laeklaskoelies is dat sy soos 'n meid moet werk.

Op die eerste Vrydag na pay-day kom oom Gouws met 'n bos blomme en 'n bottel in bruinpapier toegedraai huis toe. Hy loop haastig en regop en hy groet niemand nie. Hy los sommer die kleinhekkie oop en gaan by die voordeur in. Net so lank as wat dit vat om deur die huis te loop en sy kosblik neer te sit en die bottel uit die papier te haal, is hy binne, dan kom hy by die agterdeur uit met die blomme in sy hand, so voor hom, soos 'n mens 'n fakkel vashou. Die bottel onder sy arm vasgeknyp. Reguit kaia toe.

Saterdagoggend kom hy uit die kaia uit en gaan na sy duiwe toe asof daar niks gebeur het nie.

Teen die end van die maand as die Gouwse se geld op is en tannie Marie sê daar's nie meer kos in die huis nie, vloek die oom en gaan in sy duiwehok in en vang van die duiwe wat gereeld op die dak gaan sit eerder as hok toe te kom. Hy sny 'n paar kop-af en smyt hulle sommer by die agterdeur in vir die tannie om gaar te maak. Dan sê sy vir hom as hy naweke minder drink en ophou blomme koop, sal daar elke aand iets wees om te eet.

Pa het dominee al laat kom om met oom Gouws te gaan praat, maar dit het nie gehelp nie. Ma sê dis tyd dat Joon tussen oom Gouws en Goolshan loop staan.

As Ma sê die Gouwse is nie ons soort mense nie, sê Pa sy moenie oordeel nie – die tannie is 'n godvresende vrou. NG. 'n Gereelde kerkganger.

En dis waar. Tot nou die dag toe nog het mens haar Sondae met al twee haar dogters kerk toe sien loop. Melinda en June. June is net so oud soos ek. Sy het kleintyd polio gehad. Sy dra 'n spesiale skoen met 'n dik sool en twee ysters weerskante wat tot onder haar knie vasgestrap word. Haar ma hou haar hand vas in die loop, dan maak die gespes kliek-kliek so ver hulle gaan. Maar Melinda gaan deesdae nie meer saam kerk toe nie. Haar ma sê dis sommer rebelsgeit. Dit sal oorwaai.

"Gmf," brom Ma, "dis 'n anderster geit daai, nie van die soort wat oorwaai nie."

Martina lag. "Oom Gouws sit glo sy knipmes en slyp vir die ouens wat dink hulle kan daar kom vry. Braam sal moet keer vir sy wickets."

Ma kyk op. "Julle moet almal keer," sê sy, "dié van julle wat nog nie uitgeboul is nie."

Dit word stil in die kombuis. Rykie byt haar lip en staan op. Toe sy in die gang af stap, sê Ouma: "Ai, Ada, was dít nou nodig?"

"Dit was uit voor ek kon keer. Ek is jammer, Ma."

"Loop sê dit vir jou dogter."

"As ons nie hier mag dans nie, gaan ek my partytjie by tannie Hannie hou," sê Mara vir Pa.

Tannie Hannie en oom Stoney is jonger as Pa en Ma. Die meisiekinders kuier graag daar. Ma ook, bedags as sy 'n kans kry om te gaan tee drink. Die oom is 'n fitter en turner, maar hy is amper meer by die huis as by die werk deesdae. Af siek met sy rug. Die dae wat hy nie gaan werk nie, doen hy houtwerk in die kaia. Hulle het nie 'n meid nie, dis hoekom hy sy masjiene daar kan gebruik. Hy gaan glo binnekort geboard word, dan sal hulle ander blyplek moet begin soek. Mens kan net drie maande lank in 'n spoorweghuis bly na jy geboard is. Ma sê sy sal die kuiertjies by tannie Hannie vreeslik mis. As sy in die middag ná skool soontoe gaan, loop ek saam, behalwe wanneer Ruben daar is. Hy is die tannie se susterskind, en hy kom vakansies by hulle bly. Elke keer as hy daar is, sê Ma sy wens ek wil met hom vriende maak, want hy is so 'n oulike kind. Gmf. Dis altyd: "Middag, tannie Ada, gaan dit goed?" Dan glimlag hy vir Ma en groet haar met die hand en sê sy het 'n mooi rok aan. Hy skud my hand ook: "Hallo, Timus, ek is die hele vakansie hier, hoor, kom kuier gerus." Heeltyd kyk hy so in my oë in.

As Ma sê iemand is oulik, kan mens maar weet hy is 'n pyn.
Mara sê as ek 'n pyn wil sien, hoef ek nie buite ons huis te
gaan soek nie.

"Ons moet praat, Ada," sê tannie Hannie. "Mara was hier by
my."

Ma antwoord nie. Sy sug net.

Die tannie sit haar hand op Ma s'n. "Kyk, vrou," sê sy, "ek
praat nou oor dié ding omdat jy my vriendin is. Dis abnormaal
soos Abram julle dogters op hok probeer hou."

"Hy's maar net versigtig ná Rykie."

"Hy was dit vóór haar ook, en laat ek dit nou maar sê:
Abram sal nog maak dat hulle almal eendag –"

"Ja, toe nou maar, Hannie." Ma trek haar hand weg.

"Ék sou dit nooit toegelaat het nie, Ada. Kan jy nie net vir
hom sê dis jou huis ook en jy wil hê dat Mara-hulle dans nie?"

"Abram weet hoe ek voel, maar 'n vrou moet onderdanig
wees aan haar man."

Tannie Hannie dop haar oë om. "Die dag as Stoney my pro-
beer regeer, is die dag wat ek sy kroonjuwele vir hom afknyp."

Ma lag.

Almal sê die tannie sit vierkantig op oom Stoney se kop,
maar dit lyk nie vir my dit pla hom nie. Ma sê hy is liewer vir
tannie Hannie as vir sy eie lewe. Sy wens daar was meer mans
soos hy. En soos Erika se Salmon.

Dis waar, oom Stoney is 'n lekker oom. Hy lag altyd. Mens
kan enige tyd na hulle kaia toe gaan, dan sal hy sy werk net so
los en met jou praat. Hy raak ook nie ongeduldig as jy hom
uitvra oor sy draaibank en tools en varnish en goed nie.

Op een van sy rakke het ek eendag 'n wit-en-blou sak gesien
waarop Dr White's geskryf staan, en toe ek hom vra wat dit is,
sê hy: "Husse. Mens gebruik dit as jy houtwerk doen."

Ek het my kop geskud. "Kan nie wees nie, my susters het ook
sulke goed in hulle kamer."

"Hoekom vra jy hulle dan nie?"

"Ek het al, oom, vir Martina."

"En wat sê sy?"

"Sy sê dis husse met lang ore."

"Nou ja, daar het jy dit."

Maar 'n mens kan Martina ook nie altyd glo nie. Nou die dag nog het ek haar uitgevang dat sy lieg. Sonder rede. Vir Melinda. Melinda wou hê sy moet een of ander tyd die naweek saam met haar see toe gaan, toe sê Martina sy kan nie, want haar oumatjie kom kuier. Asof daar iemand in die hele spoorweg-kamp is wat nie weet ouma Makkie blý by ons nie. En asof Ouma ons van die see af sal wil weghou.

Pá sal, ja. Op 'n Sondag.

Partykeer weet mens nie wie jok en wie praat die waarheid nie. Mens moet maar altyd seker maak. Die eerste keer wat ek die kans gekry het, het ek in 'n oop Dr White's-pak van die meisiekinders gaan kyk en een van die wit goed uitgehaal: 'n kussinkie wat met gaas oorgetrek is, so dik soos my pols wat nie gips omhet nie en langer as die stukke wors wat Ma altyd vir ons opskep, met lusse aan die ente. Dis toe nie husse met lang ore nie, het ek gedink, dis husse met lusse.

Toe ek weer oom Stoney se saag hoor skree, is ek reguit na sy kaia toe. Hy het met sy rug na die deur toe gestaan en ek het gewag tot hy die saag afsit. Ek het genies van die stof wat die hele kaia vol gehang het. Oom Stoney het omgedraai en net toe ek vir hom wou sê die Dr White's-goed het niks met houtwerk te doen nie, sien ek die kussing onder sy neus en die lusse wat om sy ore gehaak is.

"Ja, Timus?"

"Nee, oom, niks nie."

Hy het die kussinkie afgehaal en vir my gewys. Die ding was bruin van die houtstof.

"Sien jy hoe goed werk dit?" Hy het gesmile. "Ek sê jou, as dit nie vir Dr White's was nie, sou ek al meubels kon gemaak het van my longe."

Meubels maak, nogal. Pa sê die oom se rug is seer tot hy van die werk af kom en dan saag hy dik balke in planke op en die planke in plankies en die plankies nog dunner, en dié plak hy aanmekaar tot dit weer balke is. Net om onder sy vrou se tong uit te kom.

Tannie Hannie skink nog tee. "Wat dink jy, Ada, kan Mara en Rykie maar hulle partytjie hier kom hou? Ek wil tog nie onmin tussen ouer en kind aanblaas nie."

Ma trek haar skouers op. "Hulle moet maak soos hulle goed dink, hulle is oud genoeg."

Op pad huis toe dink ek aan oom Stoney en ek vra vir Ma wat kroonjuwele is.

"Husse met lang ore," antwoord sy.

5

"As mens in die veld loop en jy sorg dat jy gehoor word soos jy aankom, seil die slang weg, want jy gee hom kans daarvoor."

Ouma is besig met hekelwerk. Sy bly afkyk na haar hande. Die hakie van die naald gryp die gare en glip deur die hekelwerk en gryp weer die gare, so vinnig dat ek nooit kan uitwerk hoe Ouma die patroontjies maak nie.

Al wat Mara haar gevra het, was of sy nie met Pa sal gaan praat oor haar en Rykie se twenty-first nie. Eintlik die dansery. Want, sê sy, 'n mens wil tog in jou ouerhuis mondig word, nie elders nie.

Ouma se vingers hou net aan beweeg. Sy begin weer praat. "Kom jy skielik op daai selle kapel af, gaan staan hy bakkop voor jou."

Skielik skiet haar hand boontoe, hekelgoed en al. "Sjjjjj!" maak sy. Die hekelwerk pik Mara teen die wang. Sy gil en spring agtertoe. Ek moet my hand oor my mond hou dat hulle my nie hoor lag nie. Ouma vee die trane uit haar oë. "Hie-hie-hie. Nee, Mara-kind, alle grappies op 'n stokkie. Wat ek jou gesê het, is die waarheid." Sy haak weer die pen om die gare.

Mara sit haar hand op Ouma s'n sodat sy nie verder kan werk nie. "Ek weet nie wat 'n slang met dans te doen het nie, Ouma."

Ouma kyk na haar. "Wat ek bedoel is: jy't te gou op jou perdjie gespring toe jou pa sê julle mag nie dans nie. Toe's hy soos daardie kapel, ene bakkop. Maar 'n man is nie 'n slang nie, kind. Hy't nie daai verstand nie, tussen jou en my gesê. Hy bly bakkop staan al is die gevaar al verby, want hy's bang die mense dink hy is swak as hy wegseil."

"Ek verstaan nog steeds nie."

Ouma se ogies is klein en daar hang slap sakkies onder hulle. "Jy moes so 'n bietjie geskimp het oor 'n dansery, elke week of so, van lankal af, dat jou pa aan die gedagte gewoond kon raak. Maar nou't hy geskrik en soos daai slang loop staan. Miskien as jy vir hom 'n uitkomkans gee . . ."

"Watse uitkomkans, Ouma?"

"Ek weet nie, ek sal dink. Toe, loop nou, Ouma wil 'n bietjie rus. En vat die Rankies-ding saam met jou, ek wil hom nie in my kamer hê nie. Sommer daai snip van 'n Timus ook, hy staan hoeka weer agter die deur en afluister. Kyk hoe blink daai oge deur die skrefie, nes 'n slang s'n."

Ma skel my verniet so oor ek nuuskierig is. Hier staan en loer sy nou self deur die gordyne.

"Ek wonder of hy al ooit vir sy vrou blomme gebring het?" sê sy. Oom Gouws loop seker weer by ons huis verby met nog 'n bos rooi carnations in die hand. Ma sug: "Nie dat ék ooit blomme kry nie." Sy dop haar oë om soos die meisiekinders graag maak. Ek weet dis vir Pa se ore bedoel, al weet Ma hy hoor nie 'n woord as hy met die koerant sit nie. Maar as Rankieskat net miaau sê langs sy stoel, lig hy die koerant en maak vir hom plek op sy skoot.

Ma gaan kombuis toe en na 'n ruk bring sy vir Pa koffie.

"Dankie, vrou."

"Jy't nie 'n woord gehoor wat ek oor die blomme gesê het nie, nè?"

"Watter blomme?"

Voor Ma kan antwoord, kom Braam daar aan. "Pa moet kom help, die mense sê tannie Marie het mal geword."

"Die mense praat baie dinge," sê Pa, maar hy laat sak darem die koerant.

"Ek dink nie dis net sê dié keer nie, Pa."

"Braam, was jy by die Gouwse?"

"Nee, Pa, ek het daar verbygeloop en gesien die mense drom by hulle kaia saam, toe vra ek sommer oor die draad – hulle sê die tannie wil vir Goolshan skiet."

Iemand klop hard aan die voordeur. Ma skrik. Sy kyk na Pa.

Braam gaan deur toe. Ons almal ken Melinda se stem: "Het jy jou pa gesê?"

"Kom in, Melinda," sê Pa.

"My ma het koekoes geraak, oom, sy het my pa se geweer by haar."

Sy is nog besig om te praat, toe staan oom Gouws agter haar in die sitkamerdeur.

"Meneer Rademan, jy moet kom praat met daai vrou van my."

Pa kom elke maand by oom Gouws-hulle, want hy is hulle ouderling, maar dis die eerste keer dat die oom in ons huis kom.

"Ek is netnou daar, Harry," sê Pa.

Melinda is klaar huis toe. Ek sien Braam nêrens nie. Die oom loop ook.

Ek weet wat Pa nou gaan doen. As iets ernstig klink soos dié, bel hy die dominee, dan gaan trek hy 'n skoon hemp en das en flannel aan.

Dominee weet Pa sal hom nie onnodig bel nie. Hy is gou daar.

"Dink jy hulle is ernstig oor die vuurwapen, broer?"

"Hulle het gesê die vrou dreig om te skiet, dominee."

"Moet ons nie maar die polisie . . .?"

Pa skud sy kop. "Dis 'n goeie vrou daardie, dominee, sy't genoeg moeilikheid soos dit is."

Dominee steek sy hand in sy baadjiesak en haal 'n blink ding uit. Hy wys dit vinnig vir Pa. 'n Rewolwer. "Net vir die wis en die onwis," sê hy.

"Ons moet seker maar naderstaan, dominee." Pa tel sy Bybel op. By die deur sê hy oor sy skouer: "En jy, Timus, jy bly weg daar."

Hy het seker my gedagtes gelees.

Ek wag tot hulle die voordeur agter hulle toemaak, en glip dan agter uit voor Ma agterkom ek is weg. Ek spring los oor oom Dik Daan-hulle se draad en oor Joepie-hulle s'n na die Gouwse toe. Ek gaan staan tussen die mense by die kaia. Selfs Fransien is al hier. Ek is bly, want nou kan ek lekker agter haar groot lyf wegkruip.

Ons kan Goolshan saggies hoor huil in die kaia. Oom Gouws staan voor die deur. "Asseblief, vrou, kan ons nie maar oor dié ding praat nie?"

Elke keer as oom Gouws praat, word iets binne teen die muur gegooi en Goolshan skree en dan is dit 'n ruk stil. Die duiwe vlieg om en om, asof hulle wag dat oom Gouws die klokkie moet lui sodat hulle kan afkom hok toe. Melinda staan by Braam. Sy hou sy een hand met al twee hare vas. June is ook by hulle. Sy het 'n lang rok aan sodat mens nie die ysters aan haar been kan sien nie. Sy lyk bang.

Nog mense kom aangeloop. Ons staan 'n halfmaan voor die kaia. Oor en oor word dieselfde goed gesê.

"Dit moes een of ander tyd gebeur."

"Ek weet nie hoe die arme Marie dit hou nie."

"Verdomde koeliemerrie."

"Wil haar mos kom staan en wit hou hier."

"Hier gaan vandag bloed loop."

Pa en dominee gaan na die blikdeur toe. Oom Gouws staan terug. Dominee begin met die tannie praat. Lank. Oor die liefde wat lankmoedig en vriendelik is en nie verbitterd nie en wat die kwaad nie toereken nie en nie jaloers is nie. Hy is nog besig om te praat, toe bars die kaiavenstertjie stukkend. Dit klink soos 'n geweerskoot. Die vroumense gil. 'n Dik stuk glas land tussen ons, dit lyk soos die boom van 'n duur pot, soos een van dié in Kenneth-hulle se huis.

Die gat in die kaiavenster sit vol van die blomme. Party val buite op die gras. Ons staan almal daarna en kyk.

Pa lyk bekommerd. Hy gaan na die blikdeur toe en klop. "Marie," sê hy.

"Versigtig, broer."

"Marie, maak vir my oop dat ons kan praat."

"Ons het al hoeveel keer gepraat, oom Rademan."

"Maar geweld gaan tog niks oplos nie, kom uit dat ons nog maar hierdie één keer gesels."

Die tannie antwoord nie weer nie.

"Ek dink nie mooipraat gaan vandag hier werk nie, broer, ons moet maar die polisie laat kom."

Pa kyk om. "Kom ons probeer maar nog 'n slag, dominee."

Toe praat Fransien skielik. Haar tong is soos altyd in haar woorde se pad. Al wat 'n mens kan uitmaak, is: "Hoon."

Almal kyk na haar. Pa ook.

"Fransien is reg," antwoord iemand, "ons moet vir Joon gaan roep."

Ek sluip tussen die mense deur. Van oom Gouws se klein-hekkie af hardloop ek so vinnig ek kan na Joon-hulle se huis toe. Ek voel soos 'n roepman toe ek aan sy kamervenster klop en wag dat hy sy kop uitsteek. "Wat is dit?" vra hy. Ek vertel hom van die geweer en die blombak en van dominee wat die polisie wil bel.

Joon gaan haal sy fiets agter die huis. Hy wys na die carrier. "Klim," sê hy. Toe ry ons soos die wind. Joon se hemp bol teen my gesig, maar ek gee nie om nie. Nog voor ons in die Gouwse se jaart stilhou, spring ek af. Hy maak sy fiets teen die duiwe-hok staan.

Pa is nog by die kaiadeur. Ek staan so dat hy my nie sal kan sien as hy omkyk nie.

Joon gaan staan eers voor oom Gouws. Oom Gouws kyk grond toe en Joon na die hemel. Joon gaan haal 'n emmer by die duiwehok en dop dié onder die kaiavenster om. Hy klim op die emmer en trek die blomme by die gat uit en druk sy gesig daardeur, binnetoe.

Almal beweeg verder terug, asof hulle bang is die bloed uit Joon se kop sal op hulle spat wanneer tannie Gouws hom skiet. Almal behalwe Fransien. Sy staan langs Joon, met haar arm om sy bene.

Ek spits my ore maar hoor net Joon se stem, niks wat hy sê nie. Lank staan hy nog so voor hy van die emmer afklim. Hy loop verby dominee en verby Pa, en hy klop aan die deur. "Dis ek, tannie," sê hy.

Die knip skuif binne af. Die deur gaan oop. Joon vat die geweer by tannie Gouws en sit sy arm om haar. "Ons gaan huis toe, tannie." Hulle loop tussen die mense deur.

Pa maak keel skoon. "Joon, dink jy nie dominee moet maar eers met die tannie-hulle gesels nie?"

"Nee, oom, die dominee kan maar huis toe gaan."

Dit lyk of Pa nog iets vir Joon wil sê, maar dominee keer hom.

"Laat dit daar, broer, mens kan 'n perd net tot by die water bring."

Ek wag tot Pa-hulle weg is, toe kyk ek by die kaia in. Goolshan sit op die grond teen die muur. Sy kyk net voor haar. Haar oë is groot en sy knip hulle nie een keer nie. Toe kom Joon terug. Hy het 'n glas water in die hand. Hy gee dit vir Goolshan.

Die mense loop klompies-klompies na hulle eie huise toe. Ek ook. By ons is Pa-hulle in die sitkamer aan't koffie drink. Ek hoor Joon se naam. Dominee klink kwaad, maar ek kan nie hoor wat hulle praat nie. Dominee groet. Hy rev sy kar se enjin en ry vinnig weg.

"Joon het vandag te ver gegaan," sê Pa.

Ek gaan sit saam met Ma en Ouma en Braam en die mei-siekinders in die kombuis. Almal wil weet wat by die Gouwse gebeur het. Braam vertel terwyl ons koffie drink. Ma trek die gordyn 'n entjie oop. Later hou daar 'n taxi voor Goolshan se kaia stil en sy laai 'n paar tasse en bokse in.

Martina sê: "Lyk my oom Gouws het meer as net blomme aangedra."

"Martina!" sê Ma.

Die taxi ry met Goolshan weg.

Oom Gouws kom by sy agterdeur uit en gaan tel die glas-stukke en die blomme buite die kaia op en gooi dit in die as-drom. Hy staan 'n ruk nog met een blom. Dit lyk of dit vir hom swaar is om dit weg te gooi.

"Shame," sê Mara.

6

Dis nou al 'n gereelde ding, ouma Makkie se stappery. Ek is al-
tyd die een wat met haar moet saam. En sy wil alles van almal
af weet: wie bly waar, watse werk die ooms doen, hoeveel
kinders die mense het, in watter kerk hulle is, sulke dinge. As
ek die slag sê ek ken nie dié of daai nie, sê sy: "Maar hoe kan
jy nou nie wil weet nie, Timus-kind? Loop vind uit dat jy vol-
gende keer vir my kan sê." En terwyl ons loop, "mirrag" sy
hier en sy "mirrag" daar, en as iemand haar nie groet nie, vra
sy: "Wat is dit met julle mense in die stad? Julle huise staan die
een op die ander, maar julle groet mekaar nie." Mens hoor
Ouma wáár as sy praat, en dan kyk die mense my asof ék dit
gesê het.

Voor die Gouwse se huis sê sy: "Ons het dié man darem lank-
laas hoor skel, hè, Timus?"

Hy ís nogal stil die laaste tyd, die oom. Vandat Goolshan weg
is. Mens hoor nie eers meer sy boeremusiek nie. Hy is die
meeste van die tyd by sy duiwe.

"Weet Ouma," sê ek, "oom Gouws is eintlik gaaf as hy nug-
ter is. Hy praat altyd mooi met June. Maar Melinda maak hom
kwaad, dan sê hy lelike goed vir haar."

Ouma hoor elke woord wat 'n mens sê. Sy is nie soos die
ander grootmense wat net maak of hulle luister nie.

"Die meeste van ons is eintlik goed," sê sy. "Ons doen net
partykeer iets verkeerd. Dis ook nie altyd of mens dit kan help
nie – almal maak foute. Harry Gouws ook. Maar ek is seker dat
hy hard probeer. Jy sien self hoe op sy plek hy deesdae is."

Ons is al onder Zane se straatlamp deur en verby oom Dik
Daan se huis voor Ouma weer praat.

"Ons probeer maar almal goed wees," sê sy. "Maar jy kan
kyk: mense is geneigter om kwaad raak te sien as goed. Maar
gelukkig, rêrige goedgeit, dié kry mens glad nie onder 'n maat-
emmer ingedruk nie. Kyk nou maar vir Joon – 'n Christenmens
as ek al ooit een gesien het. En sy ma ook, daardie Rosie darem.
Weet jy hoekom sy altyd so loop en klippe optel?"

"Nee, Ouma. Party mense sê sy wil maar net die strate netjies hou." Ek maak die kleinhekkie vir haar oop.

"Dankie, Timus-kind. Wag, staan nader dat ek aan jou kan vashou hier by die trap."

Ek kan deur my hemp voel hoe maer Ouma se hand is.

"As Rosie wou straat skoonmaak, sou sy nie die papiere gelos het nie. Raai weer."

"Ma sê sy tel die klippe op sodat mense mekaar nie daarmee kan gooi nie."

"Jou ma is nader aan die kol, maar nee, dis nog nie reg nie."

"Hoekom dan?"

"Want sy glo haar seun is 'n geroepene wat vir die mense om hom wys hoe 'n kind van God moet lewe. Hy roep hulle met sy voorbeeld agter hom aan na die Here toe. En oor hy moet opkyk om te weet wat die Here wil hê, kan hy nie altyd die klippe sien wat hom kan laat struikel nie, dis hoekom sy hulle optel."

"Hoe weet Ouma?"

"Ek weet wat ek weet."

"Dan tel sy die klippe mos eintlik vir die Here op, hè, Ouma?"

"Vir die Here, Timus-kind. Ek sê vir jou, Joon sal gelyk het soos hy lyk al was hy nie skeel nie; hy sal bly opkyk het. En nog 'n ding: as Rosie die dag daardie sak klippe van haar neersit, is daar niks meer wat haar op hierdie aarde vashou nie, dan vaar sy reguit op hemel toe."

"Dis ant Rosie wat saans die dooie vlermuise onder Zane se straatlig optel," sê ek vir Joepie. Hy kyk na my of hy my nie glo nie, nes ek na Braam gekyk het toe hy mý vertel het.

Braam het sy skouers opgetrek. "Nes jy wil, ek sê jou net wat ek gesien het."

"Wat jy wanneer gesien het?" wou ek van hom weet.

"Gisteraand op pad van Melinda af."

"Pa slaan jou nog dood. Wat dink jy maak ant Rosie met die dooie vlermuise, en waar kom die beentjies vandaan wat soggens by die lamppaal lê?"

Hy het weer sy skouers opgetrek. "Dalk moet jy wag tot Zane weer sy draad swaai en ant Rosie na die tyd voorlê."

Eintlik hoop ek Joepie vra my uit oor die beentjies, maar hy doen dit nie. Hy loop net aan, dra sy tas op sy kop en dan op sy skouer.

"Gaan ons haar agtervolg?"

"Ja," sê hy, terwyl ek gedink het ek sal hom moet smeek. Maar hy het nie klaar gepraat gehad nie: "Solank dit in die dag is."

"Hoe meen jy, solank dit in die dag is? Vlermuise vlieg sááns, man!"

"Ja, maar dan moet ek in die huis wees, jy weet dit."

"Jy kan uitslip."

"Wat as my ma uitvind?"

"Ek sal ook mos in die moeilikheid wees."

"Kom ons los dit liewer."

Hy is nie so nuuskierig soos ek nie. As iemand hom iets nie wil vertel nie, maak dit hom niks.

"Ek sal jou sê wat, Joepie." Ek moet vinnig praat, want ons is al amper by die huis.

"Ja?"

"Belowe eers jy sal vir niemand vertel nie."

"Ek belowe."

Dis nou nog 'n ding van Joepie, as hy sê hy belowe, hoef mens hom nie nóg te laat sweer of iets nie. Ek vertel hom van die slag wat ek Gladys afgeloer het. Nou lyk hy nog meer of hy my nie glo nie.

"Maar sy's dan 'n meid."

"So what? Vrouens is vrouens. Hulle lyk almal dieselfde as hulle kaal is."

"Hoe weet jy?"

"Ek het vyf susters."

Joepie kan nie oor vroumense stry nie, want hy het net boeties, almal nog klein. Wanneer ek hom iets oor meisiekinders vertel, luister hy.

"As jy saam met my gaan om ant Rosie voor te lê, kan jy een aand saam met my na Gladys kom kyk."

Hy skud sy kop. "Hoekom sal ek as ons ons eie meid het?"

Almal hol uit toe die vrou buite begin skreeu. Dis Beauty wat by Joepie-hulle werk. Sy en Gladys is vriendinne. Beauty kom partykeer na Gladys toe en dan sit hulle in die son op die gras. Hulle kam mekaar se hare uit en was en vleg dit en werk dit met dik, swart gare vas sodat daar paadjies oor hulle koppe loop. Dit vat ure. Die hele tyd gesels hulle, maar ons verstaan nie 'n woord wat hulle sê nie. Hulle lag dat mens hulle tot voor in die straat sal kan hoor.

Maar nou lag Beauty nie. Voor haar staan Elias, die boy wat twee keer 'n week in oom Dik Daan se tuin kom werk. Hy het 'n stok in sy hand en hy slaan Beauty aanhoudend. Elke keer as 'n hou haar tref, skreeu sy soos oom Stoney se saagmasjien.

Gladys wil uitgaan om Beauty te help, maar Ma keer: "Hou jou daar uit, Gladys."

Ma sê altyd vir ons om ons neus uit ander mense se sake te hou. As iemand jou slaan, moet jy die ander wang draai. Jy moet jou doof hou as iemand lelik praat. Jou oë toedruk. Jou mond hou. Sê niks, dan is daar niks.

Elias hou aan om Beauty te slaan. Haar geskreeu het seker klaar die ooms wat nagdiens werk wakker gemaak, maar ek weet hulle sal nie uitkom en haar gaan help nie. Hulle sal net kwaad wees omdat sy so raas.

Wanneer Beauty keer, tref die houe haar op die arms. Mens kan die hale van hier af sien. Elke slaanplek swel dadelik op.

"He's going to kill her, miesies."

"Gaan dan maar, oppas net dat hy jou nie seermaak nie."

Al meer mense kom uit hulle huise uit om te kyk hoe Beauty geslaan word. Tannies met vadoeke in die hand en kleintjies op die heupe. Hier en daar 'n oom met 'n kortbroek en vest ook. Beauty sak op haar knieë af. Sy keer nie meer nie. 'n Hou tref haar teen die nek en sy val vooroor. Haar kop klap teen die teer.

Saam met Gladys loop nog meide op Elias af. Een het 'n halwe baksteen in haar hand. Elias laat die stok sak. Ek kan die wit van sy oë sien. Hy begin hardloop, omkyk-omkyk, tot die halwe baksteen hom in die gesig tref. Ek sien net bloed spat. Hy bly hardloop, maar voor hom in die straat kom nog drie meide uit hulle jaarts uit. Hulle keer hom vas waar die straat 'n elmboog maak. Hy kyk om hom rond, daar's nie uitkomkans nie, want die muur waarop Zane altyd vlermuise loop en slaan, is agter hom. Die meide staan voor hom in 'n halwe maan. Een het weer die baksteen in haar hand. Sy gooi en tref hom teen die bors. Die ander soek na klippe om mee te gooi, maar hulle kry niks nie. Elias kan bly wees oor ant Rosie.

Skielik storm hy vorentoe, tussen die meide in. Ek hoor hoe hulle vuiste teen hom klap. Hulle skel in Zoeloe en krap sy lyf sodat die bloed oor sy bors begin loop. Elias ruk hom los en hy hardloop in die straat op, amper in die polisie-van vas wat om die draai kom. Iemand moes hulle gebel het. Elias probeer nie eers wegkom nie. Dis te ver om te hoor wat aangaan, maar die meide beduie vreeslik. Toe gooi die polisiemanne vir Elias agter in die van en ry tot langs Beauty waar sy in die straat lê. Een leun by die venster uit en kyk na haar. Hy haal sy pet af en vee sy hare agteroor. Die ander konstabel vra oor die radio se mike vir 'n ambulans en toe ry hulle weg. Die meide dra Beauty tot in die skaduwee van 'n sypaadjieboom en loop praat-praat terug om te gaan werk. Gladys bly by Beauty sit. Dit is weer stil in die straat.

"Timus."

Ek kyk om. Ouma staan agter my. Sy het 'n bakkie water en 'n lappie in haar hand. "Loop gee dit vir Gladys, dan kom jy dadelik terug."

Ek gaan straat toe.

"Dankie, Timus," sê Gladys toe ek die water vir haar gee.

"Is Beauty orraait?"

Gladys trek haar skouers op. Sy vee met die nat lappie oor Beauty se lippe en haar een oog wat heeltemal toegeswel is.

"Timus!" roep ouma Makkie, en toe ek by haar kom, sê sy: "Dis nie goed vir jou om sulke goed te sien nie."

"Dit kan antie weer sê," hoor ek Hein se ma kliphard sê. Nou sien ek haar eers by die heiningdraad. "Dis wat jy kry as jy kaffers toelaat om by die meide te kuier. Die swartgoed het hulle manier en ons het ons s'n. Dis nou eenmaal nie dieselle nie en klaar. As hulle klaar is met hulle werk, kan hulle huis toe gaan en dáár gaan kuier en raas en baklei."

"Bettie," sê Ouma, "jy maak nou meer lawaai as die mense oor wie jy so skel."

Die tannie word stil.

Ouma sit haar arm om my skouer. Toe sy praat, is dit hard genoeg dat Hein se ma ook kan hoor: "Wee'jy, Timus-kind, as ons net 'n slag hand in eie boesem wil steek, maar nee, party mense sal ook vir altyd op die wal bly staan en trap om te sorg dat die Bantoes in die sloot bly. Pleks ons bult-uit gaan, dan kan almal 'n slag vorentoe kom."

Dis by Ouma wat Ma haar Sap-geit gekry het, sê Pa. Nie een van hulle twee praat ooit met hom oor die politiek nie, want dis sommer nóú dan's die vet in die vuur.

"Oom Abram skaam hom dood as hy antie nou moet hoor praat," skree Hein se ma oor die heining. "Maar hy moes ook geweet het wat hy kry die dag toe hy in 'n Sap-familie ingetrou het. Nou sit hy aan die verkeerde kant van die wet met daai Boytjie op sy jaart – hy moet na sy mense toe, of dink antie hy gaan klein bly? Dis een ding as julle wil hê Boytjie moet eendag julle kele afsny, maar ons gaan ons nie in gevaar laat stel nie, en veral nie vir Fransientjie nie."

Ek vervies my sommer vir die tannie, mens sal sweer Boytjie gaan oornag in 'n kaffer verander. Sy kan praat soos sy wil oor hom, maar hy sal Fransien se beste maat bly. Die tannie het haar al gedreig en oom Basie het geslaan, maar dit help niks nie. As Fransien vir Boytjie sien, is sy by hom. Al wanneer sy uit haar eie weer deur die draad klim en huis toe gaan, is wanneer Bella by die huis kom en Boytjie na háár toe hol.

"Kom ons gaan in," sê Ouma vir my.

Ek gaan agter haar aan, maar in die voordeur draai ek om. Dit vat lank voor die ambulans vir Beauty kom haal. Terwyl hulle haar inlaai, kom ant Rosie om die draai aangeloop. Toe sy by die plek kom waar die vrouens vir Elias vasgekeer het, buk sy en tel die halwe baksteen op en sit hom in haar sak.

Na 'n ruk kry ek Gladys in die sitkamer. Sy staan met haar rug na my toe, besig om die goed in die showcase af te stof. Sy tel doktor Verwoerd se portret op en kyk lank na hom. Toe maak sy haar mond wyd oop en blaas haar asem oor die glas.

"Doctor Woerwoerd," sê sy, "jy is die baas van hierdie land, jou gesig moet blink. You must be happy, like me, because my husband is coming to visit tomorrow."

Haar man kom een keer 'n maand na haar toe. Op 'n Saterdag. Ma het vir Gladys gesê hy kan oorslaap, maar as die polisie hom daar kry, gaan sy sê sy het nie geweet nie, anders is ons ook in die moeilikheid.

Jy sien hom altyd van ver af aankom. In elke hand het hy 'n family-size Fanta. Hy kom vroegoggend, met die son agter hom, en die bottels skyn soos oranje ligte langs sy lyf. Hy groet vriendelik wanneer hy jou sien. John. Ek weet nie wat sy regte naam is nie. Bantoes het mos hulle eie name én witmensname.

John kom by die groot hek in, loop om die huis en klop aan die agterdeur. As een van ons oopmaak, sê ons net, "Môre, John," en gaan roep vir Ma, want dis na haar wat hy soek.

"Ninjani, miesies?" vra hy vir Ma. Gladys het ons geleer dit beteken hoe gaan dit met Ma en haar mense.

"Kulungile, John. Ninjani nina?"

"Nathi sikhona," antwoord hy. Dit gaan goed met hom en sy mense ook.

Hy hou die een bottel Fanta na Ma toe uit en sy vat dit en smile en sê dankie. Dan sê John ook dankie en hy gaan na waar Gladys vir hom voor die kaia wag. Hulle gaan in en maak die deur agter hulle toe.

Niemand mag dan in die agterjaart speel nie. Ons moet in die huis bly of voor speel of by iemand gaan kuier. Ma skel sommer. John het heelmaand lank hard gewerk en hy het sy rus nodig, sê sy. Partykeer sê sy sommer vir Bella sy moet vir Boytjie vat en met hom speel wanneer John daar is, want hy en Gladys wil ook partykeer alleen wees sonder 'n kind wat om hulle kerm.

Bella is mal oor Boytjie, van die eerste dag af. Gladys het hom in die nag gekry. Beauty het haar kom help, maar dit het ons die oggend eers gehoor.

Dit het my laat dink aan die keer toe Snippie kleintjies gekry het. Ek het by haar gesit, Ma het gesê ek kan maar. Op die plaas het hulle baiekeer gesien hoe die koeie kalf en die skape en bokke lam. Dis iets moois om te sien, het sy gesê.

Snippie was onrustig toe ek van die skool af kom. Sy het van die meisiekinders se kamer af na Ma-hulle s'n geloop en is onder die beddens in en weer uit. Sitkamer toe, badkamer toe, na my en Braam se kamer toe. Ouma Makkie was toe nog op die plaas.

"Sy soek plek om haar kleintjies te kry, Timus, gaan kyk of al die hangkaste toe is." Toe het Ma 'n groot boks gevat en ou lappe daarin gesit en dit vir my gegee. "Sit dit in julle kamer neer, in die hoekie langs die kas, en wys dit vir Snippie."

Snippie het in die boks geklim, maar toe is sy weer na die meisiekinders se kamer toe. Ek het haar teruggedra, 'n paar keer, tot sy in die boks bly ronddraai het. Ma het gesê dit sal nou nie meer lank wees nie. Maar ek het al agtergekom grootmense se nie-lank-nie is anders as myne.

Ek het gesit en gesit en Snippie het bly opstaan en krap aan die lappe en gaan lê en tjankgeluidjies gemaak en weer opgestaan. Sy het na my gekyk en bang gelyk. Haar lyf het krom getrek en sy het tjankerig geword en skoon van my vergeet. Toe het ek gesien hoe die eerste kleintjie agter by haar uitkom. Kop eerste. Stadig. En toe glip hy uit en hy lê daar in 'n sakkie met water. Bloed ook.

Snippie het die sakkie stukkend gebyt en die hondjie drooggelek en die sakkie daarna opgevreet.

Ek weet nie hoe Ma kan sê dat dit mooi is nie. Dit lyk vir my te slymerig en bloederig en seer om mooi te wees. Die een na die ander het die kleintjies gekom. Vyf van hulle. Ma het nou en dan kom kyk.

"Dié een is die ene Snippie, maar die ander lyk op 'n druppel na Wollie."

Wollie is Joepie-hulle se hond. Hy is altyd die eerste reun wat agterkom as 'n teef op hitte is, en die moeilikste om sulke tyd van 'n mens se werf af te kry.

Snippie het later gaan lê en die kleintjies het na haar tieties toe gewoel en begin suig. Hulle pootjies was pienk en hulle het duikies in haar getrap. Om die melk makliker te laat uitkom, het Ma gesê.

"Kom, Timus, laat haar 'n rukkie rus, jy kan vanaand aan die kleintjies vat as sy jou toelaat."

Die oggend wat Boytjie gebore is, het Gladys soos gewoonlik ingekom om die brekfisskottelgoed te was. En toe kyk Ma haar so. "It's a boy, miesies," het sy gesê sonder dat Ma 'n vraag gevra het.

Ma het met haar geraas en gevra hoekom sy kom werk het en toe is sy en al die meisiekinders kaia toe sodat Gladys die kleintjie vir hulle kon wys. 'n Hele trop mense in die kleine vertrek. Toe hulle vir Boytjie sien, het hulle gekoetsjie en geshame en gesiestog om hom dat mens dit seker wáár kon hoor.

Gladys het moeg gelyk en ek het gewonder of sy ook so swaar gekry het soos Snippie en of Boytjie ook in 'n sakkie water uitgekom het.

Bella het vir Boytjie opgetel en vasgehou en sy mond was sommer dadelik aan die woel by haar tiet. Gladys het skaam geword en hom gevat en die ander meisiekinders het Bella gespot oor die kaffertjie wat aan haar wou drink. Maar Bella het nie omgegee nie. Sy het Boytjie elke dag 'n ruk lank in die jaart rondgedra wanneer sy van die skool af kom. Hein-hulle het haar daaroor geterg en Pa was ontevrede, maar Bella het haar nie laat afsit nie. Toe Boytjie begin loop, was hy ál agter haar aan, en van ons almal se name kon hy hare eerste sê.

Deesdae staan hy by die hek en wag wanneer dit tyd raak vir Bella om van die werk af te kom – by die kleinhekkie, nogal, brom Pa – en as Boytjie haar sien aankom, hol hy met sy bak bene in die straat op. 'n Kar het hom eendag byna raak gery en die man het gevloek en gesê as hy vandag sy kar seergemaak het, was daar moeilikheid.

Boytjie wil altyd van Bella se pakkies vir haar huis toe dra. As Hein buite is, skree hy: "Daar kom jou dissipel, Bella!"

7

Hein staan in hulle voorjaart en maak of hy met iets besig is, maar eintlik hou hy die pad dop. Hy buk hier en daar om 'n bossie tussen die gras uit te trek, en kort-kort gaan hy kamtig kyk of daar iets in die posbus is.

"Hy wag seker vir Zane," sê ek vir Ouma.

Sy knik haar kop. "Moet wees. Hier kom weer 'n ding vandag."

Laatmiddag moet ek vir Ouma 'n stoel buitentoe dra, want sy hou daarvan om na die mense te kyk en saans by die etenstafel te kla oor hoe min van hulle haar gegroet het. Ek sit graag by haar, op die muurtjie van die blombak wat langs die stoep gebou is.

Rankieskat spring op en kom skuur teen my. "Hallo, Rankies."

"Hoe sê?"

"Nee, ek praat met Rankies, Ouma."

"Kan katte nie verdra nie."

"Ek weet, Ouma." Sy sê hulle laat haar nies.

Pa het Rankies van die hawe af gebring en gesê die katjie het elke dag by hom kom kos bedel wanneer hy etenstyd die bulldozer se enjin doodtrek. Toe bring hy hom huis toe. Hy het hom Rankies genoem oor hy so rankerig aan die groei was, soos ek.

Ek wil Rankies streel, maar hy trek sy kop eenkant toe en kyk by my verby asof daar iets is wat ek nie kan sien nie. My nekhare staan regop en ek voel hoendervleis op my arms. Ouma Makkie sê daar is iets aan katte wat sy nie kan kleinkry nie. Hulle is anders as ander diere, asof hulle nie heeltemal hier hoort nie. Hulle is half dag- en half naglopers en half dier en half iets anders.

Sy haal haar snuifdosie uit, vat 'n knypie en trek dit eers in haar linker- en toe in haar regterneusgat in. Haar neusgate is al gerek van die twee vingerpunte wat sy daar indruk. Sy nies vyf keer.

"Blerrie kat," sê sy.

Rankies bly wegtrek van my af. Ek probeer sien wat hy sien, maar hy kyk by Ouma verby, en verby Hein wat die pad dophou. Daar is nou niemand anders in die straat nie. Ook nie 'n hond of 'n ding nie.

Zane kom bo om die draai. Rankies spring van die blombak af. Hein raak met iets besig. Hy staan met sy rug na Zane se kant toe, soos hy altyd maak as hy maak of hy nie van hom weet nie. Ouma sit padop en kyk. "Daai Zane loop mos nie soos 'n gewone man nie," sê sy.

"Hoe dan, Ouma?"

"Nee, ek kan nie sê nie. Kyk hoe beweeg daai heupe. Dis meer soos 'n vrou s'n. Nee, wag, nou weet ek: Zane loop soos 'n kat."

Zane ís anders as ander ouens. Hy laat nie met hom neuk nie. Hy het in standerd nege skool gelos en stoorman geword. As die werkers te stadig aflaai na sy sin, gryp hy sommer die sakke of bokse of wat ook al en dan sien jy net spiere en are en sweet en as jy weer kyk, is die trok leeg en hy sê: "As ek nou weer my hemp moet uittrek omdat dit te stadig gaan hier, is dit om julle te donner."

Ek dink hy is al baas van sy stoor. Smiddae loop hy van die werk af by ons huis verby. Hein hou daarvan om vir hom hallo te sê. Of vir hom stories aan te dra.

Gatkruip, dis wat hy doen.

Hein Ahlers het vir niks en niemand respek nie, behalwe vir Zane. En vir Joon. Met Joon sal hy hom hardegat hou, maar dis net show. Hy probeer maar net tough lyk.

Hein kyk op toe Zane naby is. "Hallo, Zane."

"Yes," antwoord Zane, maar hy kyk net voor hom en loop aan.

"Ou Rocco was weer by jou ma vandag," sê Hein.

"Fok jou, Hein," sê Zane, "ek het nie lus vir jou kak vandag nie."

Ouma was reg; hier is iets aan die kom. Ek kan maar vir Joepie gaan sê hy kan hom regmaak, ons gaan vanaand sien wat ant Rosie met die dooie vlermuise maak.

Oom Gouws is sy musiek aan die speel dat die hele straat dit kan hoor, en dit terwyl ek en Joepie in sy jaart moet wegkruip. Die oom het seker weer begin drink. Ma het net 'n paar dae terug gesê: "Ek wonder wanneer hy oor Goolshan en sy vrome voornemens gaan kom, selfs Joon kan nie wonderwerke verrig nie." Pa het met kwaai oë oor sy koerant geloer. Hy hou deesdae niks meer daarvan dat ons goeie goed oor Joon sê nie, erg soos hy altyd oor hom was.

Maar ek is spyt oom Gouws is weer sy ou self, want die tyd gaan stadig verby as mens net sit en wag vir iets om te gebeur, veral as jy nie eers kan gesels nie, en nog stadiger as jy die hele tyd na boeremusiek moet sit en luister. Maar aan die ander kant, Braam luister Sondae net klassieke musiek op die radio, en dis nog erger, veral as dit opera is.

Joepie lyk nie vir my gepla met die musiek nie. Sy oë bly huis toe gedraai. Al lig wat hier is, kom van Zane se lamppaal af, maar dis genoeg om te kan sien hoe bang Joepie is. Ek dink nie hy was al ooit só laat uit die huis nie. Hy gaan sê vroegaand vir sy ma-hulle nag. Sy pa gaan slaap en die tannie bak tot baie laat koeksisters. Vir die kerk. Sy sê altyd NG-mense werk net vir die basaar, maar die AGS is drie honderd vyf en sestig dae van die jaar in diens van die Here.

"Ek moet huis toe gaan," sê Joepie skielik.

"Sjjj."

"As my ma –"

"Sharrap, Joepie."

Hein Ahlers kom by ons verbygeloop, seker op pad na sy pelle toe. Daar is 'n kettie in sy hand. Hy kyk op na Zane se lig, maar loop verder. By die volgende lamppaal gaan hy staan. Hy trek die kettie se rek en mik na die lig bo hom. Hy laat los die vel met die klip. Mis. Sy hand is in sy broeksak vir nog 'n klip. Weer mis. Hy probeer weer. Die glasskerm spat uitmekaar. Die lig brand vreslik helder, net 'n sekonde lank, en gaan dood.

"Ek moet nou rêrig waai, Timus." Joepie staan op net toe ant Rosie onder Zane se lig inloop. Hy sak terug op sy hurke.

Ant Rosie sit haar sak neer waar Zane sy boks vlermuise na vanaand se slanery leeggemaak het. Met een hand hou sy die sak oop en met die ander een tel sy vlermuise op. Ek sou hulle sommer bymekaargevat en in die sak gegooi het, maar sy tel hulle mooi op, een-een, en bekyk hulle asof sy wil seker maak dat hulle regtig dood is. Dan eers sit sy hulle saggies in die sak.

Ons volg haar toe sy loop, reguit shunting jaart toe. Sy gaan sit op 'n wisselhefboom langs die vleikantsylyn. Die sak met die klippe en vlermuise is op haar skoot. Ons sluip tot agter haar in die ruigtes. Voor haar op die spoor loop nou en dan 'n trok stadig verby, so stil soos 'n vlermuis in die lug. Verder aan stamp die trok teen ander vas wat aan die einde van die spoor staan: dwa! en dan is dit weer stil. Lokomotiewe se stoom staan wit teen die loco se ligte. Dis half donker waar ons wag. Ant Rosie bly sit soos iemand op 'n stasie. 'n Lokomotief kom aangery om die trokke op dié sylyn te kom haak, maar hy hou stil. 'n S2-klas. Vier trekwiele, g'n bogey-wiele nie, met sy waterkar en koletrok aaneen. 'n Rangeerlokomotief.

Mens hoef nie na die drywer se gesig te kyk om te weet dis oom Zeelie nie, want hy het 'n leerkeps op en 'n pyp in sy mond. As dit reën, steek sy kop ook altyd by die lokomotief se venster uit, maar dan is sy pyp onderstebo sodat sy twak nie nat word nie.

"Naand, ant Rosie," sê oom Zeelie, "is dit weer sulke tyd?"

Sy knik.

"Bring hulle maar, antie."

Sy staan op en draai na ons toe. Ek word yskoud, want dis of die duiwel vir my sê die "hulle" wat sy moet bring, is óns. Wys jou darem, as mens op 'n plek is waar jy nie moet wees nie. Ant Rosie buk, vroetel in die gras en haal 'n stokersgraaf uit, een sonder steel. Sy sit die vlermuise daarin, een vir een.

"Antie moet gou maak, ons moet nog baie treine opmaak vannag."

Sy gee die graaf op haar tyd aan.

"Sit hulle in, Loutjie, dat ons dit agter die rug kan kry," sê oom Zeelie vir die stoker.

"Wat van my peanuts, oom?" vra Loutjie. Nie ver van ons af nie is daar 'n seepfabriek waarnatoe trokke en trokke rou peanuts aangery word. Die drywers en stokers en shunters steel almal vir hulle daarvan en dan braai hulle dit op die vlamplaat bo die vuurkas van die lokomotiewe.

"Jy kan later weer braai, jong, sit in daai vlermuise."

Die stoker steek ant Rosie se graaf met 'n pricker diep in die vuurkas in. Die vuur in 'n lokomotief is blerrie warm. As 'n drywer wil koffie hê, hoef hy nie lank voor die tyd vir die stoker te vra om water op te sit soos mens met 'n ketel moet maak nie. Hulle hang 'n groot koffieblik aan die haak van 'n Fanie-yster, en hy's skaars in die vuurkas of die water kook.

Dis nie tien tellings nie, toe ruik ons die vlermuise brand.

"Nee, Here, ant Rosie, is die walvisstasie dan nie genoeg nie?"

Ma sal hom darem sê as hy voor háár so praat.

Dit stink al minder. Loutjie trek die pricker uit. Hy steek die stok wat ant Rosie hom gee, agter by die graaf in. "Nag, ant Rosie," groet hy.

Die drywer wag tot ant Rosie 'n entjie weg is voor hy die stoom ooptrek.

Ek en Joepie loop agter die tannie aan, terug na Zane se straatlig. Waar sy die graaf omdop, bly lê 'n hopie spierwit beentjies. Ant Rosie verdwyn om die draai. Die beentjies stink niks meer nie, selfs as ek my neus amper teenaan hulle druk.

8

Ek sal my moet roer, anders bars my blaas. Gewoonlik klim ek sommer teen die lugpyp van Gladys se lêwwetrie uit as ek vinnig op die kaia se dak wil kom, maar met die gips aan my arm sal ek dit nie regkry nie. Ek rol die vier en veertig gelling-drom wat die verwers lank terug hier gelos het tot by die wildevy en klim op die eerste tak van die boom. Van daar af is die takke na genoeg aan mekaar om met een hand reg te kom.

Uiteindelik is ek bo-op die kaia, weggesteek tussen die wildevy se blare. Gladys sal my nie kan sien nie. Ek moet net saggies op die asbesplate trap, want dié tyd van die dag slaap Boytjie.

Hoe ouer Boytjie word, hoe meer het Gladys hom by haar. Eers het hy amper die hele dag in die kaia lê en slaap. Toe in 'n kombers op haar rug. Maar hy is lankal te swaar daarvoor. Nou loop hy die wêreld vol en praat aanmekaar. Gladys bring nog sy kombers saam huis-in, maar dis vir Boytjie om op te sit. Hy is baie soet, sê Ma. Hy hou homself besig en hy vat nie aan ons goed nie.

Die eerste oggend wat ouma Makkie by ons wakker geword het, het Bella Boytjie vir haar gaan wys, sommer terwyl sy nog in die bed was.

"Maar kyk so 'n mooie kaffertjie," het Ouma gesê. "Gee hom dan tog hier, Bella-kind, moenie so suinig wees met hom nie." Sy het hom langs haar laat sit, met sy kort beentjies onder die kombers in. Ons het almal kom kyk. Pa het net sy kop geskud. "Nou't ek als gesien," het hy gesê. En uitgeloop.

Ouma het geluidjies gemaak en haar gesig getrek, die ene plooie.

"Mens sal sweer dis Ma se agterkleinkind," het Ma gesê.

Ouma het oopmond gelag, en toe begin Boytjie huil. Maar die eerste skree was nog nie mooi uit nie, toe het Bella hom in haar arms en sy is met hom daar weg.

Anyway, ek is op die kaia se dak. Oom Dik Daan se vrou is besig om wasgoed af te haal, maar sy weet nie van my nie. Eintlik weet sy van niemand nie, al bly hulle al hoe lank langs ons. Toe hulle besig was om in te trek en Ma vir hulle tee en soetkoekies vat, het die tannie gesê hulle is maar eenkantmense, hulle hoort nie eintlik in 'n spoorwegkamp nie. Sy en oom Dik Daan het nie kinders of troeteldiere nie. Hulle kom by niemand hier nie en g'n mens van hier rond kuier daar nie. Wanneer hulle buite kom, kyk hulle nie eers oor die draad nie. Te bang iemand probeer met hulle praatjies maak, sê Ma.

In die straat loop nou en dan iemand verby, maar dit maak nie saak nie. Verder is dit net Melinda wat met haar rok tot waar opgetrek op hulle stoeptrap haar bene sit en tan. Sy stut haar op haar elmboë, kop agteroor. Ek kan die rooi van haar panty sien, maar my blaas is te vol om nou daarna te bly kyk.

"Ek weet nie of dit gesond kan wees nie," sê Ma elke keer as sy sien hoeveel water ek deesdae drink. "Wat is met jou aan die gang?" Ek kan haar nie vertel nie.

By die beste wegkruipplek tussen die wildevy se takke is daar net een kol waarna ek kan mik. Eintlik 'n streep: tussen twee rye van die mielies wat Gladys geplant het. Sy doen dit elke jaar op die klein stukkie grond agter die kaia, dan bring sy 'n kooksel daarvan vir Ma.

Ek kyk eers weer die wêreld alkant toe; ek is die laaste een wat wil hê almal moet my sien as ek pie.

Dit voel of ek kan oopbars. Ek mik en laat waai en tref die plek wat ek uitgesoek het. Ek sweer oom Dik Daan se vrou sal dit kan hóór val waar sy staan. Ek pie en pie, maar daar kom nie skuim nie. Die straal word flouer en ek stoot my heupe vorentoe en trap met een voet op die geut vir ekstra afstand. Klak! maak die geut en gee onder my pad. Voor ek daaraan kan dink om aan 'n tak te gryp, lê ek in my eie pie tussen Gladys se mielies.

Ek kom huil-huil by die agterdeur in met die arm wat skeef hang oor die gips-een wat ek onder hom hou. Gladys gee net een gil, toe is Ma daar.

"Wat nou?"

Ek huil net.

"Ag, Here, Gladys, die kind het nog 'n arm gebreek."

Ma loop saam met my dokter toe. Die spoorwegdokter is nie

eers 'n halfmyl van ons huis af nie, net bokant die OK. Halfpad steek sy vas. "Ek glo dit nie, Timus," sê sy, "hier het jy my sonder sykouse op straat."

"Ons kan nie nou omdraai nie, Ma."

"Is dit seer?"

Ek skud my kop. Ek weet dit sal eers oor 'n ruk regtig begin pyn.

"Hoe het dit gebeur?" vra Ma toe ons oor die straat loop.

"Ek het hom afgepie," sê ek.

Ma gaan staan weer, sommer in die middel van die pad. "Dít sê jy nie vir jou pa nie, hoor jy my?"

Dié keer slaan Pa my wragtag, al smeek ouma Makkie hom hóé om dit nie te doen nie, want nou is dit hoeveel weke ekstra wat ek hom nie met die bome sal kan help nie.

By die dokter wag ons nie soos altyd in die tou nie, die vrou voor vat ons dadelik in toe sy my arm sien. Die dokter skud sy kop. "Hoe het dit gebeur, ou seun?" vra hy, maar Ma gee my nie kans om te antwoord nie. "Van die dak afgeval, dokter," sê sy, "hy maak my oud voor my tyd."

Die dokter trek my arm skielik reguit.

"Eina!"

"Toemaar, nou lê hy mooi."

Spoorwegdokters mors nie tyd met fieterjasies soos X-strale en goed as dit nie nodig is nie – die spreekkamer sit vól mense.

Die dokter draai die gipslappe dié keer nie net tot by my elmboog nie. Dit gaan tot amper in my kieliebak, met my arm in 'n winkelhaak gebuig en 'n verband om my nek om hom te stut. Toe ons op pad uit is, sê die dokter vir Ma: "Hou hom maar vir 'n rukkie van die dak af, mevrou, al twee pype in daardie voorarm is gebreek."

"Ek sal hom dophou," sê Ma.

Ek steek in die deur vas. "Dan is dit dié keer darem nie net 'n groenhoutbreuk nie, nè, dokter?"

Ma boender my weg, deur die spreekkamer, straat toe.

Eers is ek nie 'n biétjie trots op my twee gipse nie, maar die nuwe gips is nog nie heeltemal hard en mooi afgekoel nie of ek kom agter die mense kyk nou nog meer hoe snaaks hulle kan wees.

"Kom jy darem nog alles by wat jy moet bykom, Timus? Ha, ha, ha! Sê maar as daai goed die dag moet af, dan shunt ek vir jou twee trokke teen mekaar – jy hou net jou arm mooi tussen die buffers."

Waar sal 'n shunter nou 'n mens se arm tussen trokke wil vas-slaan? Hulle skel mens dan altyd as jy onder die treine deur-kruip om kortpad te vat. Altyd die storie van oom Basie se been, en van die ander shunters wie se lywe so tussen die buffers pap-gedruk is. Dan moet die man se vrou en kinders geroep word sodat hulle hom kan groet, want as die trokke uitmekaar getrek word, is dit net bloed en derms en dan sak die man glo op die plek dood neer.

Oom Basie was eintlik gelukkig as mens dink wat met hom kón gebeur het.

"Hei, Timus!" roep Hein van die draad af. "Wat het jou nou weer oorgekom?"

Ek weet hy praat van my nuwe gips, maar ek hou my dom. "Nee, niks nie, hoekom?"

Hy dop sy oë om.

"O, jy bedoel dié?" Ek hou my regterarm op. Die nuwe gips is baie witter as die ander arm s'n. "Lang storie."

"Jy praat kak, man, ek hoor jy het van die dak afgeval."

"Hoekom vra jy dan as jy weet?"

Ek kan sien hy wip hom vir my, en ek kan dít nie vandag bekostig nie. "Luister, Hein," sê ek, "jy wat so alles weet: daar's 'n ding wat ek jou wil vra."

"Try me."

"Dr White's – wat is dit?"

Eers lyk dit of hy nie weet waarvan ek praat nie, maar toe begin hy smile.

"Timus!" Ma se stem.

"Sê gou, Hein."

Ma staan in die agterdeur. "Timus, kom hier!"

"Shit," sê ek en loop huis toe.

Agter my hoor ek Hein lag, en toe sê hy: "Hoe kan jy vyf susters hê en nie weet wat Dr White's is nie?"

Ma gryp my aan die vuil gipsarm en trek my agter haar aan die huis in.

"Eina, Ma."

"Gmf, ek gaan jou nou wys wat eina is."

Sy maak die ingeboude kas in die kombuis oop en breek 'n syplankie van die tamatiekissie af. "Jou oupa het altyd gesê daar is goeie rede waarom die Here verorden het dat seuns kortbroek moet dra tot ná die opvoedingstyd."

"Ma?"

Sy knak die plankie in die lengte deur, sit een helfte op die ander en slaan my daarmee oor die bene. "Ek. Is. Nou. Moeg. Gepraat. Oor. Daardie. Hein. Ahlers." 'n Hou vir elke woord.

Dis nie so seer as Má slaan nie, maar dis darem ook nie of dit niks is nie.

"Gaan na jou kamer toe," sê sy en gooi die plankies onder in die kas neer.

"Ek het nie meer 'n kamer nie."

"Moenie vir jou hier kom staan en slim hou nie!"

Ek hol in die gang af toe Ma buk en maak of sy die plankies weer optel.

Mens moet weet wanneer om met wie te praat en wanneer jy oor dinge nuuskierig moet wees as jy in hierdie huis bly, anders roep Ma jou in die huis in en hier bly jy tot alles oor is. Ek weet nie wat ek al alles so misgeloop het nie, maar as ek luister wat Hein en Voete en die ouens praat, moet dit 'n hengse klomp goed wees. Hoe moet mens nou die lewe leer ken as jy alewig ingeroep word en met niemand mag praat nie. As dit van Ma afgehang het, was Joepie my enigste vriend. Hy en tannie Hannie se susterskind, Ruben, wat vir my maar na 'n pyn lyk.

"Wat vertel jy my nou, Hannie?" hoor ek Ma binne sê en ek wens oom Stoney wil sy saagmasjien afsit.

"Die waarheid, Ada, elke woord."

"Ai toggie tog," sê Ma. "Waar gaan die wêreld heen?"

"Dit kan jy weer vra."

Ek skuif teen die trap op tot net buite die agterdeur waar Ma-hulle my nie sal agterkom nie. Deur die skrefie sien ek hulle by die kombuistafel sit. Tussen hulle staan 'n teepot onder 'n rooi-en-groen wolmus.

"En jy sê dis nie net sy verbeelding gewees nie? Ek meen, jy weet hoe kinders is."

"Nee, Ada, dit was nié sy verbeelding nie." Tannie Hannie klink vieserig. "As dit nou Timus was . . ."

"Ja, ja, toe nou maar, ek vra maar net."

"En ek sê maar net. Ek is nou spyt ek het jou vertel."

Hulle moet tog nie nou aan die stry raak voor ek weet waaroor die ding gaan nie.

"Ekskuus, Hannie," sê Ma, "dis net . . . ek kan my nie indink dat iemand so iets . . . Hulle moet sulke mans doodslaan."

Tannie Hannie is stil. Na 'n rukkie sê Ma: "Sy pá nogal."

"Stief. Darem nie eie nie, dié is mos dood toe hy nog skaars kon loop."

"Stomme kind. En die ma."

"Sê dit maar, Ada: my eie suster." Tannie Hannie skuif op haar stoel. "Nog by die man, glo dit as jy wil."

"Ai, ai."

"So iets laat 'n merk op 'n kind se binneste, Ada, dit help nou maar nie. Ons praat nie met hom daaroor nie, want ons wil hê hy moet dit vergeet, maar partykeer raak hy stil en dan weet ons dis daardie ding wat by hom spook."

"Dit moet vreeslik wees om met so iets saam te leef, en dan nog jaarin en jaaruit so in 'n weeshuis te sit."

"Dis hoekom ek hom vakansies altyd maar by ons laat kom bly."

"Elke keer as hy hier aankom en kom groet, dink ek nogal: dié Ruben se ma het hom darem goeie maniere geleer, en hier kom staan en sê jy vir my hy is 'n weeshuiskind."

"Hou dit maar vir jouself, Ada, jy weet hoe wreed kan kinders wees."

"Niemand hoef niks te weet nie. Tot wanneer sê jy is hy nou hier?"

"Nee, mos tot die end van die jaar toe, dan moet ons in elk geval uit die huis uit. Stoney is toe mos nou die dag geboard."

"En jy sê my nou eers? Kwit, Hannie, ek gaan vir jou mis."

"Ek vir jou ook, Ada, maar moenie nou al sulke goed praat nie. Waar was ek nou weer?"

"Jy't gesê Ruben bly tot end van die jaar."

"Nog reg. Ek het vir Stoney gesê die kind het 'n veilige plek nodig vir die laaste trek eksamen toe. Hy wou eers nie gehad het Ruben moet hier kom bly nie, maar ek het vir hom gesê die kind moet 'n huis hê, en ons is die naaste wat hy die laaste jare aan ouers gehad het."

Ek bly die beste dele van stories mis, en om later te vra, help niks nie. Al wat ek ooit vir my moeite kry, is: "Jy moes nie eers gehoor het wat jy gehoor het nie, Timus, jy moet die ge-afluister van jou laat staan."

"Nog tee, Hannie?"

"Ja, skink maar, ek sit nou so lekker."

Lyk my hulle het nou klaar oor Ruben gepraat, maar ek het darem van die weeshuisding gehoor, en die merk op Ruben se binneste.

"Weet jy," sê Ma, "ek moet Timus vreeslik dophou met die Hein-klong langs ons. Hy is nie goeie geselskap nie. Ek wens so hy en Ruben kon vriende word. Maar 'n matriekseun sal mos nou nie met 'n standerdsessie –"

"Nee, wat praat jy, Ada, Ruben hou nie vir hom upstairs nie, by die weeshuis is hy pal by die kleiner seuns. Seker oor die dinge wat hom oorgekom het, jy weet, dat hy nou so mooi agter die kleineres kyk."

Ons wasmasjien staan in die een hoek van die badkamer, sodat hy weggesteek is as die deur oopstaan. Dis 'n ronde wit masjien op pote. Onder hom lê drie koerantbolle. Dit is maar partykeer daar. Opgefrommelde bolle papier. Partymaal net een op 'n slag, ander kere twee of drie of vier. Noudat ek dit so kyk, wonder ek vir die eerste keer daaroor: Pa sal mos nie sy koerant so opfrommel nie.

"Wat kyk jy so rond?" vra Braam. "Verveel ek jou?"

Hy verveel my nooit nie, maar vanaand wil ek hê hy moet klaarmaak met die storie sodat ek met hom kan praat. Daar's baie goed wat ek hom wil vra. Maar ek is bang hy wip hom en hou heeltemal op met die vertellery.

"Nee, gaan aan," sê ek.

Braam was sy hare terwyl hy verder vertel. Sy oë is toegeknyp teen die seep en ek het kans om hom te bekyk sonder dat hy sien. Hy het pikswart hare. Oral. Maar daar moes 'n tyd gewees het toe hy ook soos ek gelyk het. Toe hy nog nie so 'n peester gehad het nie, en eiers wat wáár hang, wat swaai as hy uit die bad uit opstaan.

In my kop begin ek my eerste vraag vra: "Braam, wanneer het jy vir die eerste keer . . ." Ek weet nie, maar dis swaar om jou broer iets te vra. Dis makliker met 'n mens se pelle. Of met Hein, hy praat graag oor sulke goed. Maar na die pak slae oor Dr White's weet ek nie. Ek dink volgende keer vra Ma vir Pa om my te slaan.

Braam spoel die seep uit sy hare. "Word vervolg," sê hy. Dis elke aand se ding, nes ek lekker begin luister. Dan droog hy hom af en trek sy pajamas aan en woerts kamer toe. Vandat ouma Makkie hier bly, gang toe. Hy slaan sy bed op en lê en lees en almal moet by hom verbyskuur badkamer of kombuis toe. Ek bly altyd nog 'n rukkie sit en wonder wat verder in die storie gaan gebeur voor ek my ook afdroog.

Hy gooi sy vuil klere in die wasmasjien.

"Wat is daarin?" vra ek en wys met my oë na die koerant-bolle.

Braam kyk daarna. "Ek weet nie, ek dink nie daar's iets in nie."

"Ek gaan kyk," sê ek en staan op.

"Nee, los, dis die meisiekinders se goed."

Hoekom sal hy eers maak of hy nie weet nie en dan weet hy skielik, maar wil my nie sê nie? Lyk my almal kyk altyd hoe lank hulle jou dom kan hou sodat hulle slim kan lyk.

"Sit vorentoe, gipsman, ek het vergeet om jou rug te was."

"Kan ek jou iets anders vra?"

"Solank dit nie met vroumense te doen het nie."

"Dit het nie."

"Wat?"

"Wanneer het jy begin skuim pie?"

"Wát?"

"Jy't gehoor, man."

"Hoekom wil jy weet?"

Ek kyk weg. "Die ander seuns lag vir my oor ek nie kan nie."

"Wie? Hulle kan waarskynlik ook nog nie."

"Hein. En hy kan, ek het self gesien."

Braam hou nie van Hein nie. Hy bly lank stil, toe kyk hy na my.

"Ek sal jou sê wat."

"Wat?"

Hy lag saggies. "Jy vat 'n hand vol van Ma se waspoeier, nè, en jy begrawe dit op 'n plek waar jy weet jy en Hein weer sal gaan pie. Maar vlak onder die gras. En niemand moet jou sien nie."

"Sal dit werk?"

Hy trek sy skouers op. "Moet net nie mispie nie. Dis óf dit, óf jy wag vir Moeder Natuur om tot jou redding te kom."

"Lyk my sy het van my vergeet."

Hy slaan my liggies op die blad. "Reken dan maar op Vader Tyd. Jou beurt sal kom, Timus, jou beurt sal kom."

"Sê my wat in daai koerantpapier is, toe."

Hy skud sy kop. "Nope."

Toe hy uit is, sluit ek die deur. Ek weet hy staan buite en luister, want hy sal wil weet of ek die koerantpapier gaan oopmaak. Maar ek is darem ook nie onder 'n eendvoël uitgebroei nie. Met een voet woel ek in die water terwyl ek 'n bol papier optel. Die papier raas, maar uiteindelik is hy oop. Dis een van daai Dr White's-husse met lusse. Met bloed aan. Ek maak nog 'n bol oop. Daar is ook een van die goed in, ook met bloed, maar minder, net so 'n strepie.

Iemand klop aan die deur en ek skrik my yskoud.

"Maak klaar," sê Pa.

Ek raas weer met my voet in die water terwyl ek die papier gou opfrommel. Toe gaan sit ek weer in die bad. Ek is vies vir Ma omdat sy Hein nie kans gegee het om my te sê wat hy wou sê nie. Maar sê nou hy wou weer vir my lieg soos oor die effies.

Lyk my oom Stoney het ook nie die waarheid gepraat nie; my susters doen nie houtwerk nie.

Die water sjor toe ek die prop uittrek. Braam kom in en hy kyk in my oë of hy wil sien wat ek gesien het, maar ek wys niks nie.

"Hoeveel waspoeier moet ek gebruik vir daai pie-triek?" vra ek hom.

As 'n mens iets regtig graag wil doen, dan sal jy dit op die ou end baasraak as jy hard genoeg probeer. Meneer Lourens het dit vir ons by die rugbyoefening gesê.

"Moenie net droom oor 'n Springboktrui nie; werk daarvoor."

Hy sê party van ons het genoeg talent, dis net 'n kwessie van toewyding. As hy so praat, weet ek hy bedoel nie ék nie, maar van die ander ouens. Soos Voete.

Ek speel heelagter. Meneer sê beter posisionele spel as myne sal mens nie maklik kry nie, nie in enige C-span van watter skool ook al in Durban nie, as ek tog net 'n slag iets anders met die bal wil doen as uitskop. 'n Slag daarmee hardloop, byvoorbeeld. As ek eerlik moet wees, is dit eintlik van banggeit dat my posisionele spel so goed is, maar ek sal dit nie vir Meneer sê nie. Ek sorg altyd dat ek onder die bal is as hy agtertoe kom, want dan kan ek hom vang en dadelik uitskop sonder dat ek geduik word. As mens uit posisie is, moet jy hol dat jy bars, en dan kom die ander span saam met jou by die bal aan en duik jou disnis.

Eintlik stel ek glad nie belang in rugby nie, maar ek het agtergekom dat mens nie 'n kat se kans by die meisies het as jy dit nie speel nie. En al die ouens noem jou 'n sissie.

Vat nou maar vir Joepie. Hy neem glad nie aan sport deel nie. Hy dra van geboorte af al 'n bril en hy neem ekstra wiskundeklasse. Nie oor sy punte swak is nie, hu-uh, oor hy goed is. Hy hóú daarvan. Maar almal dink hy is 'n sissie en hy het nog nooit 'n girlfriend gehad nie.

Daar is nóg 'n rede hoekom ek nie van rugby hou nie: dit het met die stortery te doen. Ek het besluit om my stewels op te hang as ek nie teen die einde van die jaar hare het waar die ander ouens dit het nie. Ek laat my nie nog 'n seisoen lank so aankyk nie. Nie dat ek die ouens veel kans gee om te kyk nie, want ek is uitgetrek en geshower en aangetrek voor die ander mooi hulle vuil truie oor hulle koppe getrek het.

Ek het nou die nag gedroom dat ek by die hawe sit en visvang en skielik 'n nood kry en toe ek opstaan om te gaan pie, sien ek 'n hyskraan naby my. En ek dag as ek teen daardie hoë ding opklim en ek pie van doer bo af, sal die skuim kniediep staan. Ek klim en klim en my blaas word al hoe voller. Later kan ek dit nie meer hou nie, maar ek knyp. Toe ek heel bo is, kyk ek oor Durban uit. Ek sien tot by my skool. Op die rugbyveld is die ouens besig om mekaar disnis te duik. Gewoonlik sit die pawiljoen vol meisies wat skree en hande klap, maar vandag is daar nie een nie. Hulle staan almal om die hyskraan waarop ek gereed maak om my peester uit te haal. Ek is niks skaam nie. Die meisies lyk so klein soos poppe. Hulle skree vir my. Ek kan nie meer knyp nie en ek pie. Die straal trek suiwer deur die lug. Af, af, af. Die meisies raak mal, soos wanneer Voete met die bal onder die arm op pad is doellyn toe. Skielik kom daar 'n wind op en waai die straal heen en weer. Dis nie meer 'n straal nie. Die pie waai terug boontoe, tot teen my vas. Ek knyp die straal af. Nie heeltemal betyds nie.

Sulke oggende is ek bly ek maak my eie bed op.

Die hele dag dink ek net aan een ding: ek kan droom soveel ek wil, maar die meisies by die skool gaan nooit gil en hande klap oor iets wat ek doen nie. Elsie ook nie. Veral nie noudat my ander arm ook gebreek is en Joepie my tas vir my moet dra nie. Martina en Erika het sommer dadelik gesê hulle eie tasse is swaar genoeg, hulle het nie nog krag vir myne ook nie. Joepie sou ook nie as ék hom gevra het nie, maar Ma is na sy ma toe en dié het gesê dis sy Christelike plig om sy broeder se las te dra. Ma wou nie vir my 'n rugsak koop nie. Sy sê dis tog net 'n paar weke, dan is my gips af en kan ek weer my eie tas dra en dan het sy onnodig die klomp geld uitgegee.

Maar intussen moet ek en Joepie almal se spottery verdra.

Een ou dink iets snaaks uit, dan sê almal dit agterna: "Ek sien Joepie het jou by Elsie afgevry."

Ons het eers 'n ompad geloop, maar dit het nie gehelp nie; daar is oral kinders wat mens terg. Nou vat ons maar die gewone pad.

Die kinders kan my maar spot, dit maak nie so seer as wat dit maak wanneer ek Elsie en Voete bymekaar sien nie. Hy kuier glo sommer weeksmiddae by haar, want haar pa én ma werk. Dan is hulle alleen in die huis. Daaraan wil ek nie eers dínk nie. Maar dis onmoontlik om heeltemal van Voete te vergeet. Soos nou, met die klomp seuns wat voor my en Joepie loop. Almal rugbyspelers. Standerdneges en matrieks. Tussen hulle is Voete, en mens hoor sy stem bo almal s'n uit. Gebreekte stemme, die hele spul van hulle. Eintlik is Voete 'n grootbek en 'n windgat, Elsie sal dit nog agterkom, maar eers wanneer dit te laat is. Ek sal vir haar sê jy't jou kans gehad, maar toe kies jy mos daai Voete wat net 'n bôl kan skop en kan hard praat en so.

Ek hoor Elsie se naam. Die ander ouens vertel vir Voete hoe 'n bakgat girl sy is. Mooi en sexy en alles. Toe sê hy: "Ons het gistermiddag so woes gevry dat ek in my broek gekom het."

"Fókkit!"

"Nét so 'n nat kol."

"En wat maak sý toe?"

Die ander ouens word eintlik so stil soos hulle wag dat hy moet antwoord.

"Nee, nog so 'n rukkie gewriemel teen my, toe kom sy seker agter die skoot het klaar geklap."

"En die kol op jou broek?"

"Ek het gemaak of dit nie daar is nie en sy't gemaak of sy dit nie sien nie."

"Shit! Was dit lekker?"

"Jirrr, wat dink jy?"

Ek sien Joepie loer heeltyd na my. Hy skud net sy kop.

Skielik kyk een van die groot ouens om.

"Kyk wie's hier agter, Voete."

Hulle gaan almal staan.

"Oe-la-la, die moffies."

Ek kan sien Joepie het lus om my tas neer te gooi en aan te stap.

"Wil julle meisies saam met ons kom loop?" vra een van die ouens terwyl hy na Voete kyk. Mens kan sommer die gatkruip in sy stem hoor.

Ons sê niks nie. Hou net aan met loop. Hulle bly voor ons inspring. Ons gaan staan. Hulle ook.

"Vir wat stertjie julle so agter ons aan?"

"Loop seker en afluister, die klein kakke."

"Het julle ma's julle nie geleer om julle neuse uit ander se sake te hou nie?"

Voete kyk af in my gesig in. Ek is te bang om iets te sê, want ek weet dit sal die verkeerde ding wees.

"Ek práát met jou, Seppie."

Die ander ouens lag.

Seppie. Dit was net Elsie wat geweet het hoe bang ek nog altyd was dat iemand my Seppie sal noem. Nie eers Joepie weet nie.

Voete stamp-stamp so aan my bors. Elke keer staan ek 'n tree terug. Ek hou my arm vorentoe om te keer, die een wat amper aangegroei is.

"Check die laaitie, Voete," sê iemand, "hy traai jou met die gips bykom."

Voete se oë maak my bang. My maag trek op 'n knop en dit voel of ek moet lêwwetrie toe gaan. "Ek gaan vir Joon sê as jy my slaan," sê ek.

"Wie's hy? Dink jy ek skrik vir hom?"

Voete ken Joon nie, dit help my niks. Skielik kom sy gesig af na myne toe asof hy my met die kop gaan slaan. Ek koes agteruit en val oor iets. Toe ek lê, sien ek dis een van die ouens wat hande-viervoet agter my gaan staan het. Ek is na aan trane, en ek weet die ander ouens weet dit ook.

"Sissie!"

"Check jou later, Seppie."

Ons loop lank sonder om te praat, ek en Joepie.

"Sorry," sê ek, "ek sal weer vir Ma vra of sy vir my 'n rugsak sal koop."

Joepie skud sy kop. "Hy is sommer 'n vark, daai Voete."

En 'n ent verder sê hy: "Dalk lieg hy oor die vryery."

Ek wéns hy het gelieg.

"Gelukkig was dit in sy broek, Timus."

"Sjarrap, Joepie."

Hy bly stil. Net voor ek by ons hekkie ingaan, vra ek vir hom: "Hoekom het jy my nie gesê daar buk 'n ou agter my nie?"

Joepie kyk weg. "Ek het nie gesien nie."

Hy sit my tas neer en loop.

9

Erika lyk bekommerd. "Ek is bang, Salmon."

"Jou pa gaan 'n hartaanval kry."

"Ons gaan hom nie sê nie."

"Hoe lank sal ons dit nog kan wegsteek?"

"So lank ons kan."

"En dan?"

"Dan weet ek nie, maar dan is dan en nou is nou."

Salmon streel met die agterkant van sy hand oor Erika se wang. "Ag, ou Spinnekop," sê hy, "is die koeël nie klaar deur die kerk nie?" Hy lag asof hy 'n grappie maak, maar sy oë lag nie saam nie.

Ek druk per ongeluk teen die oop venster en die ding maak 'n geluid.

"Timus?" sê Erika.

Ek buk weg van die venster af en hol agterplaas toe. Eintlik wou ek hulle nie afluister nie. Ek wou sien of hulle ook oop-mond soen soos die ander as hulle sit en vry. Ek bly wonder waarvan hulle gepraat het, want dit het vir my alte veel geklink soos die Sondagoggend toe Rykie vir Pa gesê het sy gaan nie kerk toe nie: "Ek voel nie lekker nie, Pappie."

"Ek voel ook soms nie lekker nie, maar dis nie genoeg rede om 'n afspraak met die Here af te stel nie."

Rykie het haar hand voor haar mond gesit en badkamer toe gehardloop. Ons het almal gehoor hoe sy opgooi. Pa en Ma het vir mekaar gekyk. Dit het gelyk of Mara en Bella en Erika en Martina nie meer lus het vir hulle pap nie, maar hulle het son-der 'n woord aanhou eet. Ek het geweet daar is fout.

Pa het Rykie voor die badkamerdeur gaan inwag.

Ma is agterna. "Gee die kind kans tot sy beter voel, Abram."

"Ek wil weet, vrou. In die week werk ek my disnis en naweke moet ek nog soos 'n kaffer bome uitgrou ook sodat die kinders kos op die tafel kan hê en 'n dak oor die kop. Ek kan nie nog staan en oppasser speel vir jou dogters nie."

Ons was byna klaar geëet toe die deur oopgaan.

"Watter soort naar is dit?" het Pa gevra.

Rykie het op die grond gekyk. "Dis daai soort, Pappie."

"Het jy gedink jy sal dit vir altyd kan wegsteek? Wie's die pa – Karel?"

Sy het geknik.

"Jissis, Rykie!"

"Abram!"

Ek dink dit was die eerste Sondag in Pa se hele lewe dat hy nie kerk toe is nie. Toe ons ander terugkom, sê Mara vir Rykie: "Hy het seker aaneen gepreek, nè?"

Rykie het haar kop geskud. "Nie 'n woord gesê nie. Staan die hele tyd nog met die tuinslang."

"Voel jy al beter?" het Bella gevra.

"Ek dink nie ek sal ooit weer beter voel nie."

En ek het begin wonder of dit ooit weer beter sal word in ons huis. Ek het nie geweet of ek vir Rykie moes kwaad wees of vir Karel nie.

Toe Karel die eerste keer by Rykie gekuier het en ek hoor hy werk op Louis Botha-lughawe, het ek gehoop hy's 'n pilot of iets. Maar hy is 'n marshaller.

"Niks anders as 'n shunter nie," sê Braam, "want die Afrikaans vir marshaller is rangeerder."

Rykie sê Braam is net jaloers oor hy maar net 'n pen-pusher is. Al wat hy heeldag doen, is om lêers van die in-mandjie na die uit-mandjie te shunt.

Marshallers is daai ouens wat met die tafeltennisrakette staan en die vliegtuie aanwaai na waar hulle moet kom staan. As dit nie vir hulle ouens was nie, sê Karel, sou mens darem 'n konsternasie op die lughawe gesien het. 'n Verantwoordelike werk.

"En dis nie tafeltennisrakette nie, dis marshalling bats."

"Rangeerspane," sê Braam.

Karel het my en Rykie eendag Louis Botha toe gevat en op 'n oop balkon laat staan om te kyk hoe die vliegtuie land en opstyg. Die jet-enjins skree harder as oom Stoney se elektriese saag, sodat die ou wat die rakette staan en waai 'n kopstuk moet opsit dat hy nie doof word nie. Karel wou hê ek moet probeer uitwerk hoe die pilot weet watter kant toe om te draai as die rakette sus of so maak, maar al wat ek eintlik gesien het, was hoe hy sy hand skelm onder Rykie se bloes indruk.

Van ons jaart af sien ek hoe oom Gouws sy vuis voor Melinda se gesig hou. Gelukkig is Ma binne. Ek spring sommer oor die draad en hol deur oom Dik Daan se jaart na Joepie-hulle toe. Van daar af sal ek beter kan sien. Ek kan die hele tyd agter oom Gouws se duiwehokke bly koes. Deur die sif van die duiwe se sonhok kan ek goed gesien kry. Oom Gouws is kwaad. Ek sien nou eers dat hy sy knipmes in sy hand het. Melinda lyk nie bang nie.

"Jy," sê die oom, "jy kan gerus 'n slag vir jou ordentliker begin aantrek. Loop mos met 'n rok wat 'n mens tot wáár laat sien."

"Almal is nie soos Pa nie."

"Elke oog in die buurt was al onder jou rok in, en die helfte van die hande. As ek my oë uitvee, is klein June net so wêreldwys soos jy."

"Pa is dronk, sit weg daai mes."

Hy laat sy arm sak, en met sy duim knip hy die mes se lem toe. "Gee pad van my af!"

Hulle agterdeur gaan oop en ek hoor die tannie se stem. "Uit hier met jou getjank." Liefie kom uitgehol. Liefie is June se hond. Tannie Gouws staan in die deur. Sy kyk na die oom. "Wil jy nie maar ophou skel nie, Harry? Niemand behalwe die bure steur hulle tog aan jou nie."

"Hou jou bek!" skree die oom. "Wat laat jy daai jags teef al weer uitkom?"

Ma sê mens sê "op hitte" as 'n hond is soos Liefie nou is. Sy sê mens kry hulle nie gekeer as hulle so is nie. As jy weer sien, het hulle uitgeglip agter die reuns aan. Snippie was ook so toe die kar haar 'n entjie op in die straat raakgery het. Sy het tjank-tjank huis toe gehardloop gekom. Die kar het nie eers stilgehou nie. Op die stoep het Snippie neergeslaan en dood bly lê.

Liefie draf eenkant toe, weg van oom Gouws se stem af.

"As sy weer kleintjies kry, versuip ek hulle in die bad, sê ek jou. En dieselfde vir jou, Melinda, as jy met 'n telg op dié jaart aankom. Julle ken nie vir Harry Gouws nie. Julle ken hom nie."

Hy hou aan met skel. Melinda gaan in die huis in. Oom Gouws bly alleen buite. Hy sit sy knipmes weg en gaan na sy duiwehok toe. Hy sit baiekeer met sy duiwe en praat as sy mense nie na hom wil luister nie.

Gewoonlik is oom Gouws nogal gaaf. En as mens hom oor sy duiwe uitvra, is hy op sy vriendelikste. Hy vertel jou alles wat jy wil weet: hoekom 'n goeie duiwehok aparte plekke vir die mannetjies en wyfies moet hê, en 'n broeiplek, en 'n sonhok. En hoe hy die duiwe geleer het om hok toe te kom as hy die klokkie lui. Dis wat ek die graagste wou weet.

"Maklik," het hy vir my gesê, "jy lui net die klokkie voor jy hulle kos gee, weke lank. Jy laat hulle daai tyd glad nie vlie nie. Dan gee jy hulle 'n hele dag niks om te vreet nie, en jy maak die hok oop. As hulle so 'n klompie kere gesirkel het, net voor voertyd, lui jy jou klokkie."

"Dan kom hulle, oom?"

"Party, ja. Die meeste eintlik. Want hulle weet daar is kos. Dan maak jy die hok toe sodat dié wat nie ingekom het toe die klokkie lui nie, moet buite bly. Jy laat hulle buite slaap. Honger. Die volgende dag voer jy weer nie, en laatmiddag maak jy weer hek oop. Wanneer jy die klokkie dán lui, is daar miskien nog een of twee wat nie dadelik afkom nie, maar op die derde dag kom almal."

"Hoekom doen mens dit, oom?"

"Lat jou duiwe dadelik inkom na hulle 'n wedvlug gevlie het, anders kan jy nie die vliegring afhaal om in te klok nie."

"Maar oom vlieg mos nie wedvlugte nie."

Hy het een van sy duiwe van 'n nes afgehaal en oor hom gestreel. "Nee, dis waar, maar dis vir my lekker om hulle te sien huis toe kom as ek hulle roep."

So is hy partykeer. Anders as vandag. Vandag sal ek nie eers daaraan dink om met hom te praat nie, al lyk hy nou so rustig daar in die hok. As hy dronk is, is dit net sy duiwe en June wat hom laat bedaar.

Hy is so besig met sy duiwe dat hy nie eers Joepie-hulle se reun na Liefie toe sien aankom nie. Wollie. Hy snuif-snuif onder Liefie se stert en wil teen haar opklim, maar sy draai weg. Hy hou aan probeer, tot sy stil gaan staan en hy sy voorlyf kan oplig en sy voorbene om haar kan vashaak.

Liefie bly staan terwyl Wollie se agterlyf pomp. Wollie sal net-nou afklim, maar dan sal hulle agterlywe aan mekaar vassit. My susters raak altyd naar as honde loskom na hulle vasgesit het en die reun lek sy peester tot die ding terugtrek in sy lyf in. Dan moet mens nie 'n rooiworsie náby hulle bring nie, hulle gooi amper op.

Liefie-hulle staan nou stert aan stert. Wollie begin loop en trek Liefie 'n entjie agter hom aan. Sy tjank. Oom Gouws kyk op. "Jou bliksem!" skree hy en kom by die duiwehok uitgestorm. Hy los die hek agter hom oop en 'n klomp duiwe vlieg uit. "Shit!" Hy maak die hok toe. "Vandag kak jy, jou gemors!" Wollie weet sommer dat die oom met hóm raas. Hy probeer wegkom, maar hy neuk eenkant toe en Liefie anderkant toe. Oom Gouws haal sy mes uit en knip die lem oop.

"Ek sit mos met 'n spul tewe in my jaart."

Die tannie en Melinda kom buitentoe.

"Harry!"

"As pa vir Liefie seermaak . . ."

Ek sien al hoe die twee honde doodgesteek op die gras bly lê, nog so vas aan mekaar. Bloed wat spuit en Wollie en Liefie wat lê en skop.

Hulle hardloop skuins van die oom af weg, maar hulle kom eintlik nêrens nie. Oom Gouws gryp Liefie se agterlyf vas, sy hand oor haar rug. Wollie knor vir hom. Hy byt oom Gouws se hand. Die oom vloek en ruk hom los. Toe steek hy die mes tussen Liefie en Wolle se sterte in, en met één haal is hulle los van mekaar.

"Pa!" skreeu Melinda.

Wollie hol huis toe, die ene bloed en vreeslike geluide.

"Wat alles darem nie in alle onskuld begin nie, nè?" sê Braam. Ons twee sit teen die wildevy se stam, lekker in die koelte. 'n Entjie van ons af hang Erika en Rykie wasgoed op. Eintlik Erika, want Rykie staan maar net hande op die maag en kyk hoe Bella met Boytjie in die arms loop. Ek kan sien Braam kyk na hulle.

"Braam."

"Mm?" Hy draai hom dwars en lê agteroor met sy kop op een van die boomwortels.

"Ek dink daar is fout met Erika."

"Watse fout?"

"Ek dink sy is ook pregnant."

Hy lig sy kop van die wortel af en kyk my aan of ék iets verkeerds gedoen het. "Waar kom jy daaraan?" vra hy.

"Ek het hulle afgeloer, vir haar en Salmon."

Dit lyk of Braam skrik. Skrik of kwaad word. "Jy't gewát? Wat het jy gesien?"

"Niks. Hulle het net gepraat."

"Shit, Timus, jy het my darem nou laat skrik. Hou op worry, 'n meisie kan nie van práát swanger word nie." Hy staan op. "Skud gou die blare en goed van my rug af, ek kan nie só by Melinda aankom nie."

"Maar . . ."

Hy steek sy hand uit en trek my op en draai sy rug na my toe sodat ek hom kan afstof. "Ons praat anderdag weer. En onthou, let mooi op in die biologieklas, jy sal jou verbaas wat jy alles daar gaan leer."

Erika kom na ons toe aan. "Watse ouboet-kleinboet-praatjies is dit dié?" vra sy.

Braam smile vir haar. "Ek het vir my kleinsus ook 'n stukkie raad: versigtig met die vuurwarm gesprekke, jy en Salmon." Hy lag hard. "Is my rug skoon, Timus?"

Ek klap hom tussen die blaaie. Hy maak of dit baie seer was en loop kromgetrek weg, maar ek hoor hom nog lag.

"En nou?" vra Erika.

"Nou niks, Braam probeer snaaks wees."

Sy trek haar skouers op. Dit lyk of sy ook wil loop.

"Erika," sê ek gou.

"Ja?"

"Is jy in die moeilikheid?"

Sy frons. "Wat laat jou so dink?"

"Salmon wat gevra het hoe lank julle dit nog sal kan wegsteek."

"Was jy gisteraand by die sitkamervenster?"

"Ja."

"En wat het jy gehoor?"

Ek vertel haar alles wat ek onthou. Sy lag, maar nie soos lêkker lag nie.

"Ek wens ek was eerder in die ander tyd. Maar Salmon is te ordentlik daarvoor."

"Wat is dit dan?"

"Niks nie."

"Ek gaan sê as jy nie vir my sê nie." Die woorde is uit voor ek kan keer. Ek weet daar is nie vir haar uitkomkans nie, maar ek voel sleg oor ek haar gedreig het. As hulle net nie altyd alles blerriewil vir my probeer wegsteek nie.

Sy sak sommer net daar op die gras neer en vou haar bene onder haar rok in. Sy het 'n wye rok aan. Ligblou, met geel kolle.

"Jy moet belowe om vir niemand te sê nie."

"Ek belowe."

"Sweer voor die Here."

"Mens mag nie."

"Dan sê ek niks."

"Goed, ek sweer."

"Voor die Here?"

Dis nie 'n maklike ding nie, maar ek móét weet.

"Ja."

"Sê dit."

"Ek sweer voor die Here," sê ek, maar ek hoop dit word in Erika se boekie geskryf, nie myne nie.

"Nou goed," sê sy, "Salmon is in 'n ander kerk as ons."

"Wat sê dit? Joepie is ook in 'n ander kerk as ons."

"Maar dis die AGS."

"En Salmon?"

"Hy is 'n Ou Apostel."

Ek het nog nooit van hulle gehoor nie, net van die Apostolies en die Sewendedag-Adventiste en die Full Gospels en die Jehovas-getuies en die Roomse.

"Is hulle sleg?"

"Lyk Salmon vir jou na 'n slegte mens?"

"Nee."

"Hy sê die NG Kerk sê hulle kerk is uit die bose."

"Dan sal Pa ook so sê."

"Dis hoekom hy nie mag weet nie."

"Maar Salmon kan mos net sy kerk los, dan's alles weer reg."

"Hy sal nooit sy kerk los nie, Timus. Nie eers vir my nie."

Sy breek grasstingels af en vryf hulle tussen haar vingers sodat daar groen sap uitkom.

"Pappie is liewer vir die kerk as vir ons, Timus," sê sy.

"Dis darem seker nie waar nie."

"Ek sê jou, as hy van Salmon se kerk hoor, sal hy hom wegjaag so seker as wat ons twee hier sit. En dan, dit belowe ek jou vandag, dan het ek niks meer om voor te lewe nie."

10

By die toring split die paadjie wat na die kerk toe loop in twee, en gaan weerskante van hom verby. As daar die Saterdag 'n troue was, lê die konfetti dik op die paadjie en tussen die roosbome wat onder die drie bene van die toring staan. Maar vandag is daar in groot, vet dubbelstreep-letters met wit bordkryt op die sement geskryf: GOD IS GOED.

Dominee sê: "Kyk na die leë woorde op die paadjie, kinders. Ons gaan dit volmaak om vir die Here te wys hoe lief ons hom het. As ons hier klaar is vandag, sal God se goedheid in die kleur van goud hier uitgespel lê."

Ons het elke jaar 'n sentlegging op die sementpaadjie buite die kerk om klein kinders te leer om hulle offergawes vir die Here te bring. Al die laerskoolkinders bring hulle sente en sit dit op die letters neer. Daar pas sewe sente langs mekaar tussen die strepe in. Dominee sê dis 'n heilige getal.

"Maar dink julle dis genoeg om te sê God is goed? Kom ons kyk of ons sy Naam groter as dit kan maak. Proponent Zaaiman, skryf vir ons nog iets daarby op die paadjie. Wat van: en regverdig? Kinders, dink julle nie die Here sal dit waardeer nie?"

Die proponent lyk nie of hy dit graag wil doen nie, maar hy vat die bordkryt wat dominee na hom toe uithou. Hy buk en maak die ekstra letters. Toe hy klaar is, staan daar: GOD IS GOED EN REGVERDIG.

Dit gaan baie geld kos om die Here se naam só groot te maak.

"Nou kan julle maar julle sente bring," sê dominee Van den Berg.

Van al die nuwe geldstukke wat Daan Desimaal in die plek van ponde, sjielings en pennies gebring het, is sente vir my die mooiste. Mooier nog as die ou halfkrone. Die nuwe sente is blink en geel en een van hulle lê amper jou hele handpalm vol.

Die kleintjies staan in 'n lang ry. Amper al die spoorwegkinders het skoolklere aan. Die ander dra hulle eie klere, tot pakke klere met langbroek en al. Húlle bly lank hurk by die letters, want hulle haal nóg geld uit hulle sakke uit. Die sente lê soos volmane en blink. Meer en meer daarvan. Die G is al vol. Toe is GOD vol. Laas jaar was ek ook in die tou, maar nou staan ek tussen die grootmense. Nie by Pa-hulle nie, ek wil op my eie wees. Ons kyk hoe die ry kinders korter en korter word, en die Here se naam al groter. Van die kinders met skoolklere aan sit net 'n paar sente op die sement. Hulle buk sommer, plak die geld neer, en staan vinnig weg van die woorde af. GOD IS GOED EN REGVER. Nog kinders sit hulle geld neer. GOD IS GOED EN REGVERDI. Nou is daar nog net een seuntjie wat sy geld moet neersit: Dawid Zeelie. Hy hou sy hand toe sodat niemand kan sien hoeveel hy het nie. Toe hy hurk en sy hand oopmaak, leun almal vorentoe om te kyk. Sy hand is natgesweet en die son laat sy sent blink.

'n Ruk lank is dit doodstil, afgesien van die karre wat in die straat verbyry. Skielik sê een van die kleintjies: "Een sent gaan nie God se regverdige G vol kry nie."

Party van die grootmense smile agter hulle hande. 'n Oom sê: "Dan moet ons seker weer hand in die sak steek, nè?"

Dawid staan net sy sent en kyk. Skielik hurk Joon by hom. "Sit hom maar neer," sê hy.

Dawid doen dit.

"Nou daai een ook."

"Watter een?"

"Die een in jou hand. Kyk." Joon maak of hy iets uit Dawid se hand haal en langs die nat sent neersit, toe weer, en dié sit hy 'n sentbreedte verder neer. "Kom, Dawid, sit neer tot die hele G vol is, ek sal hier by jou bly."

Toe kyk Dawid in sy hand, en ek kyk ook, en ek kan sweer ek sien iets daarin blink soos goud. Dawid sit die sent neer en toe nog een en nog een. Dominee staan net sy kop en skud. Toe Dawid opstaan, glimlag hy. Hy kyk op na Joon. Die kinders maak vir Joon 'n pad oop toe hy tussen hulle deur loop, weg van die kerk af. Voor hom is sy ma klaar in Lighthouseweg op pad. Hier en daar buk sy om 'n klip op te tel. Niemand roer nie, tot Joon-hulle agter die bult wegraak. Toe sê dominee Van den

Berg vir die diakens om die sente bymekaar te maak en te gaan tel. Hy knik vir oom Louis, ons koster.

Oom Louis vat die tou vas wat teen die hoë kerktoring opgaan tot bo by die klok. Hy trek hard, gee skiet, en trek weer. Die bel slaan teen die binnekant van die klok. Die eerste gelui. Wanneer almal in die kerk is en sit en kyk hoe die kerkraad inkom en dominee by die trap van die preekstoel bid, lui die klok weer.

Pa sê die een wat die kloktou trek, doen wonderlike werk, want die gelui roep sondaars na die kerk toe.

"Dankie dat dominee gekom het," sê Pa.

"Vir 'n lidmaat soos jy, broer Rademan, het ek altyd tyd."

Dis waar, dominee hou van Pa. Eenkeer toe hy hier op huisbesoek was, het hy vir ons gesê: "As ek 'n ouderling moet kies om saam te vat sinode toe, dan is die eerste naam in my hoed julle pa s'n – hy ken die Bybel en die kerkleer so goed soos ekself." Pa het gesê dominee oordryf darem nou, maar hy het net so trots gelyk soos Ma.

"Kom sit, dominee." Ma wys na 'n stoel.

Pa bly staan. "As dominee nie omgee nie, gaan ek sommer die ander kinders ook laat luister, dan hoef Dominee nie weer te kom praat wanneer húlle die dag mondig word nie."

Dominee lag. "Reg so, broer."

"Timus," sê Pa en beduie met sy kop, "gaan roep die ander."

Hulle sit almal in die kombuis. Ouma Makkie ook. Hulle weet dominee kom vandag met Mara en Rykie praat. Rykie sê sy weet nie hoekom sy daar moet wees nie, want sy is nie die een wat wil paartie hou nie.

"Pa sê julle moet almal kom."

Ouma brom: "Ek is lankal een en twintig verby, ek gaan kamer toe." Sy is vies vir Pa omdat Mara en Rykie hulle mondigwording onder 'n vreemde dak sal moet vier.

Braam dra van die kombuisstoele sitkamer toe. Ek kan hom nie daarmee help nie. Dominee groet ons. Hy kyk na my en smile. "Nóg 'n arm in gips! Wat gaan jy volgende keer breek, Timus, jou hart?"

Ek wens hy wil liewer met een van die ander praat, maar hy bly na my kyk.

"Dis sommer nog 'n hele paar jaar voor jý een en twintig word, nè?"

"Ja, dominee."

"Dink jy jy sal dan nog onthou wat ek vandag hier gaan sê?"

"Ja, dominee," sê ek. Ek weet nie wat anders nie.

Toe almal sit, sê dominee: "Twee duisend jaar gelede het Jesus ook mondig geword."

As ek die ander so kyk, dink ek ek is die enigste een wat hier wil wees. Mara se oë is voor haar op die grond. Rykie kyk by die venster uit. Erika en Martina loer vir mekaar. Braam maak sy bril skoon.

"Het jy al dááraan gedink, Mara?" vra dominee.

Sy skud haar kop.

"En jy, Rykie?"

"Dominee?"

"Het jý al?"

Sy word rooi. "Het ek al gewat, dominee?"

"Daaraan gedink dat onse Heer ook op sy dag een en twintig jaar oud geword het."

"Nee, dominee."

Ek het ook nog nooit aan sulke dinge gedink as ek van Jesus lees of hoor nie. Net aan sy geboorte en sy slimgeit by die wetsgeleerdes toe hy omtrent so oud soos ek was en die wonderwerke en die kruis en sy opstanding. Nou wonder ek vir die eerste keer of hy ook nie kon wag dat sy stem breek nie, dat hy oral hare moes kry, en hoe oud hy was toe hy begin het om skuim te pie. Maar dis seker sonde om sulke goed oor hom te dink.

"En toe die Here Jesus mondig geword het, dink jy Hy het toe partytjie gehou?"

Mara trek haar skouers op.

"En as Hy het, dink jy Hy sou op sy partytjie gedans het?"

Sy skud haar kop.

"Nee, Mara, ek dink ook nie Hy sou nie. En as onse Heer dan nie gedans het toe Hy mondig geword het nie, waarom sal jy dit wil doen?" Sy stem is soos grootmense se stemme wanneer hulle met klein kindertjies praat.

"Dominee het jou 'n vraag gevra, Mara," sê Pa.

"Toemaar, broer, stilbly is ook soms 'n antwoord. Dis hoe die Gees werk: ons wéét wat reg is, al wil ons nie altyd daarvolgens lewe nie." Dominee kyk oor sy wysvinger na ons. "Julle kinders moet dankbaar wees dat julle in 'n huis met godvresende ouers grootword. Kerkmense. Om sulke goeie ouers seer te maak, is 'n sonde voor die Here. En Mara, die ding wat jy wil doen, is 'n ding wat jou ouers diep seermaak. Om nie te praat van watter plan die duiwel dalk daarmee kan hê nie – julle sien in jul eie huis hoe dit lyk as Satan sy sin met iemand gekry het. Dis dáárdie soort ding wat jou pa julle wil spaar. Weet julle hoe min kinders het die voorreg om sulke ouers te hê? Die Here het julle ryklik geseën. Hy ken julle by die naam." Hy kyk elkeen van ons in die oë. "Mara, Rykie, Braam, Bella, Martina, Erika, Timus. As julle God se wil doen, sien ons mekaar almal eendag in die hemel. Kom ons bid saam."

Hy praat nog 'n hele ruk en toe bid hy vir al die groen koring op die land en vra die Here om in Mara se hart te werk dat haar oë en ons almal s'n geopen moet word vir die brullende leeu wat rondloop en soek wie hy kan verslind.

Dominee staan op en sê nag en almal behalwe Ma en Pa gaan kombuis toe. Ek draal nog 'n bietjie en hoor dominee sê: "Broer Rademan, suster, ons kan nie veel langer uitstel met Rykie nie, die mense sal begin vrae vra."

Ek loop agter die ander aan. Ouma sit by die tafel.

"En nou, Ouma?" vra Braam.

Ouma sit die ketel aan. "Dink julle ek sal kan geslaap kry as ek heelnag moet lê en wonder wat vanaand in die sitkamer gebeur het? Vertel. Wat het dominee te sê gehad?"

"Dat Jesus nie op sy twenty-first sou gedans het nie," sê ek.

Bella vra: "Wie wil almal koffie hê?"

"Ek."

"Ek."

"Tee, asseblief."

"Ek het nie gevra wie wil tee hê nie."

"Niks dan vir my nie."

"Ouma?"

"Nee dankie, my kind, ek het nie Timus se blaas nie. Is dit nou al wat dominee gesê het?"

"Nee," antwoord Rykie, "hy't oor my ook geskimp."

"Maar toe gee hy sommer die duiwel die skuld oor hy nie Karel se naam kon onthou nie," sit Braam by.

Ouma Makkie lag agter haar hand. Haar tande lê seker klaar in die beker langs haar bed.

"Wat gaan hier aan?" vra Ma in die deur. Sy smile, want mens kan nie anders as Ouma lag nie.

"Nee, Ada, sommer net. As ons nie lag nie, sal ons te veel hê om oor te huil."

"So erg is dit darem seker nie, Ma." Pa se stem.

Ouma lyk ernstig. "Awerjam, die kinders het my vertel wat dominee te sê had."

"Wat hy gesê het, is die waarheid."

"Die waarheid oor 'n tradisie wat daai tyd nie eers bestaan het nie?"

"Ma moet nou nie 'n ding begin nie."

"Awerjam, jy weet dit was 'n maklike uitweg vir dominee, dié storie. Hy hoef nie veel te gedink het wat hy vir Mara sal kom sê nie. Of lank daaroor te gebid het nie, as hy gebid het." Sy staan op en skuur by Pa verby. "Party mense dink die Messias het gekom om ons van verantwoordelikheid te verlos."

Dit is so stil in die kombuis dat ons Ouma se slippers oor die vloer kan hoor flop-flop soos sy kamer toe loop. Sy maak die deur agter haar toe. Ma sal dit later op 'n skreef gaan oopmaak, want sy is bang Ouma kom in die nag iets oor, dan weet niemand dit eers nie.

"Vergeet wat julle ouma gesê het," sê Pa, "oumense praat baiekeer sonder om te dink."

11

Ek het drie aande terug 'n hand vol seeppoeier langs die pie-
sangbos in Hein-hulle se jaart gaan begrawe en gehoop dat dit
nie reën nie. Ek het die plek mooi in my kop gemerk: reg onder
die laagste piesangtros. Ek sou presies 'n tree voor my moes
mik, na die buitekraan se kant toe. Die piesangs is nog te klein
en te groen, ek het geweet niemand sal hulle pluk nie, en die
kraan sal bly staan waar hy staan.

"Wat trap jy so rond?" vra Hein. Hy laaik dit niks as mens
se gedagtes elders is as hy praat nie.

"Ek het 'n groot pie, man."

"Fokkit, jou blaas bly deesdae vol. Wat is dit met jou?"

"Daar's niks met my fout nie, ek dink ek is net besig om
groot te word, jy weet?"

"Grootmense staan nie so en rondtrap nie, hulle gaan pis en
kry klaar," sê Hein.

Ek buk deur die draad na hulle jaart toe.

"Waar gaan jy nou?"

"Piesangbome toe."

"Hoekom nie sommer hier nie?"

"Daai buitelig van julle, wil jy hê die hele wêreld moet my
sien?"

Ek voel die onderste piesangs van die tros teen my kroontjie.
My hande bewe 'n bietjie. Hein het ook nadergekom. Hy maak
sy gulp oop. Ek kan nie van hom af wegdraai dat hy nie my
peester kan sien nie. Gelukkig is dit nogal donker hier. Ek mik
en begin pie. Daar is nie skuim nie. Hein se straal tref die grond.
Voor hom kom die skuim stadig uit die gras op. Ek begin net
wonder of Braam my vir die fool gehou het, toe blink die eerste
borreltjies by my. Hein se gulp is al toe, maar ek pie nog. My
skuim staan hoër as syne.

"Sien jy?"

Hy antwoord nie.

"Ek het jou mos gesê." Ek skud my peester af. Dit voel vir
my of hy groter geword het.

Daar is nie meer skuim waar Hein gepie het nie. My blasies blink nog.

"Check jou môre," sê ek.

By ons agterdeur kyk ek om. Hein staan nog net waar hy gestaan het. Toe ek in die huis inloop, sê ouma Makkie: "Timuskind, hoe lyk jy dan vanaand soos 'n geloofsgeneser wat wragtag iemand gesond gebid gekry het?"

Die eerste ding waaraan ek dink toe ek wakker word, is om vir Joepie te vertel. Ek staan op en skep vir my pap. Die pap brand my mond. Almal wat moet werk en skool toe, skree op mekaar en slaan plathand teen die badkamer se deur as iemand te lank draai. Die meisiekinders raak gou ongeduldig. Dit sou baie gehelp het as ons lêwwetrie soos Kenneth-hulle s'n apart van die badkamer was.

"Mara, het jy my rooi bloes met die kant gesien?"

"Nee."

"Braam, tot hoe laat gaan jou bed vanoggend nog in die gang staan?"

"Tot ek hom opneem en loop."

"Pappie, hoor hoe spot Braam!"

"My magtig, wie het die ketel aangesit? Hier's dan nie 'n druppel water in nie!"

So gaan dit elke oggend. Dis g'n wonder Ouma bly lê tot die gewoel verby is nie.

Uiteindelik kom Joepie my tas haal.

"Ek moet jou iets vertel," sê ek toe ons op die sypaadjie is, maar voor ek verder kan praat, roep Hein van hulle kleinhekkie af: "Het Timus jou al gesê, Joepie?"

Joepie antwoord nie. Hy en Hein hou nie van mekaar nie.

"Jou pel het skuim gepis gisteraand, sommer so 'n bol."

Joepie kyk na my en ek knik my kop. "Dis sommer niks," sê ek.

Hein maak sy oë groot. "Wat praat jy nou? Dis 'n moerse ding as mens die dag begin man word."

Ek kan sien dat Joepie beïndruk is.

Hein bly saam met ons loop. "Ek dink ek moet jou iets wys, Timus," sê hy, "noudat jy groot is."

"Wat?"

"Iets waaroor jy nie sal spyt wees nie."

"Sê eers wat."

"Dis 'n boek wat 'n pel van my by die hawe gekry het, reguit van die skepe af."

Pa sê hy moet baiekeer van die vieslike boeke wat in die hawe-gebied gekonfiskeer word, met sy bulldozer toestoot. Spoorweg-polisiemanne – die spesiale seksie waarin Hennie is – bring die goed daar aan en dan staan hulle en kyk tot die laaste bladsy onder die grond is. Ouma het al vir Pa gevra of hy darem so nou en dan enetjie deurblaai, maar hy't haar net so gekyk sonder om te antwoord. Al wat hy nog ooit van die hawe af teruggebring het wat hy moes toegestoot het, was tien blikke met olywe in. Een op 'n dag, want dit is groot blikke. Product of Italy. 'n Skip se vrag het glo in 'n groot storm nat geword en daar het roes-plekkies buite op die blikke gekom, toe's die spul gekondêm. Pa het gevra of hy van die blikke mag huis toe vat, want hy het in Egipte so lief geword vir die goed toe hy in die oorlog was. Dis nou dubbel so lekker, omdat hy destyds teen die Italianers ba-klei het en nou eet hy hulle olywe verniet. Elke aand sit hy 'n bakkie daarvan op die tafel neer, maar dis net hy en Braam wat daarvan eet. Ons het almal geproe. Ek het 'n hele olyf opgeëet, net om te wys ek kan. Nooit weer nie.

"Tot wanneer wil jy nou staan en dink daaroor?"

"Het jy hom hier?"

"Die boek? Is jy mal, man, die ding is in die vlei weggesteek!"

"Japannese?"

"Yes. Gaan jy kom kyk?"

"Jou pa maak jou dood," sê Joepie.

Hein trek sy skouers op. "Nou ja, ek gaan jou nie smeek om jóú 'n guns te doen nie. Lyk my jy en jou maatjie het beter dinge om te doen." Hy begin van ons af wegloop.

"Wag 'n bietjie, man."

Hein kyk om. "Jy moet nou besluit of jy 'n mamma se seun-tjie wil wees of nie."

"Ek wil die boek sien."

Hy knipoog vir my. "Dis hoe 'n man praat wat al kan skuim pis."

"Wanneer?"

"Vanmiddag in die vlei."

"Net na skool?"

"Nee, halfvier. Jy's in vir 'n moerse experience."

"Kan ek saamkom?" vra Joepie.

Hein smile. "Kan jy skuim pis?"

Joepie antwoord nie.

Die tyd gaan te stadig verby. Vier periodes klas, kleinpouse, vier periodes klas, grootpouse, twee periodes klas, huis toe loop, koffie en brood eet. Hein het gesê ek's in vir 'n moerse experience. Om die wag korter te maak, speel ek met Boytjie. Dis vir my oulik as hy so hard probeer om die bal wat Bella vir hom gekoop het, te skop. Hy kom aangehardloop en haak af en skop woes. As dit mis is, slaan hy neer. Ek help hom op en hy storm weer op die bal af. Ek gaan kort-kort in die huis in om te gaan kyk hoe laat dit is. Nou eers tien oor drie. As ek twintig oor begin loop, sal ek heeltemal betyds wees, maar ek wil Hein nie laat wag nie.

"Koebaai, ek moet nou loop," sê ek vir Boytjie. Hy lyk sommer bekaf. "Toemaar, Bella kom netnou huis toe."

"Timus!" Dis Ma se stem.

"Ja, Ma?"

"Waarnatoe is jy so haastig op pad?"

"Vlei toe, Ma."

"Om te wat?"

"Sommer net. Joepie het gesê ek moet hom halfvier daar kry."

Oupa het altyd gesê dis vreeslike sonde om 'n kwikkie of 'n swaeltjie te skiet en die Here se naam ydellik te gebruik en vir jou ma leuens te vertel. Dis seker nog erger as sy jou in die oë kyk en jy kan sien sy wonder of jy regtig die waarheid praat.

Ma kyk na die kombuishorlosie. "Van wanneer af vat dit meer as 'n kwartier om vlei toe te loop? Wat is dit wat julle daar gaan doen?"

"Ek weet nie, Joepie het nie gesê nie."

Groot sonde.

"Nou goed, moet net nie weer jou klere bemors nie."

Ek glip by die deur uit voor Ma van besluit kan verander. Melinda sit op die trappies by hulle agterdeur, haar bene uitgestrek in die son, maar vandag hoef ek nie net met 'n rooi panty tevrede te wees nie – in die vlei wag Hein vir my met 'n boek wat van die skepe af kom. Ek hol soontoe, verby almal se huise en verby almal wat my groet of wil gesels en verby Joon waar hy en sy ma op hulle stoep sit en koffie drink. Ek waai vir hulle en kyk vinnig weer voor my. Mens weet nooit wat Joon alles sien as hy jou in die oë kyk nie, al is dit op 'n afstand.

Waar Kingsingel sy draai maak en die huise ophou en die vlei begin, gaan ek staan. Voor my is die groot pyp waar die hele Bluff se stormwater uitloop met al die gemors wat mense in die strate neergooi. Ek kyk by die pyp in, dalk wag Hein daar. Nee. Ek is alleen. Elke geluid wat ek maak, kom hard na my toe terug. Ek en Joepie is eenkeer by die pyp in met sy pa se flits, maar ons het om die eerste draai bang geraak, daar waar die pyp 'n vurk maak en so dun word dat ons moes buk om verder te loop. "Watter een moet ons vat?" het ek gevra. My stem het soos 'n spook s'n geklink. Ek wou nie wys hoe bang ek is nie. Joepie het gesê: "Ek dink ons moet liewer omdraai." Om seker te maak dat hy nie van plan verander nie, het ek dadelik begin terugloop. Toe ek die lig in die bek van die pyp sien, het ek omgekyk en gesê: "Chicken."

Nie een van ons het ooit weer daaroor gepraat nie.

Nou skyn die son helder in die vlei. Ek sien Hein nêrens nie. Al verder van die pad af loop ek, verby die paadjie wat na die Bantoes se kerkplek toe lei. Doer in die vlei sien ek 'n lap aan 'n stok waai. Iets voel vir my verkeerd. Hoekom sal mens 'n boek so ver gaan wegsteek?

Daar is niemand by die vlag nie. Ek wil omdraai huis toe, maar daar staan skielik groot seuns uit die lang gras op. Hein en 'n hele trop van sy pelle. Ek is bang.

"Julle ken mos my vriend Timus?" sê Hein.

"Jip."

"Dis mos die effie-man."

"Yes."

"Fok, hy het nog meer gips aan as toe ons hom by die hawe gesien het."

"Ja," sê Hein, "as hy nog iets breek, sal sy boyfriend hom met 'n kruiwa skool toe moet stoot."

Hulle lag en kyk my op en af.

"Gaan jy ons wys, Timus?"

"Nee, Hein gaan wys."

Hulle bars weer uit van die lag, maar nie vriendelik nie. Nie soos mense wat saam met my na 'n boek met Japannese wil kyk nie.

"Haal uit!" sê dieselfde een wat gevra het of ek hulle gaan wys.

"Wat?"

"Jy weet wat. Haal uit."

"Ek kan nie, Hein het hom."

Hulle slaan mekaar teen die skouers en buig dubbeld en hou hulle mae vas. Ek kom agter dit gaan nie oor die haweboek nie.

Hein kom voor my staan. "Jy's mos 'n man wat al kan skuim pis, nè?"

My keel word droog.

"Wys ons."

"Ek het nie nou 'n nood nie."

"Siestog, hy't nie nou 'n nood nie. Bring die water."

Een van hulle buk en haal 'n groot kan agter die lang gras uit.

"Drink."

Ek hou die kan voor my mond en vat 'n paar slukke.

"Nog."

Toe Hein tevrede is, sê hy: "Okkie, bly jy hier by ons vriend Timus. Ek het beter dinge om te doen as om te wag tot sy niere met daai spul water klaar is. Maar hou hom dop, nè, jy laat hom nie pis nie al kom Krismis voor ek terug is."

"Raait, Hein," sê Okkie. "Los hom vir my, jy kan maar sê hy het 'n knoop in sy voël."

Die ander lag.

Dit voel of ek kan opgooi van al die water.

Hein tik met die agterkant van sy hand teen my gulp. "Vandag pis jy skuim soos jou ma se wasmasjien," sê hy.

Hy weet!

Ek het meer seeppoeier gevat as wat Braam gesê het, om seker te maak. Hein moes iets agtergekom en gaan grou het.

Die tyd wil nie verbygaan nie. Okkie laat my die kan leeg drink. Ek wens Joon kom hier aan.

"Ek kan nie meer knyp nie," sê ek vir Okkie.

Hy lag. "Krismis is nog ver."

"Asseblief, Okkie, man."

Ek gaan my broek natmaak as ek nie gepie kry nie. Dit help nie meer om rond te trap nie. Ek trek my broekspyp op en begin my peester uithaal.

Okkie staan nader. Hy steek sy hand in sy sak en haal 'n mes uit. 'n Flick-knife.

"Jy mag nie so 'n mes hê nie," sê ek vir hom.

Hy lag. "Die wet is vir moffies soos jy. Sit terug daai dinge-tjie." Hy druk die knoppie en die lem spring oop.

"Ek kan nie meer knyp nie, man."

"Sit terug of ek sny hom af."

Ek laat my broekspyp sak en gaan sit eenkant met my arms gevou. Lank sit ek so, tot my blaas so seer is dat dit nie eers meer help om aan Wollie te dink nie. Wollie wat hom doodgebloei het na oom Gouws hom van Liefie af losgesny het. Joepie se ma het gesê sy gaan die SPCA bel, maar sy het dit nooit gedoen nie.

My broek word warm tussen my bene en onder my boude. Okkie kom niks agter nie. Ek is net mooi klaar gepie toe die ander ouens aangestap kom.

Hein trek my aan my arms op. "Nou gaan jy seker vir ons 'n show gee, nè?"

Ek kan die druppels van my broek af op my voete voel val. Hein kyk af, en toe op na Okkie. "Doos!" skree hy en klap Okkie deur die gesig. Hy gryp my aan my hemp en slaan my in die maag. "Jou bliksem, jy het my hele middag opgefok."

My wind is uit.

"Nou kom jy saam met ons dat die hele straat kan sien jy't jou natgepis."

My broek klou aan my vas. Almal sal kan sien wat Hein wil hê hulle moet sien.

Een van Hein se pelle stamp my kort-kort in die rug terwyl ek loop. Ek het lus om te tjank. Dis nie meer ver nie, dan sal ons uit die vlei wees en in die straat waar almal vir my gaan lag. Om my loop Hein en sy pelle en aanmerkings maak oor my. Elke nou en dan ruk my kop soos die ou agter my my tussen die blaaie stamp. Die hele tyd kyk ek af na my broekspype, in die hoop dat hulle gou sal droog word, maar verniet, hulle bly branderig teen my bene skuur. Skielik loop ek in iemand vas: Hein.

"Ekskuus," sê ek.

Almal is nou stil. Ek staan téén Hein. Voor Hein, sien ek nou, is Joon op die sypaadjie, wydsbeen oor sy fiets.

"Moet ons hom bliksem, Hein?"

Dit vat 'n rukkie voor Hein antwoord: "Los die donner."

Hy loop om Joon, weg van ons af, met sy pelle agterna. Toe hy al ver is, draai hy terug en skree: "Jou dag sal kom, Sterrekyker!"

Joon vat my by die naaste jaart in. Hy tel die mense se tuinslang op en maak die kraan halfpad oop en laat die water oor my hare en voorkop en oë en klere loop.

"Nou sal niemand meer kan sien nie," sê hy.

12

Dis al donker, maar ons lê buite op die gras in die maanlig na die wolke en kyk. Ons doen dit party aande as ons verveeld is. Op Oupa se plaas het ons saans tussen die sterre na komete gesoek. Daar is alles helderder as hier by ons.

Ons moet in die voorjaart wolke kyk, want agter kan mens nie deur die wildevy se blare sien nie. Dis so dig dat dit selfs in die dag amper skemer is onder die boom.

Braam sit op die trap by die kleinhekkie. Erika se kop is op Salmon se maag. "Ek sien 'n hasie," sê sy.

"Waar?" vra Bella. "Ja, wag, ek sien hom."

By ons is die wind stil, maar ver bo in die lug word die wolke aangejaag, verby die maan.

"Kyk," sê ek, "daar's 'n groot vlermuis!"

Martina druk met haar vinger in my sy. "Jy verbeel jou, man."

Voor ek kan begin stry en beduie waar die vlermuis is, gaan die voordeur oop. Pa kom na ons toe aangestap. Hy gaan staan by Erika en Salmon. "Ons moet praat," sê hy. Hy draai om en gaan terug huis toe. Erika lyk bang. Nie een van ons sê 'n woord nie. Salmon staan op en hou sy hand na Erika uit.

Sy skud haar kop.

"Kom, Spinnekop." Dis die eerste keer wat Salmon haar voor ons op haar bynaam noem.

Ons kyk hulle agterna.

"Wat het hulle verkeerd gedoen?" vra Martina.

Mara trek haar skouers op. "Vra die man in die maan."

"Timus," sê Braam, "as daar ooit 'n tyd was om daai afluister-talent van jou in te span, is dit nou."

"Hu-uh, Pa slaan my dood as hy my vang."

"Jy's al te goed om uitgevang te word."

"Hoekom doen jy dit nie self nie?"

"Toe, Timus," sê Mara, "ek bring vir jou Maandag iets van die werk af."

"Soos wat?"

"'n Verrassing. Toe, loop nou, ons wag net hier vir jou."

Ek weet as ek vanaand voor hierdie venster gevang word, is dit klaarpraat met my, maar ek kan sien almal in die sitkamer se aandag is by Pa, en syne by die Bybel op sy skoot. Niemand praat nie. Erika en Salmon sit met reguit rûe op die rusbank, styf teen mekaar. Ma se stoel is tot langs Pa s'n getrek. Haar vingers is inmekaar gevleg en sy vryf haar duime aanhoudend teen mekaar.

"Begin tog nou, Abram," sê sy.

Rankieskat kom aangeloop. Hy staan teen Pa se been op, maar sien dat daar nie vir hom plek by Pa is nie. Hy rek sy lyf lank uit en loop weg.

Pa kyk op en begin praat.

"Toe ek en jou ma jou laat doop het, Erika, vir jou en die ander kinders, het ons 'n belofte voor God afgelê, en sover ons kon, het ons by daardie belofte gehou." Hy kruis sy bene.

Erika sê niks nie.

"Ek dink daar is iets wat julle my wil vertel," sê Pa. Hy sit terug in sy stoel. Dit lyk nie of hy haastig is om 'n antwoord te kry nie. Op die punt van die stoel se armleunings, aan die kant, is kringetjies uitgegroef. Pa se wysvinger draai al in die rondte in die groef. Hy doen dit baie as hy sit en lees of as hy ingedagte is. Erika kyk na sy hand.

"Salmon?" sê Pa na 'n lang ruk.

Salmon skuif nóg vorentoe op die bank. Hy sit sy hand op Erika s'n. "Oom wil weet van my kerk?"

Pa skud sy kop. "Nee, dit weet ek klaar, maar nie danksy julle twee se eerlikheid nie. Tannie Gertruida het vir my kom sê."

Joepie se ma.

"Dink julle dis lekker om van die bure te hoor wat in jou eie huis aangaan?"

"Pa het nooit gevra nie," sê Erika.

"Ek sou nooit oor enigiets vir oom gejok het nie."

"Stilbly kan ook 'n leuen wees."

"Ek is jammer, oom."

"My man, kom asseblief nou tot die punt," sê Ma.

Pa kyk af na sy Bybel toe en weer na Salmon. "Ek en die tannie is bang jy en Erika raak te ernstig."

"Ons is klaar ernstig, oom."

"Julle twee weet net so goed soos ek dat hierdie ding nie gaan werk nie. Ek het niks teen jou nie, van die begin af was jy soos 'n seun in hierdie huis. Ek het jou met my dogter vertrou."

"En ek kyk mooi na haar, oom."

"Maar jy het geweet dié dag moet kom, en jy't niks gesê nie."

"Ek wou nie lieg nie, oom Abram, ek wou lankal sê."

"Is jy skaam oor jou geloof?"

"Nee, oom."

"Hoekom het jy dit dan weggesteek?"

Voor Salmon kan antwoord, sê Erika: "Ék het vir hom gesê hy moet."

"Julle kon mos met my kom praat het."

Erika skud haar kop. Sy kyk na Pa en haar mond gaan oop, maar daar kom nie 'n geluid uit nie.

Sonder om af te kyk, wys Pa na die Bybel op sy skoot.

"'n Os en 'n esel kan nie saam in dieselfde tuig trek nie."

"En as ek na Salmon se kerk oorgaan, Pappie?"

"Oor my dooie liggaam."

"Asseblief?"

Pa skud sy kop. "As hy maar 'n Apostolie was, dan miskien nog. Volle Evangelie selfs."

Ma sit haar hand op Pa s'n. "Miskien moet ons nie oorhaastig wees nie, Abram. Gee die kinders kans om daaroor te dink. Dalk besluit Salmon tog –"

"Ou Apostels los nie hulle kerk nie, vrou," knip hy haar kort.

Salmon staan op. "Dit is so, oom."

"Sit, Salmon, dat ons dié ding uitpraat," sê Ma.

"Moet hom nie keer nie, vrou, 'n man moet doen wat hy glo reg is."

Salmon kom eerste by die voordeur uit, toe Erika. Hulle staan na mekaar en kyk. Ma kom ook stoep toe.

"Moenie laat hy gaan nie, Mammie," sê Erika.

"Dit kan nie anders nie, my kind."

Braam-hulle staan op en kom nader. Ek kan sien hulle weet nie wat aangaan nie.

Erika huil. "Pappie is nie 'n pa se gat nie!" sê sy. Ek dink Pa kan haar tot in die sitkamer hoor.

Ma kyk af, hou haar naels asof sy wil kyk of hulle skoon is. "Hy hou maar net by sy beginsels."

"Sy beginsels is verkeerd!"

"Hy het lank gedink hieroor, Erika, tot vir dominee gaan vra wat die Woord sê."

"En wat sê die Woord, Mammie?"

"Ek weet nie, Erika."

Daar is trane in Salmon se oë ook. Hy druk Erika se gesig teen sy bors vas en haal sy sakdoek uit.

"Ek is jammer, Salmon," sê Ma. Sy steek haar arms uit en laat hulle weer sak.

"Tot siens, tannie."

Hy soen Erika op die voorkop en kyk in haar oë. "Koebaai, Spinnekop."

"Nee!" gil sy, maar hy draai weg en loop verby Braam en Mara en Rykie en Martina en Bella, en by die hekkie uit. Hy kyk nie een keer om nie. Erika bly straatop kyk, maar ek weet nie of mens deur soveel trane enigiets kan sien nie. Toe sy inkom, wil Ma haar vashou, maar sy draai weg en gaan in haar kamer in.

"En nou, my kind?"

Ek kyk by Ma verby. Erika hou haar Bybel bo die snipper-mandjie langs die spieëltafel.

"Moet dit nie doen nie," sê Ma.

Die Bybel val die mandjie om, en bly lê tussen die gevlekte bolletjies watte waarmee die meisiekinders hulle make-up af-haal.

13

Dit is vrekwarm in die kerk. Soveel vrouens probeer hulle met sakdoekies koel waai dat dit lyk soos by die hawe wanneer die *Union Castle* van die kaai af wegtrek om oorsee te gaan. Die orreliste begin speel. Sy trek altyd eers haar skoene uit en trap die houtklawers met haar sykouse. Sy moet in 'n spieël kyk om te sien wanneer dominee en die kerkraad inkom, want sy sit met haar rug na die preekstoel toe. Die kerk is vol. Ouma Makkie het ook gekom. Gewoonlik luister sy sommer die eredienste op die radio, maar sy sê sy mis nie graag 'n kinderdiens nie. Sy het 'n hoed op, soos die ander tannies, maar baie van die jong meisies dra deesdae nie meer hoed nie.

Daar kom al die hele naweek 'n stank van die walvisstasie af aan wat g'n mens kan hou nie. Gewone hitte kan 'n mens nog vat, sê die grootmense, maar as die lug verkeerd draai wanneer daar walvisse geslag word, gaan dit bitter. Dan moet mens kies: alles toemaak en nog warmer kry, of opgeskeep sit met die reuk van uitgekookte vet. Vergeet maar om dit gewoond te raak. As die ruik is soos hy nou is, haal mens maar deur jou mond asem.

Heel voor in die kerk, sommer op die grond, tot teenaan die preekstoel, sit 'n trop kleintjies. Dis altyd so met 'n kinderdiens.

Die orrel raak stil en dominee Van den Berg sê dis nie hy wat vandag preek nie, maar proponent Zaaiman. Hy kom van die preekstoel af en gaan sit by die ouderlinge. Proponent Zaaiman staan op. Hy loop na die kateder toe.

Eers as proponente dominees word, mag hulle togas dra en van die kansel af preek. Hulle mag nie die seën uitspreek nie, hulle moet nog bid daarvoor.

Die proponent lyk nie so op sy gemak soos dominee nie. Hy vroetel met sy papiere en vat 'n slag aan sy dasknoop. Hy maak sy oë toe en laat sy kop sak en hy sê: "As die Here die huis nie bou nie, tevergeefs werk die wat daaraan bou; as die Here die stad nie bewaar nie, tevergeefs waak die wagter."

En dit lyk vir my dis ook tevergeefs dat die tannies hulleself probeer koel waai, en verniet dat party mense hulle neuse toe-druk; die warmte en die stank gaan nie weg nie.

Proponent Zaaiman kyk na die klomp kleintjies voor hom. "Ek gaan nie vandag met die broers en susters praat nie, maar met julle, my boeties en sussies," sê hy. "Daar het nou die dag by die sentlegging 'n wonderlike ding gebeur, voor ons almal se oë. En vandag gaan julle nog so iets belewe. Ken julle dié woord: belewe? Dis om iets aan jou lyf te voel, dit self te sien en te hoor. Die woordeboek sê dit is iets wat 'n mens ondervind, iets wat gebeur waaroor jy kan getuig, waarvan jy ander mense kan ver-tel."

Die kleintjies sit doodstil en luister.

"Maar voor ons verder gaan, sê eers vir my: Hou julle van die walvisstasie se reuk?"

"Nee!" sê die kleintjies soos 'n spreekkoor.

"Nou ja, as mense sonde doen, is dit of daar net so 'n slegte reuk na die Here toe opgaan. En dis vir Hom verskriklik sleg. Gelukkig het Hy 'n manier gekry om van die stank ontslae te raak, en vandag gaan die Woord, dis die Bybel, vir ons leer wat daardie plan was.

"Maar eers wil ek julle 'n geheim vertel oor grootmense. Julle weet mos hoe graag hulle vir julle vra of julle ore ornamente is, nè? Moet vir niemand sê ék het dit gesê nie, hoor, maar as dit by die sonde kom, kan die Here dit heeldag lank vir grootmense ook vra: Is dit ore daardie wat Ek vir julle gegee het, of orna-mente? En omdat grootmense so sleg hoor, wil ek hê julle moet lekker hard praat as julle op die vraag antwoord: Wil julle hoor watter plan die Here gemaak het om van die reuk van sonde ontslae te raak?"

"Jaaa!"

En toe vertel hy hoe die bloed van Jesus 'n mens se sonde heeltemal wegwas, so weg dat dit nie net ophou stink nie, maar dat ons lewens sommer lekker ruik vir God.

"Nie net lekker nie," sê hy, "sommer lêkker." Hy loop tot ag-ter die Nagmaaltafel en tel die groot silwerbeker op. "Julle weet dat daar met Nagmaal altyd wyn in hierdie beker is, nè?"

Die kleintjies knik.

Die proponent skink iets in 'n glasbak wat nie gewoonlik op die tafel is nie. "Dis net rooi gekleurde water, kinders, maar kom ons maak of dit Jesus se bloed is hierdie, nes ons in die Nagmaal met die wyn maak." En hy kom agter die tafel uit en druk sy regterhand in die rooi water en skiet dit met sy vingers oor almal voor hom. Hy loop in die gangetjie op en sover hy gaan, spat hy die water. Die grootmense koes weg en die kinders beur vorentoe om nie misgespat te word nie. Eers toe die proponent by ons op die galery kom, ruik ek dat die water soos scent is en dat die reuk van die walvisstasie nie meer om ons is nie.

Proponent Zaaiman gaan terug na die kateder toe, en toe sê hy: "Net so skoon soos hierdie geur wat julle nou ruik – nee, sommer nog baie skoner – maak Jesus 'n mens wanneer jy in sy bloed gewas is. Dan kan jy ander mense daarvan vertel, omdat jy dit self belewe het. Maar as hulle dit kan sien aan die manier hoe jy lewe, is dit beter as om net daaroor te praat. As jy 'n kind is, sien ander mense dit sommer heel eerste aan hoe gehoorsaam jy vir Mamma en Pappa is. En weet julle wat? Die nederigste gelowige kan die Here beter dien as die geleerdste mens wat nie regtig glo nie. Iemand wat regtigwaar 'n getuie is van hoe die Here hom skoongewas het, wat glo dat niks by God onmoontlik is nie, kan op 'n klein manier wonderlike dinge doen, soos om met één enkele sent God se Naam groot te maak."

Niemand waai meer met sakdoekies nie. Die kleintjies op die vloer voor die preekstoel skuif nie rond nie.

"Amen," sê die proponent. Die orrel speel weer terwyl die kollekte opgeneem word, en ons sing 'n laaste psalm. Daarna vra proponent Zaaiman dat die Here ons almal sal seën. Toe gaan hy en dominee Van den Berg en die kerkraadslede konsistorie toe.

Ander dae kan die gemeente nie wag om huis toe te gaan ná die erediens nie, maar almal bly sit met die lekker ruik om hulle. Tot die kinders. Hóé lank nog. Toe ons uiteindelik buite is, moet ek teruggaan om ouma Makkie te gaan haal.

"Ogies toe," sê Pa voor hy die boud begin sny. Vandat Mara en

Rykie en Braam en Bella werk en losies betaal, eet ons een keer 'n maand skaapboud, dan bid Pa langer as gewoonlik. Na die amen sny hy dun plakkies van die been af, almal presies ewe dik. As Ma klaar opgeskep het, is net die kale been oor, want daar staan deesdae elf en 'n half borde op die tafel. Die klein-bordjie is Boytjie s'n, hy is al te groot om net bietjie-bietjies van sy ma se kos te eet.

Ek vat die boudbeen altyd na ete buitentoe en kap hom met 'n klip oop sodat Pa die murg kan uitsuig. Dis vir hom lekker-der as die lekkerste poeding, sê hy, en vir my moeite skep hy vir my van sy roly-poly uit.

"Die proponentjie het darem 'n slag met kinders, nè, Awer-jam?" sê Ouma.

Pa staan op en trek sonder 'n woord die groot bord met die boud nader.

"Hulle bekkies het behoorlik oopgehang vandag. Tot daai kwajong van 'n klein Zeelietjie s'n, wat is sy naam nou weer, Dawid, nè?"

Ma kyk op toe Pa nog stilbly. "Ma weet," sê sy, "daardie kind het ook heel anders geword van die sentlegging af, en dit lyk my die proponent ook."

Ouma knik. "Ja, raai, ek sit toe hoeka daar en wonder. Kin-derdienste word mos op die kerkalmanak aangekondig – hoe sou proponent Zaaiman geweet het die walvisstasie gaan van-dag stink?"

"Toeval," sê Pa dadelik, asof hy gewag het dat iemand gaan vra, en op 'n manier wat maak dat almal stil sit en kyk hoe hy die boud klaar sny. Eers toe hy weer sit, sê hy: "Hy het te ver gegaan vandag, daardie proponentjie. Dominee het hom goed uitgetrap in die konsistorie. Ook reg so, dis gans en al te Rooms, die waterspattery. As ons ons oë uitvee, swaai die jong domi-nees een van die dae rookoffers in die kerk rond."

Ouma Makkie wys met haar mes na Pa se kant toe. "Awer-jam," sê sy, "as dit so iets vat om die stank uit die kerk te kry, sal ek die wierook self loop brandsteek."

14

"Timus, word wakker." Dis Ma se stem wat ek hoor, maar ek sien haar nie, net die bietjie lig wat deur die gordyne val. Dit voel of ek nog niks geslaap het nie.

"Hoor jy my, Timus?"

Ek draai op my ander sy.

"Goed," fluister Ma, "as Ruben kom, sal ek vir hom sê jy wil nie meer saamgaan walvisstasie toe nie."

Walvisstasie! Hein se pa het gesê hy't by sy contact gehoor die kans is goed dat daar vandag walvisse sal inkom. My oë gaan weer oop en dis of my lyf vanself opstaan. Vandag wil ek niks misloop nie. Ek gaan walvisstasie toe, al is dit saam met Ruben, want hy is al hoop wat ek het om ooit daar uit te kom. Ek het moed opgegee met Braam.

Ruben is eintlik besig om vir die matriekeksamen te leer, maar tannie Hannie sê hy kan nie dag en nag voor die boeke sit nie.

"Gaan was jou gesig en borsel jou tande. Trek sommer in die badkamer aan," sê Ma. Sy wil nie die lig aansit en vir Pa pla nie.

Toe ek klaar is, klop iemand aan die voordeur. Ma maak oop.

"Môre, tannie," hoor ek.

"Môre, Ruben, kom in, die koffiewater kook al."

"Ek sien hulle het tannie-hulle se melk al afgelewer, moet ek dit inbring?"

"Ek wou mos sê ek het 'n geklingel gehoor – ja, dankie."

Ek is bly dis nie mý werk om soggens melk af te lewer nie. Winter en somer, of dit reën of nie, van huis tot huis met die batterywaentjie agter jou aan. Vol bottels neersit, leës wegvat, koepons verkoop. Niemand om mee te praat nie, behalwe om vir Joon môre te sê as hy op sy fiets verbykom, en vir die ooms wat op pad is werk toe.

Ruben kom met die tweepintbottels in en loop suutjies verby Braam se bed in die gang.

"Môre, Timus."

"Hoesit?"

"Lekker, man, maak gou klaar dat ons kan waai."

Ek is ook haastig om weg te kom, maar Ma sê ek gaan nêrens voor ek iets geëet het nie, sy't klaar pap gemaak.

"Eet jy ook maar iets, Ruben, ek weet sommer Hannie was nog in droomland toe jy daar weg is."

"Dankie, tannie."

Toe ons borde leeg is, vat Ma my hand en sit iets daarin. "Koop vir jou en Ruben iets vir middagete."

Dis 'n vyftigsentstuk.

"Jis, dankie, Ma!"

"Raait, Timus, kom ons loop. Tot siens, tannie."

By die deur vryf Ma my hare deurmekaar. Vir Ruben sê sy: "Ek is bly jy doen die moeite, Timus wil so lankal die walvisstasie sien."

"Dis 'n plesier, tannie, ek was self ook nog nie daar nie."

Ons loop vinnig. Eers is ek stillerig, maar Ruben gesels asof ons ou pelle is, en toe ek weer sien, praat ek meer as hy.

Die son kom op en dit raak sommer gou warm. Ek wys Ruben waar ek op laerskool was en waar ek nou skoolgaan en die steil bult wat mens moet uit as jy by Kenneth-hulle gaan kuier.

Ruben luister na elke woord wat ek praat. Ek vertel hom van die tand wat Hein se pa vir my gewys het, die walvistand wat twee rand kos. Hy sê as daar vandag daarvan is, sal hy vir my een koop.

Lyk my nie hy is so 'n pyn as wat ek gedink het nie.

Ons loop en loop. Dis blerrie ver walvisstasie toe.

By die spoorwegkantoor naby Fynnlandsstasie wys ek Ruben deur die venster die boek waarin 'n mens kom skryf wanneer jou geiser stukkend is of as 'n ruit gebreek het of die drein verstop raak of as iemand per ongeluk 'n geut aftrap.

"En dan kom maak hulle dit reg?"

"Jip."

"Verniet?"

"Ja, dis mos hulle huise. Maar as hulle agterkom dat mens die goed aspris verniel, laat hulle jou betaal vir die regmaak. Dis hoekom oom Zeelie nie eers die moeite doen om in die boek te gaan skrywe oor hulle dak wat lek nie. Die groot Zeelie-seuns is mos vistermanne. Verkoop alles wat hulle vang sodat hulle pa perde kan speel. Pa sê dis dobbel, en dobbel is sonde, maar die Zeelies weet dit nie, want hulle is nie kerkmense nie. Hulle boer net by die viswaters. Sondae ook. Hulle het die loodplate om hulle skoorsteen afgeknip en vir sinkers opgesmelt, nou loop die water in hulle kombuis in as dit reën."

Ruben bly my uitvra. Oor Elsie ook, maar ek wil nie eintlik oor haar praat nie.

"Dis orraait," sê hy en sit sy hand op my skouer, "daar is partykeer goed wat 'n man liewer vir homself hou."

Hy bedoel seker iets soos die weeshuis en so. Ek wens ek kon hom vra wat sy stiefpa met hom gedoen het wat so 'n merk op sy binneste gemaak het. Maar ek vra nie. Hy sal vir tannie Hannie sê en sy sal dink Ma het my vertel.

"Maar jy het seker 'n ander meisie in die oog, of hoe?" vra Ruben.

"Nee, ek is klaar met meisies."

"Mm, hulle krap mens net om. Het jy al een gesoen?"

"Jip."

Ek lieg eintlik, want ek het nog nie rêrig nie.

"Vry is lekker," sê hy.

By die hawe loop die pad oor vier treinspore. Daar kom 'n taxi van die skepe se kant af aan. Die kar moet stadig oor die spore ry, téén ons verby. Agterin sit 'n vrou. Haar hare is deurmekaar. Sy hou haar handsak styf op haar skoot vas, met al twee hande. Sy kyk by die venster uit, maar dit lyk nie of sy eintlik iets sien nie.

"Die tannie lyk hartseer," sê ek.

Ruben gee 'n laggie. "Wéét jy watse vrou is daai?"

"Nee."

"'n Hoer."

Ek kyk om. Die taxi is al ver weg. "Dis die eerste keer wat ek 'n lewendige hoer sien," sê ek.

Hy lag. "Het jy dan al 'n dooie een gesien?"

"Nee, man, ek meen in lewende lywe. Ek het al een op 'n kiekie gesien, by 'n Japannees."

"Ja?"

"Jip. Hulle was kaal."

Hy gaan staan. "Jy speel seker?"

Dit lyk of hy beïndruk is oor ek al so iets gesien het. Hy is nicer as wat ek gedink het. Nes tannie Hannie gesê het, niks upstairs oor hy al in standerd tien is nie. Ek vertel hom van die kiekie, en toe ons by die hout-jetty kom, wys ek hom waar die effie gedryf het. "Die Japannese gebruik dit as die hoere hulle op die skepe kom service," sê ek.

Hy sit sy hand op my kop en vryf my hare. "Jy weet darem baie vir so 'n jong laaitie, hè?"

By die kaaie lê skepe van oral in die wêreld vasgemeer. Roesstrepe loop teen party van hulle af, maar ander is nuut geverf, rooi en oranje en blou en grys. Uit hulle skoorstene trek swart rook. Selfs as hulle in die hawe is, loop daar enjins aan boord wat krag opwek en pompe trek.

Ruben lees die skepe se name soos ons by hulle verbyloop, dié wat nie in snaakse skrif geskryf is nie. Nou en dan waai 'n matroos vir ons van die dek af.

Ruben waai terug.

"Kan jy die verskil tussen Japannese en Chinese sien?" vra ek.

"Hu-uh."

"Pa sê Chinese is nie wit nie, maar Japannese ís. Die regering het hulle glo wit verklaar omdat ons met hulle handel dryf, maar vir my lyk hulle dieselfde: gelerig."

"Klink vir my na 'n politieke ding."

"Ek weet nie eers wat politiek is nie. Sommer nonsens as jy my vra. Mens besluit net of jy Nat of Sap is, en dan baklei jy met iemand anders. Kyk, hier laai hulle mangaan."

"Wat is mangaan?"

"Pa sê hulle maak yster daarvan. En glas. Voel hoe swaar is dit."

Om ons is groot hope mangaan, en hyskrane op wye spore waarmee die skepe gelaai word.

"Was jy al doer bo?" vra Ruben en wys na een van die hyskraan-cabs.

"Net in 'n droom." Hy hoef nie te weet watse droom nie.

"Kom ons soek een wat nie aan die werk is nie, dan klim ons op."

Ek wou dit al baie doen as ek by die hawe is, maar ek was nog altyd te bang. Nou ook. "Hoe gaan ek daar kom met dié?" Ek lig my gips-arms. Eintlik kan ek al lekker sterk vashou met my een hand se vingers wat voor by die gips uitsteek, maar ek hoop hy sal sê ons moet dit maar los.

"Ek klim agter jou, jy sal regkom."

"Raait," sê ek, al voel ek klaar hoe my agterwêreld begin knyp. Maar aan die ander kant het ek half lus ook; dit moet mooi wees van daar bo af.

"Dáár is een, kom."

Die hyskraan waarvan Ruben praat, staan eenkant. Twee keer so hoog as dié op die kaai.

"Hoe lyk jy dan nou of jy nie kans sien nie?"

"Wat as iemand ons vang?"

"Wat kan hulle doen?"

"Hulle kan ons skel."

"Ek is gewoond aan skel." Hy steek sy hand in sy broeksak en haal 'n pakkie tien Lexingtons uit.

Ek kan my oë nie glo nie.

"Wag," sê hy en sit die sigaret terug in die pakkie, "ek sal hom daar bo opsteek."

"Ek weet darem nie, Ruben, ons mag nie."

"Jy worry te veel, ek sal sorg dat jy nie val nie." Hy druk my voor hom uit na die leer toe en kom staan teenaan my. Ek voel sy lyf teen my rug en sy arms weerskante van my. "Klim maar, ek sal keer." Sy stem is sommer hier by my oor. 'n Gebreekte stem. "Moenie afkyk nie," sê hy.

Ons begin klim. Opper en opper. Hoe ver is die grond nou al onder ons? In my droom was ek nie bang nie, maar nou is ek. Ek kyk op en sien wolke verbydryf. Dit laat die hyskraan lyk of hy besig is om om te val. Ek voel duiselig en haak my een arm se gips om die ystertrap.

"En nou?"

"Ek rus sommer," lieg ek en knyp my oë toe.

Heel bo kom ons uit op 'n klein platformpie. Die cab se deur is gesluit.

"Maak nie saak nie, ons sit sommer hier." Daar is min plek. Ruben laat my tussen sy bene sit, met my rug teen sy bors. Sy asem is vinnig van die klim. Hy haal weer die Lexingtons uit.

"Een vir jou?"

"Nee dankie," sê ek. Ek wonder of hy sal dink ek is 'n sissie omdat ek nie rook nie.

Hy steek sy sigaret op en blaas die rook verby my kop. "Mooi van hier af, nè?"

"Dis blerrie hoog. Kyk, daar's die ferry waarvan ek jou vertel het."

"Waarop jy nog nooit was nie. As ons van die walvisstasie af kom, kan ons oorgaan as jy wil. Ek sal betaal."

Ek kyk vinnig om na hom toe. Hy het al harde stoppelbaard. "Pa trek my velle af as hy moet weet ek was aan Point Road se kant van die hawe."

"Ons gaan mos nie vir hom sê nie."

Ek kyk terug na waar die ferry teen sy kaai wieg.

"Raait, ons kan oorgaan. En as ons terugkom, koop ek vir ons bunny chows, hier is 'n keffietjie hier naby. Die beste bunny chows in die hele Durban, sê Pa. Stérk. Jy sweet en jou neus loop en jou mond en jou lippe brand soos die hel, nog lánk nadat jy klaar geëet het. Pa sê niemand kan kerrie maak soos 'n koelie nie. Ma sê ons moet sê Indiërs. Kom ons waai."

Ek kan nie meer wag vir alles wat voorlê nie, maar Ruben hou my terug. "Kom ons bly nog 'n rukkie hier." Hy skiet sy stompie weg.

Ons sit nog so, toe sien ons die walvisboot aankom, met walvisse langsaan vasgemaak. Die pilot-boot lei hom die hawe in.

By die akwarium by Suidstrand is daar 'n harpoen wat van 'n walvisboot af kom. Daar is groot kiekies ook van hoe hulle die walvisse skiet. Ek was eenkeer saam met die skool daar. As hulle 'n walvis met die harpoen geskiet het, ontplof daar iets in die punt. Dis wat die walvis doodmaak sodat hy nie wegduik nie. Dan pomp hulle wind in hom in dat hy langs die skip kan dryf.

"Kom, Ruben," sê ek.

Af gaan dit nog stadiger as op, maar ek is nie meer so bang nie. Ruben se arms is sterk. Ek voel hom heeltyd tussen my en die afgrond.

'n Trein word voor ons ingeshunt. Die trokke gaan staan. Ruben buk onderdeur. Sonder om eers te dink, gaan ek agter hom aan. Daar is nog treine voor ons. Dis nie vir my maklik om met die gips deur te kruip nie. Dwa! koppel 'n lokomotief êrens, en ek hoor die geluid na my toe aankom, dwa-dwa-dwa-dwa-dwá, van die een trok na die ander, al harder en harder. Ek duik sommer deur. Net betyds.

"Hei, julle, kom hier!" roep 'n shunter. Hy is kwaad omdat ons onder die trein deurgekruip het. Ruben lag en ons hol om 'n goedereloods, weg van die shunter af.

Dit vat lank voor die walvisse van die skip af losgemaak en teen die slipway uitgesleep en met 'n hyskraan op die trein gelaai is. Sulke lang, plat trokke. Die heel groot walvisse lê twee trokke vol.

Die walvistrein se lokomotief is 'n klas S-2. Hy fluit en trek weg. Die drywer wys vir my met sy vinger. Die stoker lag: "Kyk hoe lyk hy al van onder treine deurkruip!"

Al weer my gips.

Ek kyk hulle agterna, en toe ek omdraai, kom 'n walvis stadig op 'n plat trok verby, so naby dat ek aan hom kan raak. Sy kakebeen hang oop, en daar sit hulle: 'n lang ry wit tande. Jona sou nooit in daai bek kon inpas nie, behalwe as hy 'n baie klein mannetjie was, of as walvisse doerie tyd anders gelyk het.

Op die walvislyf is lelike wit merke – oom Basie sê dis soos die haaie aan hulle vreet terwyl hulle langs die walvisboot ingesleep word.

Nog 'n walvis kom verby.

Nog een.

Ons moet al hoe vinniger langs die trein loop. Een van die walvisse se peester hang langs die trok af en die punt daarvan sleep oor die sleepers.

Ons draf nou al om by te bly. Die peester bly teen die sleepers klap. Hy begin stukkend raak. Daar kom bloederigheid uit. Die trein is nou te vinnig vir my. Ek begin loop. Ruben ook.

"Moerse piel wat daai ding het, nè?" sê Ruben.

Dis die eerste keer wat ek hom hoor vloek.

Ek loop agter Ruben aan, verby die Suid-pier, om die punt van die Bluff. Die eerste ent het ek op die spoor probeer loop, soos iemand op 'n spantou, maar Ruben sê dit hou ons te veel op, en die walvisstasie is nie al wat hy my vandag wil wys nie.

Die treinspoor loop tussen bosse deur. Hy loop met 'n boog, regsom, en die hele tyd verwag ek om die geboue te sien waar die spoor doodloop. Maar die hele tyd is daar net die twee blink strepe wat in die groenigheid wegraak. Plek-plek is daar 'n opening seekant toe en ek kan rotse en branders sien. Ek verstaan nou hoekom Pa nie wou hê ek moet alleen kom nie.

Skielik sien ek die lokomotief se rook bo die bosse. En 'n vaal fabriek van asbes en baksteen, met stoompype en skoorstene en goed. Ek weet nie hoekom ek gedink het dit sal 'n hoë gebou wees nie. Dis 'n lelike plek. Maar dit stink nie so erg as wat ek gedink het dit sal nie.

Daar lê klaar twee van die walvisse op skuins sementblaaie uitgesleep. Werksmense loop om hulle rond.

"Kom ons hol, Ruben, hulle gaan begin slag."

Die werksmense het almal waterleiskoene aan. Hulle sit leertjies teen die walvislywe en klim op. Die ander gee vir hulle die snygoed aan: lang, dik stele met krom lemme aan die punt. Dit lyk soos hokkiestokke, net baie groter.

Naby die walvis se kop word 'n driehoekgat in die dik vel gesteek. Die stuk vet kom soos 'n prop uit. In die prop se plek haak een 'n ketting deur. Van die ander maak lang snye teen die walvis se lyf af, soos Pa in 'n waatlemoen wanneer hy hom slag. Ek skrik vir die stoomfluit wat skielik blaas. Die mense klim van die walvisse af en staan eenkant toe. Bo teen die skuinste begin katrolle stadig draai. Die kettings trek styf. Breë, dik repe vet word van die walvisse afgeskeur en in kleiner stukke gekap en in gate in die sementblad afgegooi.

Die werkers kap nog gate en maak nuwe snye en skeur nog

repe af. Partykeer hou hulle die lemme van hulle snygoed eenkant teen 'n groot slypwiel wat heeltyd bly draai. Hulle kap en sny, en die katrolle skeur repe vet af totdat die derms uitpeul. Die walvisse lyk al leliker. Die ruggrate en ribbebene word ook in die gate afgegooi. Mens ruik die bloed wat teen die skuinste afloop, die see in. Hulle sê dit lok groot haaie na die walvisstasie toe.

Ek sien uiteindelik wat ek lankal wou: die walvisstasie en die slagtery. Dis nie mooi nie, maar ek bly kyk. Nog twee walvisse word van die trein afgesleep. Hulle gaan nes die ander gesny en gekap word tot daar van hulle niks oorbly nie.

Dis of die ferry se enjin tot binne-in my lyf dreun, nes ek altyd gedink het dit sal wees. Agter die boot woel die water. Ons vaar van die kant af weg. Die kaptein het 'n pet op en 'n spierwit kortbroek en hemp. Wit skoene ook. Sy hande is op die wiel, net so bruingebrand soos Pa s'n.

"Wanneer ons teruggaan," sê Ruben, "moet ons sorg dat ons eerste by die boot is, dan kan jy teen die kant sit."

'n Sleepboot gaan 'n ent voor ons verby en maak golwe wat die ferry se neus lig en laat sak. My maag draai met elke afgaanslag. Dis lekker. Ek wag vir die volgende golf. Op en af wieg ons. Ek wonder hoe dit op die oop see sal wees waar die wind woes waai en groot golwe oor die boot breek. Ons sal Durban nog net kan sien as die boot bo-op 'n golf is. As die skipper nie sy storie ken nie, sal ons nooit weer die hawe haal nie.

Ek verbeel my die ferry is 'n walvisboot. Die skipper stoei met die roer. Ons op die dek staan almal na die water en kyk, hande oor die oë, want die seesproei waai teen ons vas.

"Daar's een!" skree iemand.

Ek sien die walvis 'n ent van die boot af. Die skipper probeer nadergaan, maar die wind is te erg.

"Ons sal maar van hier af moet skiet, manne."

"Onmoontlik."

Ruben maak sy hand bak voor sy mond en skree: "Laat Timus die harpoen vat!"

My hande bewe. Oor my skouers en dwars oor my bors soos

'n bandelier met koeëls is leer-straps met die tande van walvisse wat ek al geskiet het. Die boot rol onder my en die water spoel oor die dek. Dán sien ek die walvis, dán nie. Ek kyk deur die visier, al loop die soutwater uit my hare in my oë in. Ek trek die sneller. Boem! maak die kanon en die harpoen vlieg deur die lug, met sy tou agterna soos 'n kite se stert.

"Raak!" skree die manne. Daar is baie bloed in die water.

Die enjin begin stadiger loop. Die see bedaar. Ons kan die walvis inkatrol. Die skipper gooi die enjin in reverse en hy trek hom 'n slag heel oop. Mens kan voel hoe die boot briek. Ons is by die kaai. Veilig. Iemand het sommer so oor die boot se kant twee tande uit die walvis se bek gesny. Hy vat een vir die skipper omdat hy ons deur die stormsee gebring het, en een bring hy vir my. "Ons het nie gedink dis moontlik om in daai waters raak te skiet nie," sê hy.

Ek hou my walvistand styf vas terwyl ons afklim; as hy hier in die water val, sien ek hom nooit weer nie.

"Kom," sê Ruben, "ek gaan wys jou iets wat jy nog nooit gesien het nie."

Ons loop tussen goedereloodse deur; groot baksteengeboue met asbesdakke. Oral kom fork-lifts en lorries op ons af – die drywers het werk om te doen, hulle kan nie vir al wat mens is, uitswaai nie. Dis hulle wat moet sorg dat die vrag van die skepe op- en afgelaai word.

"Kom van die spoor af, Timus, daar kom 'n trein aan."

Trokke met flapkante, oorgetrek met dik seil wat na teer ruik. Mens kan nie sien wat in die trokke is nie. SAS/SAR staan op die seil geskryf.

"'n Klas 14R," sê ek terwyl die lokomotief verbykom.

Ruben lyk beïndruk oor ek soveel van treine weet.

'n Lorrie toet en ons spring uit sy pad uit.

"Kom ons loop liewer teen die geboue langs."

"Chicken!" sê Ruben, maar hy volg my. Na 'n rukkie sê hy: "Jy sal daai tand moet wegsteek."

"Hoekom?"

"Eiendom van die walvisstasie."

Ek verstaan nie. "Maar jy het hom dan gekoop?"

Hy skud sy kop. "Daai mense weet hulle mag nie die tande verkoop nie, dis smokkelgoed. Toe, sit hom in jou sak voor ons by customs kom."

Aan die Bluff se kant van die hawe is daar nie doeanemense nie, maar Pa het my al vertel van dié hek. Hier sorg hulle dat die spoorweë se goed nie weggedra word nie, en dat verkeerde goed soos drugs en boeke met kaalkiekies nie ingesmokkel word nie.

Ek sit die walvistand in my sak. Hoe nader ons aan die hek kom, hoe meer voel dit vir my of die ding uitstaan sodat die hele wêreld hom kan sien. Ek loop stadiger. Ruben kyk om. "Moenie so skuldig lyk nie."

Ek wonder wat ouma Makkie daarvan sou gesê het.

By die hek keer 'n wag ons voor. "Something to declare?" vra hy. Mens kan hoor hy is Afrikaans.

"Niks nie," sê Ruben.

Die wag kyk na my. "En jy, grootman, steek jy nie dalk iets in daai gips van jou weg nie?"

"Nee, oom." Die tand brand teen my bobeen.

Die man lag. "Gaan maar deur."

Ek loop haastig aan, sommer net reguit op in die straat, weg van die hawe af. Ek kyk nie eers om nie. Na 'n ruk vra Ruben: "Weet jy in watse straat loop ons?" Hy wag nie dat ek antwoord nie. "Point Road," sê hy.

Ek steek vas en kyk om my. Lelike geboue. Die straat is vuil. "Hoekom sal iemand hiernatoe wil kom?"

"In die aand lyk dit nie so vaal nie, hoor. Dan is hier liggies en karre en mense. Jy sal jou verkyk. Sailors van oral af: Japan, Griekeland, Engeland. Mooi vrouens ook. Grand karre."

"Hoe weet jy?"

Hy steek weer 'n sigaret op en sê: "Kan jy 'n geheim hou?"

"Jip."

"Sweer jy sal niemand vertel nie."

"Moet my nie laat sweer nie, asseblief, Ruben, my boekie is vol."

"Waarvan praat jy?"

"Kan ek nie maar net op my erewoord belowe nie?"

"Raait, ek glo jou. Onthou net daar's groot kak as dit by antie Hannie-hulle uitkom."

Ek knik vir hom.

"Eintlik is hulle orraait, daai antie en oom van my, maar ek dink hulle sal 'n bietjie uptight raak as hulle weet wat ek party Vrydagaande doen."

"Wat doen jy?"

"Ek slip uit."

Asof dit 'n doodsonde is. Ek is bly ek het nie gesweer oor so iets nie.

"Gelukkig gaan slaap hulle vroeg, dan trek ek my leather jacket aan en klim deur die venster en weg is ek, night club toe."

"Point Road?"

"Waar anders, my maat? Daai kant van die hawe waar julle bly, sê die mense altyd it's all Bluff 'till you get to the Point, maar diékant sê ons there's no point in bluffing." Hy lag.

Ek weet nie of ek hom moet glo nie.

"Wys my die naam," sê ek.

By 'n straathoek steek Ruben sy hand uit en beduie na die bordjie: Point Rd.

Kan dit wees dat ek hier is, in dié straat wat almal oor praat, al is dit net wanneer hulle wil skinder of preek? By die skool sal hulle oopmond luister as ek hulle vertel, maar ek sal niemand kan sê nie, want dit sal by die huis uitkom, so waar as wragtag. Pa slaan my blou as hy dit hoor. Ma sal hartseer wees.

Toe ons by die ferry terugkom, is al die sitplekke teen die kant klaar gevat. "Moenie worry nie," sê Ruben. Hy gaan na 'n ry sitplekke in die middel van die boot en praat met 'n oom wat teen die kant sit. Dié staan op en wink my na sy sitplek toe.

"Dankie, oom," sê ek toe ek by hom kom. Die tou is klaar van die kant af losgemaak en ek moet aan die banke vashou ter-wyl ek na my sitplek toe inskuif. Dié keer is daar nie 'n skip wat golwe maak nie, maar hier in die middel van die ferry kan ek my hand in die water steek as ek oor die kant leun.

"Wees versigtig," sê Ruben, "ek hoor hier rond is nogal groot haaie. Better safe than sorry – ek wil jou darem in een stuk by die huis aanbring."

Al wat sleg is aan lekker goed is dat dit so gou oor is. Ek wil nog weer my hand deur die water trek, toe is die enjin al in reverse en skuur die boot teen die jetty se tyres.

"Dankie, oom," sê ek weer vir die man wat my sy sitplek gegee het. Hy hou sy duim in die lug en loop verby.

"Dankie, Ruben."

"Dis okay. Is jy nog nie honger nie?"

As hy nie gevra het nie, het ek dit nie eers agtergekom nie, maar skielik skreeu my maag. "Like jy sterk kerrie?"

"Nie te sterk nie."

Die kosplek is naby die jetty. Dis eintlik sommer 'n sinkgeboutjie met 'n plaat wat laat sak word vir 'n toonbank.

"Two chicken bunny chows, please. Is hoender reg, Ruben? Right, one mild and one hot, please – for me – extra hot."

Ek sien die Indiër kyk my met so 'n smile. Hy vat 'n wit brood en sny hom deur en haal 'n groot hand vol van die binneste van elke helfte uit. In die holtes skep hy die kerrie en sit die binneste van die brood bo-op terug. My kerriesous is soos bloed. Ek betaal en steek die kleingeld in my sak.

"Waar gaan ons eet?" vra ek.

Ruben kyk om hom. "Op 'n koel plek. Daai kant toe sal seker 'n boom of 'n ding wees." Hy loop weg van die hawe af, oor die rye en rye treinspore, die bosse in.

Die ganse Bluff is toe onder die bosse, behalwe heel bo waar die vloot se geboue is.

Ruben vat 'n bospaadjie en loop al dieper in.

"Hier is mos al genoeg skaduwee." Ek kan nie wag om my bunny chow te eet nie.

"Nog nie. Kom."

Waar dit te steil word en die bosse te dig, gaan staan hy. "Kyk, hier is lekker dik gras om op te sit. Eet jy solank, ek pis net gou."

Ek sit my walvistand neer en begin die koerant van die bunny chow afhaal. Dis rooi gevlek. Skielik dink ek aan die bolle papier in ons badkamer. Ampertjies sê ek vir Ruben daarvan, maar toe ek opkyk, sien ek sy peester van agter af tussen sy harige bene – net so groot soos Braam s'n. Die gras is te dik om te sien of daar skuim is waar hy pie. Skielik draai hy sy kop na my toe, voor ek kan wegkyk. Hy smile vir my, skud hom af en maak sy gulp toe.

"Hoe eet mens die ding?" vra hy toe hy sy bunny chow optel.

"So," sê ek en wys hom. Elke keer as ek 'n bunny chow eet, kyk ek hoe lank dit vat voor die brand my vang. Mens breek 'n stuk brood af en druk dit in die kerriesous en jy hap en kou en sluk. Jy hap weer. Dan is dit skielik of jy 'n kool vuur in jou mond het. Jou lippe begin brand. En jou tong. En jou keel. Jy kan maar water drink of melk of wat ook al, as die koelte weg is, brand dit van voor af. Maar dis lekker vir my. Pa het my geleer om dit so te eet.

"Fokkit, die goed brand my mond."

"Pa sê kerrie wys die manne uit."

"Hoe de donner kry jy dié charra-kos geëet? Seker lankal die gevoel in jou bek weggebrand."

Ek weet nie of dit so 'n goeie idee was om te vra vir extra hot nie, gewoonlik vat ek net hot, maar ek wil Ruben nie laat agterkom hoe dit my brand nie.

Hy sit syne neer. "Shit, jy kon my darem gewaarsku het."

"Sorry, man."

"Dis orraait, ek sal die brood van die kant af eet, sonder sous."

My voorkop is die ene sweet en my neus begin loop.

"Jy hou jou tough, nè?" Ruben smile vir my.

Ek blaas my neus met 'n droë stuk van die koerant. Die sweet vee ek sommer met die agterkant van my hand af. Ek is bly toe my bunny chow uiteindelik op is.

Ruben leun op sy elmboë terug. "Nou kan ons 'n bietjie rus, ons het fokken ver geloop vandag."

Dit klink snaaks as hy so lelik praat. Nie as Hein dit doen nie. Maar Ruben is anders. Ek ken hom nie so nie. Ek wonder wat Ma sal sê as sy hom nou moet hoor.

"Vertel my weer van daai meisie van jou, wat is haar naam nou weer?"

"Elsie. Sy is nou Voete s'n."

"Jy sê jy het haar al gesoen?"

"Jip."

"Oopmond?"

Ek antwoord liewer nie.

"So gedink," sê Ruben. "Toemaar, niks om jou oor te skaam nie. Jy't seker ook nog nie aan 'n girl se tiete gevat nie, nè?"

"Nee," antwoord ek.

"Maak nie saak nie, daar's beter goed as tiete," sê hy, en maak weer sy gulp oop. Hy sukkel om sy peester uit te kry, so styf is hy.

"Hoe lyk dit vir jou?"

"Groot," sê ek. Ek begin Hein se effie-storie glo.

"Wil jy aan hom vat?"

Ek wonder hoe dit sal voel.

"Kom nader, man."

Dit voel nie vir my reg nie, maar ek bly kyk.

Hy vat sy peester vas.

"Jy's tog seker nie bang nie, Timus?"

Ek skud my kop, maar eintlik is ek lus om op te vlie en te hol. Maar hoekom sal ek nou weghardloop net oor iemand sy voël vir my wil wys? Ek is skaam om na Ruben se gesig te kyk. Hy bly so op die een elmboog geleun. Sy hand begin beweeg.

Ek wil 'n entjie wegskuif, maar Ruben gryp my skielik aan die hare.

"Eina!"

Hy laat los my nie, lê net terug en trek net my kop na hom toe af. Daar is 'n blink druppeltjie aan sy peester se punt.

"Jy maak my seer, man."

Hy pluk my kop nader en vat my gesig in een hand en druk so hard teen my kieste dat my mond oopgaan. Hy trek my tot teen hom. Hy maak snaakse geluide. Ek probeer my kop wegtrek, maar Ruben is te sterk. Ek weet nie hoekom hy my so seermaak nie. Sy peester is in my mond. Hy druk hom dieper in, tot in my keel. My lyf begin ruk.

Ruben laat my los maar ek gooi op en voel hoe die kerrie my neus brand.

"Fok, man, kyk wat het jy gedoen!" Hy bly afkyk na sy peester, rooi van die kerriesous. Fyngekoude brood en hoendervleis loop oor sy broek en by sy gulp in. Dit lyk nie of hy kan glo wat hy sien nie.

Hy gryp my weer aan die hare. "Jy sal elke bietjie kots van my aflek, sê ek jou, en dan sal jy . . ." Hy begin weer geluide maak. Anderster dié keer, en al hoe harder. Sy peester word voor my oë slap en hy skree en spring op en gryp sy bunny-chow se koerant om die opgooi van hom af te vee. Hy vryf en vryf.

Toe weet ek dis die kerrie wat hom brand. Ek staan op en hardloop terug hawe toe, al langs die treinspoor af, verby die hyskrane en die mangaan en die spul skepe en die ooms wat vis-vang. Toe ek by die hout-jetty verbygaan, brand my bors meer as my mond, maar ek bly hol, weg van die hawe af. Later moet ek loop, want my asem is op.

Naby die huis kom ek agter dat ek my walvistand by Ruben gelos het. En ek begin wonder wat ek vir Ma-hulle gaan sê hoekom ek alleen daar aankom. Ek kan hulle nie vertel wat gebeur het nie. Hulle sal sê ek lieg. Pa sal sê ek verbeel my weer dinge.

Ek kan sê ons het wegkruipertjie gespeel tussen die geboue en goed en dat ons mekaar toe glad nie weer kon kry nie en dat ek moeg geraak het van soek en huis toe gekom het. Maar Ruben sal seker 'n ander storie vertel en dan is ek in elk geval in die moeilikheid. Ek sal iets anders moet uitdink, en gou ook, want dis nog net die lang blok tussen die OK Bazaars en die bos, dan is dit links af in Kingsingel. Ek begin stadiger loop, want ek weet nog nie wat ek by die huis gaan sê nie. Ek gaan staan, en kyk om. Daar is niemand agter my nie.

"Timus."

Dis Ruben se stem. Ek word yskoud. Toe ek terugdraai, staan hy voor my, kaalbolyf. Sy hemp hang los, bo-oor die kerriekol op sy broek.

"Ek is nie kwaad vir jou nie, Timus," sê hy. "Ek wil net vir jou sê dat 'n mens soms dink jy sien iets en dan is dit nie wat regtig gebeur nie. My tannie sê jou verbeelding is geneig om 'n bietjie op hol te raak. Onthou nou, nè, jy het die dag geniet. Of wil jy hê ek moet jou pa vertel dat jy Point Road vir my gaan wys het?"

Al wat ek kan doen, is om te knik.

"Goed so. Hier." Hy hou die walvistand na my uit. "Kom ons gaan sê vir jou ma-hulle waarnatoe ons volgende Saterdag gaan."

"En hoe was jou dag by die hawe?" vra Braam toe ons in die bad sit.

"Dit was orraait."

"Net orraait? En dit vir 'n man wat jare by my aangehou het om hom te vat!"

"Hoekom hét jy nie?"

"Ag, jy weet . . . mens kom ook nie by alles uit nie. Maar rêrig nou, was dit nie lekker nie?"

"Ek het 'n walvistand gekry."

"Wragtag? Ek het gehoor mens moet die goed koop."

"Ruben het."

"Nè? Ma-hulle dink die son skyn uit hom uit."

Braam was sy hare, en toe hy klaar is, sê hy: "Raait, waar het ek gisteraand opgehou?"

"Ek kan nie onthou nie."

"Wat?" Dit lyk of hy in 'n soutpilaar verander het. Die waslap nog so in sy kieliebak.

"Jy hoef nie vanaand verder te vertel nie."

"Gmf," sê Braam, "noudat jy 'n matriek vir 'n pel het, dink jy seker jy is te groot vir stories."

15

Ma kan 'n platjie wees as sy wil. Wanneer dit tyd is vir die meisiekinders om van die skool of die werk af te kom, gaan lê sy partykeer onder een se bed en wag tot hulle hulle klere uit-trek. Wanneer sy weet dat die een amper kaal is, gryp sy haar enkel vas en maak 'n nare geluid. Hulle skrik elke keer so erg dat Ma nie krag het om onder die bed uit te kom nie. Van die lag.

Die dag begin nou eers, maar ek weet klaar daar gaan nie huistoekomtyd 'n geterg en 'n gelag wees nie. Die meisiekinders is baie stil. Niemand skree op iemand anders nie. Rykie kom nie kombuis toe om haar pap te eet nie, en sy is altyd eerste aan die gang. Selfs toe sy nog soggens opgegooi het, het sy elke dag gaan werk. Daai tyd het sy 'n dik papiersak in haar handsak gedra ingeval sy op die bus naar word.

Ek wou al gaan kyk wat met haar fout is, maar Ma het my voorgekeer: "Sy wil 'n bietjie alleen wees, Timus."

Sy vat vir Rykie koffie en brood en gekookte eiers kamer toe, maar kom net so daarmee terug. "Sy wil nie eet nie."

"Kan ek maar die eiers kry, Ma?" vra ek.

Ma smile vir my. "Soos my klonkie die laaste tyd eet, is hy een van die dae net so lank soos sy pa."

Ses voet lank! dink ek en kry lekker, maar Braam kom by my verbygeloop en ek meet my teen hom en ek weet dit gaan nog jare vat. Daar is darem een troos: ek het twee gekookte eiers in my tas. Een sal ek kleinpouse eet en die ander een grootpouse. Dis nogal lekker om gebreekte arms te hê as jy gekookte eiers eet, want jy kan dit teen die gips kraak vir die afdop.

"Gaan kyk gou of Joepie al op pad is, Timus, anders is julle laat vir skool."

"Wat is dit met Rykie, Ma?"

Sy kyk my in die oë en sy lyk so hartseer dat ek spyt is ek het gevra. "Dominee en twee ouderlinge kom vanaand met haar praat."

"Oor sy pregnant is?"

Ma sug. "Ja, die kerkraad gaan haar onder sensuur sit."

Sensuur is die kerk se manier om mense te straf. Dis al wat ek weet. "En Karel, dan?"

"Hy is nie in ons gemeente nie, hoe sal hulle weet van sy dinge?"

"Hoekom laat weet ons dominee nie sy dominee nie?"

Ma skud haar kop. "Wat sal hulle maak as Karel sê dis nie waar nie? Aan sý lyf sal hulle die sonde nie kan sien nie."

"Nou moet Rykie maar alleen gestraf word?"

"Dis nou maar hoe dit is. Maar hou jou hier uit, dis nie 'n ding vir kinders nie. Ek gaan vir Braam vra om jou dop te hou. Jy bly weg van die sitkamervenster af."

Asof ek nou die moeite sal doen om te gaan staan en afluister as ek weet wat gesê gaan word.

"En bly asseblief tog maar uit jou pa se pad uit vanaand, hoor."

Toe Braam nog op skool was, het Pa hom agter die kaia vang rook en hom vreeslik geslaan. So erg dat die meisiekinders later plathand teen die badkamerdeur gaan hamer het. Pa het uitgekom, maar Braam het homself daar toegesluit. Na hóé lank het hy uitgekom, sy bobene rooi en geswel. Hy het voor Pa gaan staan en gesê: "As dit so 'n groot sonde is om te rook, hoekom doen Pa dit dan?"

Pa het nooit weer aan Braam of aan my geslaan terwyl hy kwaad is nie. En nie weer aan 'n sigaret gevat nie.

Tot vanaand toe.

Hy het by die huis gekom en Ma nie eers gesoen nie.

Ons het geëet en Pa het gaan bad en hom gedas en gebaadjie en met sy koerant in die sitkamer gaan sit en die een sigaret na die ander opgesteek. Hy sit nou nog daar.

Ma maak die asbak 'n slag leeg en gaan na die meisiekinders se kamer toe. Rankieskat spring op Pa se skoot. Pa stoot hom af.

Daar is 'n klop aan die deur en Ma laat dominee en proponent Zaaiman en 'n ouderling inkom. Sy vat hulle sitkamer toe en los hulle by Pa. Voor ek my kan keer, staan ek in die ingangsportaal en luister. Dit is lank stil in die sitkamer, toe hoor ek die proponent se stem.

"Darem 'n reuseboom wat oom-hulle hier in die agterplaas het, mens kan hom selfs in die donker nie miskyk nie."

"Wildevy. Die tannie wil hê ek moet hom uithaal."

"Ek kan dit verstaan, oom Abram, as daardie ding se wortels die dag onder die fondamente inkom, sal oom sien hoe oom se huis begin kraak. Dis eintlik vreemd dat julle dit al so lank gespaar is."

Pa antwoord hom nie, en toe sê niemand meer iets nie. Ma kom met Rykie uit die kamer uit. Rykie met 'n los rok aan. Met haar kop en skouers wat hang. Ma beduie vir haar om regop te loop. Rykie kyk oor haar skouer na die ander meisiekinders. Pa gaan nader en hy maak die deur tussen hulle toe.

Gladys kom by die agterdeur in om vir haar badwater te tap. Sy steek vas, kyk na ons en skud haar kop.

"En nou, Gladys?" vra Martina.

"Six people around a table and no one says a word!"

Mara antwoord: "Jy weet goed hoekom ons so stil is."

"Rykie? I know. And I know it is not a good thing. Not the right time to have a baby. But still . . ." Sy sê nog iets, in Zoeloe, en sit die emmer water op haar kop. Sy hou dit met een hand vas terwyl sy met die ander een die deur oopmaak.

"Wat beteken dit?" vra Braam.

"It means that if you don't celebrate life you're inviting death into your house."

Erika kyk op. Amper of sy iets wil sê. Maar almal weet sy praat omtrent nooit meer nie.

"Was that a Zulu saying, Gladys?" Braam wil altyd alles weet.

"No, it is what I say."

Bella vryf haar arms. "Nee, Gladys, moet nou nie hier kom staan en alles praat nie, loop liewer."

"En los maar die deur oop, dis warm," sê Braam. Hy sit terug in sy stoel. "Mens kan ook niks vir haar wegsteek nie."

Dis waar. Gladys weet van Mara-hulle se twenty-first en die

dansery en van Salmon wat moes weggaan en van Rykie se kleintjie wat op pad is. Ek dink sy weet meer as ek wat in ons huis aangaan, want as ek maar weer sien, is sy en die meisie-kinders aan die lag en gesels. Hulle het nou maar net 'n ander manier om goeters vir mekaar te sê, vroumense. By die skool ook, as mens tussen 'n klomp meisies op die pawiljoen beland, praat hulle hulle eie taal. Sommer net een woord, en hulle lag hulle byna dood, en jy weet hulle weet jy sit daar soos 'n idioot of 'n ding wat niks verstaan nie. Dan bly jy maar sit en maak of jy nie van hulle weet nie en nie omgee wat hulle sê nie, want as jy opstaan en na jou pelle toe loop, is daar weer so 'n woord en 'n gekyk na mekaar en 'n gelag. En jou bene voel nog maerder as wat hulle is.

Maar dis of Mara-hulle vanaand nie eers weet ek is ook in die kombuis nie. Hulle praat aanmekaar, asof daar te min tyd gaan wees om alles te sê wat gesê moet word. Oor Pa wat hom nou daar in die sitkamer voor die kerkmense vir Rykie skaam.

Skielik leun Mara vorentoe soos Joepie se ma as sy 'n lekker storie het om te vertel. "Weet julle wat tannie Hannie vir my gesê het toe sy hoor Rykie is in die ander tyd?"

"Wat?"

"Dat dit maar verkeerd bly, selfs binne die huwelik."

"Die arme oom Stoney," sê Martina.

"Toe ek haar vra waar sy daaraan kom, vra sy of ek nie my Bybel lees nie. Hoekom dink jy dan sê die Woord ons is almal in sonde ontvang en gebore? sê sy. Die enigste mens ooit wat sonder sonde was, was ons Verlosser, oor Hy anders as ons gemáák is, en hom nooit in sy lewe met sulke goed opgehou het nie."

Bella sê: "Siestog, ek hoop nie jy het dit vir Rykie vertel nie, Mara."

Hulle bly 'n rukkie stil. Toe sê Martina: "Pa wil hê sy moet met Karel trou."

"Ma sê sy hoef nie as sy nie wil nie," antwoord Mara vinnig.

"As ek sy was, het ek 'n plan gemaak met die kleintjie."

Hulle kyk met groot oë na Martina.

"Jy's nou ydel," sê Bella. Sy klink soos Ma.

"Dis nie net ék wat so dink nie, hoor. Rykie het self al vir Hennie gevra of hy nie iemand ken wat kan help nie. Vir Gladys ook, of sy nie vir haar by 'n toordokter iets in die hande kan kry nie."

"Dit sou anders gewees het as Karel net met haar wou trou."

"Maar toe hy hoor Rykie is in die ander tyd, toe's hy skielik te jonk vir sulke dinge."

"Ek hoor sy ma sê Rykie het hom probeer vang."

"Ha! Hy's nou nie juis wat ek 'n catch noem nie."

"Al wat Rykie moes doen, was om betyds te sê stop." Bella maak die boonste knoop van haar rok vas. "Ma sê as mens van die afdraandes af wegbly, sal jou brieke nooit ingee nie."

"Dis partykeer makliker gesê as gedaan. Julle weet hoe mans is." Martina maak altyd of sy vreeslik baie van mansmense af weet. "Ouma Makkie sê juis nou die dag hulle knoop net hulle gulpe toe, dan's hulle weer pure gentleman."

Mara kyk op. "Praat van die duiwel – wil Ouma tee hê?"

Ouma is al in haar gown. Sy het nie haar tande in nie.

"Nee dankie, dan moet ek weer kort-kort die koos uithaal vannag."

"Timus, trek vir Ouma 'n stoel nader."

"Dankie, my kind. Wat lyk julle so ernstig?"

"Ons was oor Rykie aan die praat."

"Tja." Ouma kyk eenkant toe, asof sy deur die yskas en die muur tot in die sitkamer kan kyk. "Ek wens ek kon haar daar loop uithaal," sê sy.

Ek steek my hand op. "Kan ek maar iets vra?"

Mara sit haar hand voor haar mond. "Hier sit ons als en praat en ons vergeet van die klein muisie met die groot ore."

Ek háát dit as hulle dit sê. Groot ore help anyway niks as jy nie eers die helfte verstaan wat mense praat nie.

"Ek weet nog steeds nie mooi wat sensuur is nie."

"Kerklike tug, noem hulle dit," sê Bella.

Ouma trek haar gown reg. "Mens mag nie deel hê aan die sakramente as jy onder sensuur is nie. Dit beteken Rykie sal nie haar baba kan doop of Nagmaal kan gebruik voor die kerkraad besluit sy het genoeg berou getoon nie."

"Gmf," brom Mara, "snaaks hulle het my nog nie onder sensuur kom sit oor ek wil dans nie."

TRESPASSERS WILL BE PROSECUTED. Dis wat op die bordjie aan die rand van die groot tuin staan.

"En dié dan nou?" vra Ouma.

Ouma Makkie ken die wêreld om ons huis al, sy sal nie meer verdwaal nie, maar ek gaan loop nog elke dag saam met haar. Elke dag met 'n ander straat langs; dan Commissioner, dan Governor, dan weer 'n slag in 'n kring met Kingsingel langs. Maar vandag wou sy die bos sien. Dit het nie gehelp om vir haar te sê die paadjie is ongelyk nie. "Ek was my lewe lank op 'n plaas, Timus-kind, hoe sal ek nie weet hoe 'n voetpad lyk nie?" het sy geantwoord, en ons het die bospaadjie gevat, die een waarlangs ek en die ander altyd see toe loop.

Halfpad deur die bos het ek gaan staan sodat Ouma kon rus.

"Dis stil hier, nè, Ouma?"

"Baie stil."

"En koel."

"En mooi – die ene varings en mos."

"Is Ouma nog nie moeg nie?"

"Nee, kom ons loop."

"Onthou net ons moet nog die hele ent pad terug."

"Hoe sal ek dit nou nie weet nie?"

Ons is verder, dwarsdeur die bos, tot bo-op die bult waar die klooster op 'n groot stuk grond tussen die ryk mense se huise staan.

"Sien Ouma, doer onder is die see."

"Wrintie! Al het julle my doodgeslaan, sou ek nooit kon raai ek sal eendag op 'n plek bly waar 'n ouvrou kan lóóp tot waar sy die see kan sien nie."

Sy staan lank na die see en kyk terwyl sy aan my skouer vashou. In die tuin voor ons loop nonne in hulle lang rokke en snaakse kappies. Party gesels met mekaar, maar nie hard genoeg dat ons kan hoor wat hulle sê nie. Die meeste loop alleen, speel met 'n string krale en praat met hulleself.

Ek en Joepie is banger vir die nonne as vir die bordjie. Prosecute is niks nie, sê ons vir mekaar, maar as daai nonne jou vang, sluit hulle jou in die klooster toe, dan sien niemand jou ooit weer nie.

"Gaan ons nie loop kyk nie?" Ouma Makkie begin sommer tussen die bome inloop.

"Mens mag nie daar in nie, Ouma."

Ek wil bly staan waar ek staan, maar ek kan Ouma darem ook nie alleen tussen die Roomse los nie.

"Môre," sê sy vir die eerste non wat sy kry.

"Good morning. May I be of assistance, madam?"

"Nee dankie, ek sal regkom. Dis my kleinseun dié: Timus Rademan. Ons wil sommer so 'n bietjie rondkyk hier."

"But madam . . ."

" 'n Mooi dag verder vir mevrou," sê Ouma en knik ewe polite en loop verder, na die kerk se kant toe waar Jesus aan 'n kruis vasgespyker hang. Sy arms is wyd oop soos vlerke. Ouma staan baie lank na hom en opkyk.

Die nonne wat by die beeld verbykom, maak met hulle hande kruise voor die bors en smile vir ons en loop aan, tussen die tuin se bome in. Ek is skielik nie meer bang vir hulle nie.

16

"Mara," sê Ouma, "wat is daardie dans wat julle doen wat mens jou bolyf so stil hou en jou heupe heen en weer swaai en dan so afsak op jou hurke nes een wat in die veld 'n nood gekry het?"

"Die twist, Ouma?"

"Twist, ja, wat sê jou Pa altyd van die twist?"

"Hy hou nie daarvan nie."

"Jou pa hou van min dinge," sê Ouma en loer na sy kant toe. Mens kan sy gesig nie agter die koerant sien nie. "Maar van die twist self, wat sê jou pa dáároor?"

"Hy sê dis g'n dans nie, dis net 'n rondspringery."

"Nè?"

Ouma sê niks verder nie. Sy sit en maak of sy hekel. Pa se koerant sak stadig.

"As Ma vir my iets wil sê, sê dit sommer reguit."

"O, dáár is jy, Awerjam."

"Wat is dit, Ma?"

Ouma sit haar ken in die hand. "As twist nie dans is nie, soos jy self sê, Awerjam, kan die kinders dit seker op hulle partytjie doen, of hoe? Sonde kan dit dan mos nie wees nie?"

Mara se gesig word sommer helder. "Pappie?" sê sy.

Ouma haal haar snuifdosie en haar sakdoek uit. "Dis hoeka 'n bose gedagte dat my kleinkinders onder 'n vreemdeling se dak moet gaan staan en verjaar."

Pa bly lank ingedagte sit. Hy lyk soos een wat somme maak. Toe sê hy: "Laat ek dink daaroor."

"As dit Hein Ahlers was met wie jy kon saamgaan vandag, het jy hom seker al gaan hááл," sê Ma.

Dit sal nie help om haar te vertel nie. Sy sal sê ek lieg. En as ek haar sê van Hein wat Ruben in een van Point Road se night clubs raakgeloop het, sal sy weet ek het weer met Hein gepraat, oor Point Road nogal, en dan hok sy my tot ná matriek.

Pa is besig om botter in 'n enemmelskotteltjie te meng – een blok botter en twee blokke spierwit margarine. Sonder om na my te kyk, sê hy: "Onthou, Timus, 'n mens word aan jou vriende geken."

"Ek het goeie vriende, Pa."

"Wie behalwe Joepie?" vra Ma.

"Kenneth."

"As Kenneth jou vriend is, hoekom kom kuier hy nooit hier nie?"

Ek wil sê dat ek ook nie in 'n spoorwegkamp sou kuier as ek soos die Shaws op die bult gebly het nie; en beslis nie waar daar tien mense is in 'n huis met net drie slaapkamers as ek en my sussies elkeen ons eie kamer gehad het nie; en ek sou nie gaan speel het by iemand wat net 'n groot boom en 'n tuinslang het wat ver spuit as daar 'n swembad en 'n mooi uitsig en braaivleis elke Sondag by ons huis was nie.

Maar ek sê dit nie. Ek kyk na Ma. "Ek wil regtig nie saam met Ruben gaan nie, asseblief."

"Ek sweer nóg dis daardie Hein ook wat jou voorgesê het om nie meer Mammie te sê nie."

"Dit was nie hy nie, Ma, ek is net nie meer op laerskool nie, dis al."

Ek praat te hard met Ma, en ek loer na Pa. Hy maak die botterbak vol en los die res in die skottel. Die botter is nou vaal van die baie margarine. Ma sal dit later in die yskas bêre. Sy is besig om die deeg wat Pa gisteraand geknie het, weer 'n slag deur te knie voor sy dit in die broodpanne sit. Daar bly partymaal deeg oor, te min om nog 'n pan vol te maak, dan maak sy 'n bolletjie daarvan en bak hom eenkant. 'n Katkop. Dis al deel van haar brood waarvan ek hou, maar dan ook net as dit vars uit die oond kom. Ek wens ons kon elke dag brood kóóp. Lekker sagte wit winkelbrood.

"Het jy al jou tande geborsel, Timus?"

"Ja, Ma."

"Gaan trek vir jou 'n skoon hemp aan, en skoene, mens gaan nie so dorp toe nie."

"Kan Ruben nie sommer maar net hier kuier nie, Ma?"

Ma maak dik worse van die deeg en skat met die oog hoeveel in elke pan moet in.

"Ruben het moeite gedoen om reëlings te tref sodat jy saam met hom kan gaan."

Weeshuis toe. Ruben werk party naweke in die weeshuis waar hy grootgeword het. Nie vir geld nie. Hy speel Saterdae met die kinders – touch rugby en krieket en wegkruipertjie. Sondae gee hy Sondagskool. Vandat hy hier bly, vat oom Stoney hom met sy DKW soontoe, of hy ry met die bus.

"Jy gaan, en klaar," sê Pa. "Jy kan heelwat by daardie seun leer. Het jy al vir die kind busgeld gegee, vrou?"

As ek 'n slag wil stad toe gaan, sommer net, is daar nooit geld vir die bus nie.

"Mens kan ook nie eers meer jou eie vriende kies nie."

"Gmf," sê Ma, "as ek julle nie dophou nie, is my huis binne 'n maand vol Satanskinders."

As iemand vir Ma-hulle kom sê ons het dit of dat verkeerd gedoen, kry ons slae, of ons skuldig is of nie. Ma vra nie vir ons of dit waar is nie, sy gryp 'n tamatiekasplankie en begin slaan sodra die mense wat kom kla het, weg is. Maar partykeer wag sy dat Pa by die huis kom, dat hý met ons afreken. "Niemand sal eendag kan sê dat ek my kinders sleg grootgemaak het nie."

Pa maak die botterbak toe. "Soms moet 'n mens moeite doen om iemand te leer ken. Die goeie dinge in die lewe kom nie altyd so maklik soos die kwade nie. Die Ruben-klong klink vir my net mooi na die soort medisyne wat jy nou nodig het."

"Jou pa is reg. En onthou, Ruben het dit ook al swaar gehad in die lewe."

Pa kyk na my en knik. "Nie maklik nie. En ten spyte daarvan gee hy om vir ander kinders. Die minste wat jy kan doen, is om te gaan kýk hoe lyk swaarkry."

Ek wil nie meer na hulle luister nie. Ek gaan uit. Die son skyn buite. Oom Gouws se duiwe vlieg om en om. Hy lui sy klokkie en die duiwe val uit die lug uit, hok toe.

Ruben is skielik langs my. "Is jy reg?" vra hy.

"Ek wil nie saamgaan nie."

"Jou ma-hulle sê jy moet."

Daar is nie meer 'n duif in die lug nie.

"Ma," sê ek toe sy by ons op die stoep kom staan.

Sy glimlag vir Ruben. "Julle moet die dag geniet."

Ek wil vir haar iets sê, maar ek is bang ek raak aan die grens.

"Toe, loop nou, daar's oor tien minute 'n bus. Kyk mooi na hom, Ruben. Geniet die dag."

"Kom," sê Ruben. Hy sit sy hand op my blad. Ek trek my rug krom, maar ek weet niks sal help nie. Ek sal met hom móét saam.

Joon kom op sy fiets om die draai. Nader en nader. Ek wil voor hom inhardloop en sê hy moet stop, maar ek kry my hand net halfpad gelig. Hy ry verby, vinnig, om spoed te kry vir die bult. Sy fiets se ketting kraak en die wiele zoem oor die teer.

Ruben maak die kleinhekkie agter ons toe. "Bye, tannie," sê hy vir Ma.

Joon is al op die plek waar die polisie vir Elias opgelaai het. Hy begin stadiger trap. Dan draai hy om en free teen die bult af. Tot by ons. "Wat is fout?"

"Niks nie," antwoord Ruben. "Kom, Timus." Hy vat my hard aan die arm. Hy druk my seer.

Joon draai sy fiets dwars sodat ons nie kan verby nie.

"Fokkof, Sterrekyker," fluister Ruben. Toe praat hy hard sodat Ma hom moet hoor: "Die oom en tannie het gesê hy moet saam met my gaan. Daar staan die tannie, vra haar self." Hy wys huis toe.

"Wat is dit, Joon?" roep Ma.

"Lyk my nie Timus wil met Ruben saamgaan nie, tannie Ada."

"Hy's net vol dinge, jong."

"Ek dink nie so nie, tannie." En vir Ruben sê hy: "Los Timus nou, en moenie dat ek jou weer naby hom sien nie."

Dit lyk of Ruben vir Joon dood wil kyk. "Ek sal jou terugkry, Sterrekyker, ek sweer." Ek voel hoe sy vingers slap word om my arm.

Pa kom op die stoep uit. "En nou? Ek dag julle is al op die bus."

"Hulle gaan nie meer nie, oom Abram." Joon maak die hekkie oop en gaan saam met my huis toe.

"Sê wie?"

"Timus is bang vir hom, oom."

Ek kyk oor my skouer. Ruben staan nog waar ons hom gelos het.

"Jy probeer jou heeloggend al uit die ding draai, Timus, nou's jy skielik bang!"

"Ou man, Joon sal nie verniet –"

"Joon, Joon, Joon! Julle probeer van hom iets maak wat hy nie is nie, vrou." Pa se skoene maak merke op die rooi polish van die stoep toe hy wegdraai en omloop agterplaas toe.

Joon beduie vir my met sy oë voordeur se kant toe.

Ek kyk na Ma.

Sy knik.

Ek is vinniger in die huis as oom Gouws se duiwe in hulle hok.

17

Partykeer kry mens 'n voorgevoel as daar 'n goeie ding aan die kom is. Ek weet nie wat nie, maar vanaand is daar iets anders as gewoonlik aan die gang, en dis lekker, al sê Pa goeie goed hou nooit lank nie omdat ons in 'n gebroke wêreld leef. Ma gee vir Mara 'n drukkie toe sy verbykom. Sy haal haar voorskoot af, hang hom agter die deur en stryk haar rok met die hande glad.

Braam kom in en vra: "Ruik ek reg?"

Ma gee so 'n smiletjie. "Wat meen jy?" vra sy.

"Ma weet goed."

Ma het poeding gemaak. Op 'n weeksdag. Roly-poly. Eintlik kry ons net Sondae poeding. Altyd gebak. Nooit roomys soos Kenneth-hulle nie.

Ma roep in die gang af en almal kom dadelik kombuis toe. Gewoonlik vat dit 'n gesmeek en 'n gedreig voor al die Rademans aan tafel is. Pa vra die seën, en nog voor hy 'n vurk in sy mond steek, sê hy: "Mara, ek bly staan by wat ek gesê het oor dans in my huis."

Haar gesig val sommer.

"Maar dis ook waar dat ek nog altyd gesê het daardie rond-springery van julle is g'n dans nie."

Mara kyk vinnig na ouma Makkie.

"Dan kán ons maar, Pappie?"

Hy knik.

"Baie dankie, Pappie," sê Mara.

"Julle kan twist en jive soos julle wil, maar niemand vat aan mekaar nie – hoe verder julle van mekaar af bly, hoe beter."

Mara knik. Sy is so opgewonde dat sy nie eers haar poeding wil eet nie.

Toe Pa klaar gedank het en sitkamer toe is, sê Mara vir Ma: "Het Mammie geweet?"

Ma smile net weer, toe's sy ook daar uit.

Gladys kom in om haar kos te kom haal. Sy sien die poe-dingbak langs haar bord. "Hau," sê sy, "pudding in the middle of the week! Wie se birthday is dit?"

Mara fluister in haar oor en Gladys se oë rek. Sy wikkel haar heupe en sy lag.

"Vanaand kan Boytjie maar my poeding ook kry, Gladys," sê Mara en dans met die bakkie in haar hand. Sy sing kliphard: "There she was just awalkin' down the street, singin' do wha diddy diddy dum diddy do . . ." Sy dans so woes dat die poeding uit haar hand glip. Die bord breek mooi in twee stukke. Boytjie se poeding lê uitgespat op die vloer. Ek hol sommer daar uit en gaan sitkamer toe. Pa en Ma sit en lees.

"Wat is nou weer flenters?" vra Ma.

"Mara se poedingbak."

Pa se stem kom agter sy koerant uit: "As één bord breek, kan jy maar weet: dis die einde van daardie stel."

"Kan ek die comics kry, Pa?"

Pa blaai in die koerant en trek die bladsy met die comics uit. "Dalk moet jy die res van die koerant ook begin lees, almal van julle, dan sal julle agterkom hoe gelukkig julle is om teen die wêreld beskerm te word."

Mara kom in die deur staan, só dat Ma haar nie kan sien nie, en sy wys met haar kop dat ek moet uitkom, en haar lippe sê sonder geluid: as-se-blief. Ek weet as ek vir Mara 'n guns doen, kom daar môre 'n persentjie van die werk af saam. Tjoklits of kondensmelk of 'n pakkie crackers. Stilletjies staan ek op en loop.

"Ek wil vir Pappie iets vra," fluister sy in my oor, "hoekom gaan bad jy en Braam nie solank nie?"

Ek knik, maar dis of die sitkamervenster my roep. Ek kan mos later gaan bad.

Dit lyk darem nie of ek iets gemis het nie. Pa lees nog. Mara is net binne die deur. Ek kan sien sy staan en moed bymekaarskraap. Ma kyk op. Dalk is dit waarvoor Mara gewag het.

"Pappie," sê sy. Haar stem bewe 'n bietjie.

Pa laat sak nie sy koerant nie.

"Ek wil net weer dankie sê dat ons maar mag twist."

Hy maak 'n geluid wat beteken dat hy hoor wat sy sê.

"Nou wil ek net weet, Pappie, of ek nie maar vir my gaste net één glasie sjampanje kan gee nie, asseblief?"

Pa se koerant sak stadig. Dis al geluid in die sitkamer, die papier wat grrr. Daar is 'n vreeslike frons op sy gesig. "Hoor ek reg, Mara?"

Sy antwoord nie.

"Vra jy my of jy drank in my huis mag inbring?" Sy stem klink soos trokke wat in mekaar vasstamp, een na die ander, dwa-dwa-dwa-dwa!

Mara krimp eintlik klein voor hom. Ek kry haar jammer. Pa lig sy koerant en sak weer terug in sy stoel. Agter die koerant is sy oë toe, ek kan dit sien van waar ek staan.

Ma staan op en vat Mara aan haar skouers. Ek hoor die voordeur oop- en toegaan en koes agter 'n struik in. Gelukkig is die straatlig voor ons huis weer uitgeskiet. Daar is wolke voor die maan. Ma-hulle kom oor die stoep geloop.

"Jy moes dit nie gevra het nie, Mara. Nie vanaand nie. Het jy nie gesien hoe ongemaklik jou pa was toe hy gesê het julle kan maar twist nie? Jy weet tog dis dans. Hy ook. Maar hy het teen sy eie oortuiging in vir jou jou sin gegee. Omdat hy jou gelukkig wil sien."

"Is dit dan so swaar om 'n mens se kinders gelukkig te maak?"

"Jy weet nie hoe moeilik dit vir jou pa was nie. En nou't jy dit swaarder gemaak. Onmoontlik. Vir hóm."

Mara lyk skielik nie of sy al een en twintig word nie. Sy klou aan Ma vas. "Hoekom kan hy nie soos ander pa's wees nie?"

"Omdat die lewe maar sy eie manier met iedereen het, Mara, en iedereen sy eie manier met die lewe. Jy sal nog sien."

"Ek verstaan hom nie, Mammie, ek verstáán hom nie. Alles is sonde. Lyk my om jonk te wees, is ook sonde in sy oë. Ek en Rykie wou graag ons partytjie by die huis hou, met Pappie ook daar. Maar ek weet nie meer nie. Tannie Hannie sê daar is niks met sjampanje verkeerd nie."

"Dis waar, Mara, maar jou pa is bekommerd oor julle. Veral met Rykie se dinge. Kyk waar sit sy vandag."

"Maar sy en Karel het nooit eers gedans nie, Mammie."

Ma gee 'n laggie. "Pleks hét hulle maar, nè?"

Partykeer soggens verbeel ek my ek het Ma en Pa se stemme in die nag gehoor, maar ek weet nie of ek dit dalk gedroom het nie. Toe ek en Braam nog ons kamer gehad het, en ek van 'n nag-merrie wakker word en yskoud van banggeit in my bed lê, het ek altyd gewag tot Braam sy gewone geluide maak in sy slaap, dan't ek geweet alles is reg, hy lê nie vermoor in 'n plas bloed of so nie. Deesdae hoor ek dadelik vir Pa of Ma snork, en slaap verder.

Nou is ek weer wakker. Ek hoor die stoom van 'n lokomotief, die geluid van trokke wat gekoppel word, 'n elektriese unit wat skreeu. Snags is dit of die shunting jaart sommer baie naby is.

Ek kom agter dat Pa-hulle aan die praat is. Hy fluister: "Ek sê vir jou jy gaan haal weer die bobbejaan agter die bult."

Ek bly doodstil lê.

"Jy sê altyd so, ou man, en jy is meestal reg, maar ek weet nie, dis of sy in niks meer belangstel nie – jy weet hoe 'n lewens-lustige kind sy was."

"Sy hoop ons gee haar haar sin."

"Ek dink nie so nie, dié ding is ver verby vermakerigheid. Sy doen nie meer haar huiswerk nie, sy het die netbal gelos, sy gaan kerk toe omdat sy moet. Wanneer laas het jy haar hoor lag? Toe, sê vir my?"

Dit moet Erika wees van wie hulle praat. Sy is nie meer soos sy altyd was nie. As Martina vir haar vra of sy haar polkadot-bloes kan aantrek, beduie sy net met haar hand soos een wat sê dit maak nie saak nie.

"Daardie kind kyk nie eens meer links of regs as sy oor 'n straat loop nie, dis of sy nie omgee of sy doodgery word nie. Sy kwyn sonder Salmon."

"Sy sal oor hom kom."

"Die vraag is of dit betyds gaan wees, Abram. Watse kwaad het hulle verhouding haar gedoen? Salmon is 'n seun met begin-sels, hy sou mooi na haar gekyk het, maak nie saak in watter kerk nie."

"Basta nou, Ada, ons praat nie weer daaroor nie."

As Pa vir Ma op haar naam noem, en nie "vrou" nie, is daar fout. En as daar fout is, wil Ma praat. Nie Pa nie. Hy dink lank oor 'n saak, sê dan wat hy wil sê, en dan is dit basta. Maar Ma laat haar nie altyd stilmaak nie.

"Ek bly verontrus oor die kind, dit help nou maar nie. En nie net oor haar nie, oor Timus ook."

Nou is ek helder wakker.

"Wat van Timus?"

"Ek weet nie, hy is self aan die verander. Hy is stiller as wat hy was. Braam sê hy wil nie eens meer stories in die bad hoor nie."

"Dis omdat hy verdomp genoeg van sy eie opmaak."

18

"Dis tyd dat Boytjie van die werf af kom," sê Pa.

Bella briek die vurk vol kos voor haar mond. Ons sit almal doodstil.

"Hy is al by die vyf jaar hier, of hoe?"

Bella sit haar vurk neer, met kos en al. "Vier jaar en vyf maande," sê sy.

"As ek nie my voet neersit nie, gaan hy nog op my werf besny word."

"Zoeloes word nie besny nie, Pa," sê Braam.

"Hoe ook al, hy moet weg."

"Hy is stroopsoet, Pappie, mens weet nie eers van hom nie."

"Die bure weet van hom. En as die spoorweë moet agterkom ons hou hom hier aan, sit ons môre, oormôre op straat."

"Dis seker nie so erg nie, my man."

"Ada, jy weet goed hy mag nie hier wees nie. Sê vir Gladys sy moet plan maak."

Dis ewe skielik so stil in die kombuis dat Rankieskat eintlik opkyk om te sien wat aangaan.

"Pappie kan dit nie doen nie!" Bella staan op en hol by die kombuis uit.

"Gaan roep haar," sê Pa, "ons het nog nie gedank nie."

Ouma kyk kwaai na Pa. "Die kind is ontsteld, Awerjam, los haar uit."

"Gaan roep haar, sê ek!"

Braam gaan agter haar aan.

"Watse goed sal dit haar doen?" vra Ouma. "Ek sê vir jou, vanaand gaan die Here meer van daardie kind se gehuil hoor as van jou dankery."

"Dis nou genoeg, Ma!"

"Asseblief, ou man, kan Boytjie nie maar nog 'n rukkie –"

"Ek het klaar gepraat."

As Pa sê hy het klaar gepraat, is dit klaarpraat. Dit weet ons almal. Ma ook. Sy sal vir Gladys moet sê van Boytjie wat moet weggaan, vanaand of môre of wanneer ook al, maar sê sal sy moet sê.

Braam kom terug tafel toe. "Bella huil te veel, Pa."

"Ogies toe," sê Pa, soos altyd voor hy bid.

Die huis is stil. Ek het wakker geword van Ma-hulle se stemme. Dis warm, ek trek die komberse van my af.

"Is jy wakker, Timus?" vra Ma. Ek antwoord nie. Na 'n ruk sê sy vir Pa: "Ek dink daar is fout by Hannie-hulle. Iets met Ruben te doen. Vanoggend soontoe gewees om tee te drink – Hannie was lanklaas hier en ek het begin wonder wat dit met haar is – toe hoor ek Ruben se stem met dié dat ek wil aanklop."

"En jy luister toe maar 'n rukkie."

"Jy moet net hoor hoe ongeskik die kind met Hannie praat. Glad nie soos ons hom ken nie. Staan daar en skel dat ek hom bo Stoney se masjiene uit kan hoor."

"Dan wonder ons nog hoekom Timus so nuuskierig is."

"Ek was bekommerd oor Hannie, dis al."

"So erg kon dit seker nie gewees het nie. Wat gebeur toe?"

"Wie's nou nuuskierig?" vra Ma.

"Jy hóéf nie te vertel nie."

"Ja, Abram, ek hoef nie, maar daar is dinge gesê wat jy moet weet. Ek het 'n stuk van die storie gemis, maar dit wou vir my klink of die weeshuismense Ruben nie meer daar wil hê nie."

"Nè?"

"Hoekom sal dit wees, dink jy, Abram?"

"Hoe sal ek nou weet?"

"Jy dink nie hy het dalk . . ."

"Nee, vrou, ek dink jou verbeelding sit met jou op loop."

"Ek weet nie hoekom Timus nie met Ruben wou saam nie, maar ek is die Vader dankbaar dat Joon daar aangekom het."

"Al weer Joon!" Pa vergeet sommer om te fluister.

Ek het al gedink hulle het vaak geword, toe sê Pa: "Jy hoef jou in elk geval nie meer oor Hannie of Ruben of wie ook al van hier rond te kwel nie."

"Waarvan praat jy, Abram?"

"Van 'n verplasing."

"Watse verplasing?"

"Bevordering. Ons gaan Stanger toe as hulle my aanlegvoorman maak; daar is 'n kans."

Ma antwoord nie.

"En nou, Ada, as jy so stil is? Jy wou mos nog altyd wegkom hier."

"Wat help dit nóú, ou man?"

"Jy is die een wat altyd hier wou weg."

"Ons kinders is klaar groot. Rykie is swanger. Erika is nog soos die ander onder ons dak, maar dis eintlik net haar lyf. Mara gaan weg. Hoe lank voor die ander ook . . ."

"Waarnatoe gaan Mara?"

"Weg. Sy het losies gekry. Sien nie meer daarvoor kans om soos 'n kind dopgehou te word nie."

"As my dak nie meer goed genoeg is vir haar nie, moet sy maar loop."

"Abram, jy is besig om almal om jou die een na die ander van jou te vervreem: Mara, Erika, Rykie, Bella, Braam."

"Snaaks jy gooi nie die meid ook by nie."

Ma antwoord nie.

"Het jy al vir haar gesê, vrou?"

"Van Boytjie?"

"Ja, van Boytjie."

"Ek wil nie nou daaroor praat nie."

"Dit help ook nie jy stel uit nie."

"Ek sal doen wat ek moet doen wanneer die tyd ryp is."

"Die tyd is nou ryp."

"Dit gaan haar hart breek as sy haar kind moet laat gaan."

"Sy sal gou genoeg daaroor kom, sodra sy weer in die ander tyd is. Jy weet hoe hulle kan aanteel."

"Jy ken nie 'n vrou se hart nie, Abram. En dan staan jy nog boonop uit 'n glashuis en klippe gooi."

Die Valiant ry tot langs Gladys se kaia. Hy het eers in die straat staan en wag, maar Ma het vir Braam gesê om hom te laat inry. "Dis genoeg dat die Ahlerse soos vinke by hulle vensters gaan uithang en aanmerkings maak, ons hoef nie die hele buurt te vermaak nie."

Gladys se tasse en goed staan klaar op die gras. Hulle gaan elke jaar weg, Msinga toe waar Gladys se mense bly, maar Boytjie weet nie dat hy nie saam met sy ma van dié vakansie af gaan terugkom nie.

Almal van ons is buite, behalwe Ouma, Pa en Bella. Bella is stad toe om Mara en Rykie se silwer sleutels te gaan haal by die winkel wat dit vir Ma bestel het. Sommer 'n verskoning om haar van die werf af te kry, sê Braam.

Ouma het vir Gladys gevra om Boytjie by haar in die kamer te laat speel tot die taxi kom. Toe dit tyd word, het Gladys hom gaan haal. Haar oë was tranerig toe sy terugkom. Daar was 'n tienrandnoot in haar hand. "Die oumiesies. For Boytjie," het sy gesê en die geld by haar bors ingedruk.

Pa is weer by iemand aan't bome uithaal.

Voor hy weg is, het Ma vir hom gesê: "Hoekom haal jy nie liewer die wildevy uit nie, dat daar 'n slag lig op jou eie werf kan kom."

Pa het deur die venster na die boom gekyk. "Ons gaan weg, vrou, dis nie meer nodig nie."

Ma se stem was anders toe sy weer praat. "Waar ons ook al gaan, sal die wildevy ons agtervolg. Nie sy koelte nie, Abram, maar sy skaduwee."

Pa het geloop sonder om Ma te soen.

Braam help laai Gladys se goed in die taxi se kattebak. Die meisiekinders gee Boytjie van die een na die ander aan.

"Goodbye, miesies, goodbye, Mara en Rykie en Braam en Erika en Martina en Timus. Sê ook goodbye vir Bella en vir die baas. En Erika, as ek terugkom, I want to see you laugh again."

Erika staan met haar arms oor haar bors gekruis, hande op haar skouers. Sy antwoord nie.

"Sala kahle, miesies," sê Gladys.

"Hamba kahle, Gladys."

"Mara en Rykie, I'll be back in time for your party, nè? Happy birthday solank."

"Dankie, Gladys."

Ons groet almal.

Gladys sit klaar in die Valiant. Ma gaan nader en raak aan haar arm wat by die venster uitsteek.

Die Valiant se enjin wrrrm, wrrrm saggies.

Die meisiekinders druk Boytjie elkeen nog 'n laaste keer. Toe gee hulle hom vir Ma aan.

"Waa' Bella?" vra hy.

Gladys wink vir Rykie nader. Sy buk by die kar se venster. Gladys fluister in haar oor. Toe Rykie regop kom, druk Ma Boytjie in Gladys se arms in, sommer so deur die venster. "Ry tog nou, Gladys, voor hier vandag 'n tranedal is."

Die Valiant ry onder die wasgoeddraad deur. Die aerial tik-tik teen die drade. Gladys waai vir ons. Boytjie ook.

"Boytjie!"

Dis Fransien. Sy kom na die draad toe aangehardloop.

"Fransien, kom hier!" roep haar ma agterna, maar Fransien is klaar in ons jaart. Die Valiant gaan staan. Gladys laat Boytjie uitklim. Hy hardloop in Fransien se arms in. Na 'n rukkie gaan Gladys nader. "Ons moet nou loop," sê sy en kielie Fransien in haar sye. Fransien lag dat die kwyl loop.

Gladys-hulle klim weer in die taxi. Hulle ry by die hek uit, verby Hein en Fransien. Rykie bly hande op die heupe staan toe ons ander ingaan. Ek en Ma kyk vir haar deur die kombuis-venster.

"Wat dink Ma het Gladys vir haar gesê?" vra ek, maar voor sy kan antwoord, kom ouma Makkie by haar kamer uit. Haar slippers skuur oor die blokkiesvloer.

"Bring vir Ouma 'n stoel vorentoe, Timus."

Ma is dadelik by haar. "Ma hoort in die bed."

"Ek sal teruggaan kamer toe sodra Bella by die huis is. Timus, bring my stoel."

Ouma laat haar nie voorsê nie. Sy gaan by die voordeur uit en wag buite tot ek die stoel bring.

"Sit hom hier neer."

Ma bly om Ouma draai. "Bring nog 'n kussing, Timus, en dan bly sit jy hier by Ouma. Kom roep my as sy opstaan."

"Moenie maak of ek 'n kind is nie, Ada."

Die huis is stil agter ons. Ouma sê nie 'n woord verder nie.

Nou en dan haal sy haar snuifblikkie uit. Die meisiekinders is in hulle kamer.

Later kom Pa daar aan. Sy hare hang oor sy voorkop, nat van die sweet. "En as Ma dié tyd van die dag op die stoep sit?" vra hy.

Sy haal haar oë nie van die straat weg nie. "Ek wag vir Bella."

"Om te?"

"Om te troos, Awerjam, om te kyk of ek vir haar kan probeer verduidelik hoekom 'n kind van sy ma af weggevat moet word."

"Ma weet ek kon nie anders nie, dis die wet."

"Moenie probeer wegkruip agter 'n wet waarvoor jy self gestem het nie, Awerjam."

Pa gaan sitkamer toe. Rankieskat lê seker op sy stoel. Pa sou hartseer gewees het as dit die kat was wat moes weg, dink ek.

Ek raak verveeld van die stilsit en gaan haal 'n lemoen. Ek gooi hom in die lug en vang hom. Al hoër en hoër. Dit bly ook nie vir altyd lekker nie. Ek rol die lemoen onder my voet om hom sag te maak vir uitsuig.

Joon ry op sy fiets verby en hy waai vir Ouma. Oom Gouws loop verby. Hy groet nie. Ek wens Bella wil huis toe kom sodat ek by Joepie kan gaan speel.

Die lemoen is leeggesuig. Ek breek hom oop en trek die pap skyfies met my tande uit die skil. Ouma sit net die pad en dophou. Ek het lus vir nog 'n lemoen. Ma sien my nie inkom nie, sy bly in die kospotte loer en roer. "Kan ek nog 'n lemoen kry, Ma?" Dit lyk nie of sy my hoor nie en ek haal stilletjies een uit die sakkie. Toe ek buite kom, is Ouma nie meer in haar stoel nie.

Bella kom aangeloop. Sy het 'n groot sak in haar hand. Sy wonder seker hoekom dit ouma Makkie is wat by die kleinhekkie staan en wag en nie Boytjie nie. Van die voordeur af sien ek hoe Ouma met Bella praat. Ek het gedink Bella sal aan die skree gaan, maar sy doen dit nie. Sy vat Ouma se arm en help haar by die trappies af. Toe haal sy twee mooi toegedraaide boksies uit haar sak en gee dit vir Ma. "Die sleutels," sê sy.

"Dankie, my kind."

Bella gaan sit die groot sak in die kamer neer en Ma sê die kos is gereed, ons moet naderkom.

"Aarde tog, maar julle is stil," sê Pa toe ons aan die eet is, "mens sal sweer daar's dood in die huis."

Na 'n lang ruk is dit Braam wat praat. "Ek sal die kaffertjie nogal mis," sê hy. Dit klink nie soos sy gewone stem nie.

Tóé gaan Bella aan die huil. Die trane loop sommer so in haar bord in. Sy spring op en gaan kamer toe en skielik hoor ons 'n slag.

"Here, tog," sê Ma.

Braam hol heel voor, en die res van ons agterna. Die gang is te nou vir soveel mense.

Bella sit op die vloer. Die papiersak lê geskeur voor haar. Braam buk en tel dit op. Die goed binne-in val uit. Dis 'n gekraakte swartbordjie en 'n klomp stukkende kleurkryte, party middeldeur gebreek.

19

"Dit gaan vandag vir Rykie swaar wees in die kerk," sê Ma, "julle moet haar ondersteun so goed julle kan."

Ons knik: ja, ons sal. Almal behalwe Erika. Sy sit net voor haar en uitkyk, soos sy deesdae maak. Al wanneer sy nog praat, is as iemand haar iets vra.

"Erika, dit gaan Rykie niks help as jy met 'n lang gesig daar sit nie."

Erika kyk nie na Ma toe sy antwoord nie. "Ek sou enige dag met Rykie geruil het as Salmon die pa was, al moes ek vir die res van my lewe onder sensuur wees. Ek sou niks van niemand gevra het nie."

Nie een van ons weet wat om te doen om Erika te troos nie. Dis of sy nie meer deel van ons klomp is nie. Of sy in 'n ander wêreld is as ons.

"Kom, Timus," sê ouma Makkie, "ons sal in die pad moet val." Sy haak haar handsak oor die skouer. Ma probeer keer, maar Pa sê, nee, dis goed as Ouma wil Nagmaal toe, hy sal vir oom Stoney vra om haar met sy kar te vat. Hy tel sommer die telefoon op, maar Ouma sê 'n ding wat hom vinnig laat opkyk. "Awerjam, ek wil hê jy moet weet dat ek om Rykie se onthalwe kerk toe gaan vandag, nie oor die Nagmaal nie. Jy weet en die kerkraad weet en God self weet dat Rykie reeds berou het. Dat sy klaar vergewe is. Maar gestraf moet sy gestraf raak. Verneder. Sodat julle kan beter voel. Ek sê vir jou, in hierdie gemeente sit ek voor die Here my mond nie weer aan wyn en brood so lank as wat daardie kind dit nie mag doen nie. En terwyl ek aan die praat is, nog 'n ding: ek het g'n niemand se kar nodig om my aan te ry kerk toe nie."

Ek kan sien hoe Pa kwaad word en hom regmaak om te antwoord, maar Ma probeer vrede maak.

"Asseblief, Ma," sê sy, "dis te ver om te loop."

"Dit kan nie veel meer as 'n myl wees nie. Kinderspeletjies. Ek het al gestap tot waar ek die see kon sien. Is dit nie so nie, Timus-kind?"

"Dis waar, Ouma is al lekker fiks."

Ma lyk nog bekommerd. "Belowe my jy sal Ouma by elke busstop 'n rukkie laat rus."

"Ek sal, Ma."

Rykie kom haastig uit die kamer uit. "Kan ek maar saam met Ouma-hulle loop?" vra sy. Sy raak aan Ouma en kyk in haar oë. "Asseblief."

"Natuurlik, my kind, maar dan moet ons nou begin of ons kom na kollektetyd eers daar aan, dan's die kerkraad vir óns ook kwaad." Dis of Ouma die woorde verbý Rykie gooi.

Vroeër dae het ons Rademans altyd saam geloop. Pa met sy Bybel en gesangboek onder die arm, Ma met haar hoed en handsak, die vyf meisiekinders wat sê dis outyds om hoed te dra kerk toe, en ek en Braam. Naby die kerk is daar tennisbane, en Pa het altyd iets te sê oor die mense wat eerder tennis speel as kerk toe gaan. "Engelse . . ." sê hy dan, "g'n respek vir die Sabbatdag nie."

Ek weet nie of dit regtig sonde is om op Sondae tennis te speel nie, maar as ek na daardie mense se gesigte kyk en na Pa s'n, dan is dit wat hulle doen vir hulle lekkerder as wat dit vir Pa is om kerk toe te gaan.

By een van die busstoppe waar ons Ouma laat rus, wys sy vir Rykie om langs haar op die bankie te kom sit. "Ek wil hê jy moet die hele tyd in die kerk weet dat ek daar is, Rykiekind."

"Dankie, Ouma."

"Jy vat my hand en jy los hom nie een keer nie, hoor jy vir my?"

Rykie laat sak haar kop skuins, tot teen Ouma s'n.

"Nou ja, kom ons loop, ek wil dit darem ook nie laat lyk of ons hulp nodig het nie."

Ek wonder of Rykie bang is. Of sy kwaad is vir Karel en of sy na hom verlang. Sy praat minder deesdae, maar darem nie so min soos Erika nie.

'n Ent voor die kerk haal Pa-hulle ons in.

"Hoe voel Ma?"

Dit vat 'n rukkie voor Ouma antwoord. Haar asem jaag 'n

bietjie. "As daar genoeg tyd was, het ek sommer deurgesteek na die volgende gemeente toe, net vir die oefening."

Ma sê: "Timus, het niemand langs die pad aangebied om julle op te laai nie? Ons sal iemand moet vra om Ma na die tyd huis toe te vat, kyk hoe sweet sy. Abram, as Stoney-hulle nie vanoggend in die kerk is nie, vra jy vir proponent Zaaiman."

Teen die tyd dat ons by die kerk aankom, staan oom Louis al langs die toring met die kloktou in sy hand. Gewoonlik sê Pa vir hom hy moet die klok sommer lank lui sodat ál die sondaars dit kan hoor, maar vandag knik hy net en loop om die kerk, konsistorie toe.

Erika gaan staan.

"En nou?" vra Ma.

"Gaan julle solank in," antwoord sy.

Ouma vat Rykie se hand. "Kom, kind, ons sal hierdie dag ook agter die rug kry."

Hier en daar draai mense eintlik óm in die banke om na ons te kyk. Rykie kan nie meer haar groot maag wegsteek nie.

Op gewone Sondae sit ons nie bymekaar nie. Mara hou daarvan om op die linkerkantste vleuel te sit. Rykie en Erika sit by Ma. Martina amper elke Sondag by 'n ander kêrel. Ek gewoonlik op die galery. Dis lekker om die mense daar van bo af dop te hou. Maar vandag, met Rykie se dinge en met Ouma by ons, moet ons almal bymekaar sit.

Ek, Ma, Rykie, Ouma, Martina, Mara, Bella, Braam; so sit ons. Die tweede gelui begin. Ma kyk om om te sien waar Erika bly. Die orrel word stil. Hier en daar hoes iemand. Dominee Van den Berg en die kerkraad kom uit die konsistorie geloop. Dominee sit sy voet op die eerste trappie van die preekstoel en sy hand op die reling. Hy laat sak sy kop en bid lank, tot na die klok ophou lui het. Hy klim met die trappies op, gaan staan agter die groot Kanselbybel en steek sy hand oor ons uit.

Ma kyk weer om. Ons ander ook.

Dominee maak keel skoon. Ons draai terug.

"Gemeente, ek groet u in die Naam van die Vader, en die Seun, en die Heilige Gees." Hy laat sak sy hand. Die waaier by sy voete waai sy swart toga weerskante van hom oop.

Op die kanselkleed staan in goud geborduur: SO SPREEK DIE HERE HERE.

Ouma trek Rykie se hand tot op haar skoot.

Dominee laat sy kop sak om te bid, maar voor hy 'n woord kan sê, klink die kerkklok skielik een keer, met 'n anderster geluid as gewoonlik. Ma staan op, hand voor die mond. Dit is doodstil in die kerk. Party mense kyk ook nou agtertoe na die swaar houtdeur. Al hoe meer se koppe draai soontoe.

Agter ons hoor ons dominee se stem: "Liewe gemeente, ons moenie dat ons aandag van die Woord van die Here afgelei word nie."

Die mense bly agtertoe kyk. Een-een staan hulle op, soos ons, soos wanneer daar 'n troue is en almal wag dat die bruid inkom. Maar die deur bly toe.

Ma draai terug. Sy kyk na Pa in die ouderlingsbank. Ek het haar nog nooit so benoud sien lyk nie. "Abram," sê sy, "jy moet gaan kyk."

Voor Pa kan roer, begin die hele gemeente beur om uit die banke te kom. Die stroom beweeg stadig met die paadjie langs deur toe. Dominee praat hard van die preekstoel af, maar niemand luister nie. Braam beduie dat ons by die sydeur moet uit. Nog voor ons buite is, hoor ons vrouens gil. Ma het my aan die hand beet. Sy druk my vingers so hard dat hulle pyn. Ek probeer loskom, maar sy klou.

Haar skoene maak dat ons nie kan hardloop nie. Voor ons verdwyn mense om die hoek van die kerk. Braam is skielik in ons pad. Hy hou Ma aan die skouers vas. "Moenie verder gaan nie, Ma," sê hy.

"Is dit Erika?"

"Ja, Ma."

Sy los my hand en skuif Braam s'n van haar skouers af en loop by hom verby, om die hoek.

Erika hang aan die kloktou, haar knieë geknak tussen die rose en ou konfetti. Martina begin gil. Mara staan hand voor die mond en kyk. Bella en Rykie klou aan mekaar vas. Die geluide wat Ma maak, is nie gewone huil nie. Sy probeer Erika oplig, maar haar skoene laat haar enkels swik. Dan is Pa ook daar en tel Erika se slap lyf op. Braam knoop die kloktou los. Pa staan met Erika in sy arms. Haar kop hang agteroor.

20

Erika het heeltemal stil geword. Sy antwoord mens nie eers meer as jy haar 'n vraag vra nie. Ma sê sy sal doodgaan van die honger voor sy vra vir iets om te eet. Pa het eers gedink dis die kloktou wat haar stembande seergemaak het, maar Addington se dokters sê haar keel makeer niks, die fout lê boontoe, in haar kop. Sy wíl nie praat nie.

En hulle sê Ouma se heup sal nie weer aangroei nie. Sy het geval met die gestamp en gestoot in die kerk toe almal wou gaan kyk wat buite aan die gang was. Gelukkig het iemand haar sien lê voordat die ambulans met Erika weg is, toe kon hulle haar sommer saamvat hospitaal toe.

Ek mis die tyd toe ek saam met Ouma kon gaan stap. As ek deesdae alleen met haar wil praat, moet ek dit in haar kamer doen. Noudat sy nie meer hier uitkom nie, ruik dit al so van die medisyne en goed dat Rankies net tot op die drumpel kom, nies en dan liewer buite bly.

Ma sê Ouma voel die laaste tyd nie wel nie. Haar vel is nou so dun dat dit lyk of dit sal skeur as mens te hard aan haar vat. Haar hande is koud. Dis haar bloedsomloop wat nie meer is wat dit was nie, sê sy. Mens kan haar are sien. Dit maak donker strepe op haar arms.

Ek klop aan haar deur. Sy antwoord nie. Die deur is op 'n skrefie oop. Ek klop weer. Ek weet sy is in die kamer, en ek weet ook sy slaap nooit in die dag nie. Anders rol sy heelnag rond terwyl sy aan ander mense se sondes lê en dink, sê sy. Ek begin bang word. Haar kamer is donker, want die gordyne is toe. Hoe groter ek die deur oopmaak, hoe meer lig val op die bed.

"Ouma."

Sy antwoord nie. Ek gaan tot by haar. Haar oë is oop. Sy kyk na die plafon.

"Ouma?"

"Wat is dit, Timus-kind?"

Ek skrik. "Niks nie, Ouma."

"Jy hoef nie bang te wees nie, ek lewe nog."

"Ek sien so. Hoe't Ouma geweet?"

"Dat jy wonder of ek dood is? Jy kom dan op my afgesluip of ek 'n spook is." Sy lag saggies en vroetel met haar sakdoek. Dié is skoon, Ouma snuif nie meer nie. "Wat kyk jy my so?"

"Nee, ek kyk maar. Dis lekker om Ouma hier by ons te hê."

Sy steek haar hande uit. "Kom hier, Timus-kind."

Ek gaan staan teen haar bed en sy sit haar arm om my en druk my teen die ruik van haar naeltjies en samboksalf vas, en toe sy my los, vee sy haar oë af. Sy praat met die sakdoek nog so voor haar gesig. "Nes ek dink ek sien nie kans vir nog 'n enkele dag in hierdie tranedal nie, gebeur daar iets wat my laat voel die hemel kan nog 'n rukkie wag."

Ek staan nog so by Ouma, toe kom Martina by die kamer in. "Doktor Verwoerd is dood," sê sy.

"Dit kan nie wees nie."

"Gesteek."

"Julle pa gaan 'n aanval kry."

"In die bors."

"As Awerjam Rademan nog nooit gehuil het nie, gaan hy dit nou doen."

"'n Klomp kere."

"Waar hoor jy dit?"

"Op die radio."

"Wanneer het dit gebeur, Martina-kind?"

"Ek weet nie, Ouma, toe hulle sê hy is dood, het ek hiernatoe gekom."

"Waar's jou ma?"

"By tannie Hannie. Lyk my daar's moeilikheid, die tannie het Mammie gevra om soontoe te kom."

"Nou ja, loop sê vir haar sy moet haar kragte spaar vir die probleme in haar eie huis. Vanaand gaan julle pa in 'n toestand wees."

"Ek sal gaan," sê ek.

Ouma keer. "Nee, laat Martina gaan, sy sal juister kan vertel as jy."

Martina loop haastig uit.

"Timus, bring jy die draadloos hier dat ek met my eie twee ore kan hoor wat daar te hoor is."

Ek bring die radio en sit hom op die bedkassie neer. "Sien Ouma later." Ek hol uit. In die straat sien ek Joepie loop en ek gaan na hom toe om die groot nuus te vertel, maar toe ek nog ver is, skree hy al: "Het jy gehoor van doktor Verwoerd?"

Ons loop deur die strate en soek na iemand vir wie ons kan vertel, maar mens kan op almal se gesigte sien hulle weet. Een tannie sê vir ons: "Die eindtyd is aan die kom, kinders, julle moet julle bekeer."

Ek kan sien dat Joepie vir haar woorde skrik. "Ek moet gaan," sê hy.

Gladys kom met haar wateremmer by die kaia uit.

"Wanneer het jy teruggekom?" vra ek.

"Just now."

"Dit gaan nie lekker wees sonder Boytjie nie, Gladys."

Sy antwoord nie, loop net aan na ons agterdeur toe. Sy sal dalk nog nie die nuus gehoor het nie, want sy't nie 'n radio nie.

"Weet jy dat doktor Verwoerd dood is?"

Dit lyk of Gladys in 'n muur vasloop. Die emmer val uit haar hand uit. Sy kyk oor haar skouer na my. Haar oë is wit. Ek is bly daar is darem iemand wat nie weet nie.

"Dit was op die radio," sê ek.

"Woerwoerd is dead?"

"Ja."

"How did he die?"

"Hy's gebulala. Met 'n mes gesteek."

"Are you sure he is really dead this time?"

"Jip."

"Woerwoerd," sê sy en draai om en loop kaia toe. Sy loop haar kop en skud. Die deur klap agter haar. Ek hoor haar skreeu: "Woerwoerd! Wóérwoeeerd!"

Daar is wind in die wildevy se blare. Ek gaan na die kaia toe en staan doodstil by die deur. Gladys skreeu nog, maar dit klink of sy 'n kussing teen haar mond druk. Dis huil wat ek hoor. Oor en oor skreeu sy: "Woerwoerd, Woerwoerd, Woerwoerd!" Ek weet nie of sy 'n ding gooi soos tannie Gouws toe sy Goolshan wou skiet nie, maar ek hoor iets daar binne breek.

"Eet julle maar, ek is nie honger nie," sê Pa na hy gebad het. Ek wonder of daar nie genoeg is om te eet nie en gaan tel die borde op die tafel: elf, almal lekker vol geskep. Daar is groter fout as te min kos.

Pa gaan sonder sy koerant sitkamer toe en sit die gram aan. Kliphard. Gene Rockwell sing: " . . . save youself for somebody new . . ." Pa haat daai liedjie. Iemand moes skelm na LM Radio geluister en vergeet het om die radio terug te draai na Afrikaans toe. Ons wag dat Pa ons roep om uit te vind wie dit was, want ons mag nie na LM luister nie. Pa skel nie. Hy soek self sy stasie.

Ons eet soos elke aand, maar dis stil om die tafel. Uit die sitkamer hoor ons doktor Verwoerd se naam keer op keer oor die radio.

Na ete kry ons Pa waar hy met die tuinslang staan. Die water spuit op een plek op die grond. Daar is al 'n gat oopgespoel. Ma sê ons moet hom uitlos. Sy sit sy kos in die lou-oond, maar ek dink nie hy sal dit vanaand nog eet nie. Ma sal dit môre vir hom saamgee werk toe.

Pa het die draagbare radio op sy bors. Die kamerlig is al af. Ek is baie vaak, maar ek hoor nog doktor Verwoerd se naam, en Tsafendas s'n. Van buite af kom die loco se geluide. Soos altyd word die trokke heen en weer geshunt om treine op te maak. Lokomotiewe fluit en blaas. Units klink of hulle huil as hulle met 'n spul trokke wegtrek. Doktor Verwoerd is dood, maar alles gaan soos altyd aan. Dis net Pa wat heeltemal anders lyk. En nog iets: die lokasiemense se tromme wat kedoem-kedoem-kedoem. Ek verstaan dit nie, want hulle maak nooit in die week musiek nie.

Op die radio praat omroepers van 'n mes en van 'n goeie man en van die land wat rou en van iemand wat Tsafendas na die stekery met die vuis geslaan het. Ek raak aan die slaap en word weer wakker. Iemand wat gil. 'n Vrou. Dis nie oor die radio nie. Dis êrens buite.

"Abram?" sê Ma.

Ek sit regop in my bed maar sien net die straatlig teen die gordyne. Ek voel iemand teen my bed stamp. Pa trek sy asem deur sy tande in. "Bliksem," sê hy. Van buite af kom daar ook stemme. Karre briek en trek weer vinnig weg.

"Hoe laat is dit?" vra Pa.

Ma vroetel op die bedkassie vir haar bril.

Ek kyk na die ronde wekker met die fosforwysters. "Amper vieruur, Pa," sê ek.

"Hoekom slaap jy nie?" vra Ma.

"Pa het teen my bed gestamp."

Pa kyk by die venster uit. "Vangwaens. Seker 'n klopjag. Ons kan maar verder slaap." Pa sê altyd as die polisie in die omtrek is, kan mens maar gerus wees, daar sal nie fout kom nie.

Buite is daar voetstappe.

"Hulle is op pad na Gladys toe," sê Ma. Sy staan op en sit die lig aan en haal haar gown van die haak agter die deur af.

"En nou?" Pa vra altyd: "En nou?" as hy voor sy siel weet wat 'n mens nou gaan doen.

Ma antwoord nie. Sy loop by die kamer uit. Toe ek wil agterna, kyk Pa my kwaai aan. Nou hoor ek al twee se stemme buite. Ek sit die lig af en gaan venster toe. Daar is twee polisiemanne by Pa en Ma in die geel lig wat van die Ahlerse se stoep af skyn, en Gladys se gesig in die kol van die polisieman se flits. Dit lyk soos 'n kop wat in die lug hang, sonder 'n lyf. Die tromme speel nog steeds. Kedoem-kedoem-kedoem, kedoem-kedoem-kedoem. Aanhoudend. Dieselfde slae oor en oor.

"Is dit nodig om dié tyd van die nag te kom?" vra Ma.

"Oggend, mevrou. Vieruur in die oggend is hulle almal nog op die nes. En 'n mens trap hulle maklik dáár vas, 'n kaia het mos nie 'n agterdeur nie."

Die polisiemanne lag.

Oral hoor ek polisie-vans ry. In die agterplase wat ek kan sien, is daar flitsligte, nes hier by ons.

"Wat het sy verkeerd gedoen, konstabel?"

Die polisieman se flits skyn skielik in Ma se gesig, maar sy kyk hom só dat hy ekskuus sê en die lig weer op Gladys skyn.

Toe sien ek eers dat sy halfkaal is. Sy staan met haar arms ge-
kruis. Sy het 'n groot wit panty aan.

Ma trek haar gown uit en gee dit vir Gladys.

Gladys maak haar lyf toe. Dit lyk of sy koud kry, maar dis 'n
warm nag.

"Hei," raas die polisieman, "sê jy nie dankie nie?"

"Dankie, miesies."

"Julle het nog nie gesê wat sy gedoen het nie?"

"Daar's moeilikheid in die land, mevrou, ons sorg maar dat
julle veilig is. Hoor mevrou daai dromme?"

Ma draai haar kop en luister.

"Mens kan nooit te versigtig wees nie, mevrou, die swart-
goed is onrustig."

Pa hang sy japon om Ma. "Kom, vrou," sê hy.

Die polisiemanne vat Gladys na die van toe. Hulle stamp haar
in en klap die deurtjie agter haar toe. Dit klink nes haar kaia-deur.

Terug in die kamer sê Pa: "Ook maar goed Boytjie was nie
vannag by haar nie."

Ek kan nie glo dis al opstaantyd nie. My oë voel dik. Ek draai
my om en trek die kombers oor my kop.

"Kom, kom, kom," sê Ma, "ek het jou klaar 'n bietjie later
as gewoonlik laat slaap oor vannag se dinge. As jy jou nie nou
roer nie, is jy laat vir skool."

Vanoggend is die radio hard aan. Die omroepers praat net
oor doktor Verwoerd.

Pa kom van buite af in. "Nou't ek als gehoor." Hy skud sy
kop. "Hoe onnosel kan 'n mens nou wees? Ek kan nie glo dat
iemand so deur die lewe kan gaan nie!"

"Wie?"

"Harry Gouws. Kom verbygeloop toe ek voor staan en tuin
natspuit. Vra ek hom wie dink hy gaan ons nuwe eerste minis-
ter wees, en weet julle wat antwoord hy my?"

Pa gee ons kans om te dink, maar ons dink nie, ons weet hy
sal uit sy eie verder praat.

"Hy vra waar's die oue dan? Kan julle dit glo? Ek is seker
selfs Gladys weet dat doktor Verwoerd vermoor is."

"Is Gladys al terug van die polisie af?" vra Bella.

Ma skep vir ons pap in.

Martina klop hard teen die badkamerdeur. "Maak nou klaar, Braam!"

Pa vat sy kosblik. "Laat ek loop, die bus gaan nie vir my wag nie." In die deur draai hy om. "Julle moet julle nie verbaas as daar vandag mense is wat bly is oor doktor Verwoerd se dood nie. Durban is vrot van die Engelse, een en almal 'n spul Sappe."

Ek wonder wat Ma gaan antwoord. Sy sê: "Abram, ek het die kos wat jy gisteraand nie wou eet nie vir jou ingesit."

"Dankie, vrou." Hy soen haar op die voorkop.

Pa gaan soggens eerste uit die huis uit. Na hom Mara en Braam en Rykie en Bella; hulle haal dieselfde bus. Martina loop tot op die laaste nippertjie in haar wit hemp en das en panty en sykouse, anders kreukel haar skoolromp. Erika gee nie meer om hoe sy lyk nie.

"Jou kous is geleer," sê ek vir Martina.

"Agge nee, demmit."

Ma vra: "Sal jy dit met Cutex kan stop?"

"Nee, Ma."

"Verdomp."

Ma het al vir die skool 'n brief geskryf oor hoe duur sykouse is, maar die hoof het geantwoord dat dit sy senior meisies se skooldrag is, en klaar.

"Is Gladys al terug?"

"Nee, Bella."

"Wat gaan hulle met haar doen?"

Ma antwoord nie. "Maak klaar. Timus, gaan borsel jou tande."

Heelpad skool toe is daar vanoggend net twee name wat mens hoor: doktor Verwoerd en Tsafendas. By elke busstop waar ek en Joepie verbyloop, staan die grootmense wat op pad werk toe is, oor die moord en praat. Gewoonlik sit die mense in die busse by die vensters en uitkyk, maar vanoggend praat hulle met mekaar. Almal met ernstige gesigte.

"Ek wonder of dit seer was toe die mes in doktor Verwoerd se lyf ingegaan het," sê ek vir Joepie.

"Wat dink jy?"

Ek kan sien Joepie het nie lus om te gesels nie. Hy is seker te hartseer. Ek sê niks weer nie, maar die hele tyd loop ek aan doktor Verwoerd en dink, tot ons by die kerk verby is en links uit Lighthouseweg wegdraai skool se kant toe en vir Elsie en Voete sien. Hulle is nie ver voor ons nie. Elke nou en dan vou hulle hulle vingers skelmpies om mekaar. Ons skool se kinders mag nie in hulle skoolklere loop en hande vashou nie. Ek hoor Voete lag. Daar is g'n manier hoe ek ooit so 'n stem sal hê of so fris sal wees soos Voete of kan rugby speel soos hy nie. Ek sal nooit weer Elsie se tas dra nie. Sy sal nooit só in my oë kyk of haar vingers skelm om myne draai nie. Daar sal ook nie 'n kar kom om Voete raak te ry nie, plat teen die grond, sodat hy in 'n rystoel moet sit tot sy bene dunner as myne is. Hy sal niks oorkom nie. Hy sal net aanhou om Elsie se boyfriend te wees en om smiddae by haar te kuier en haar vreeslik te vry.

Ek probeer hulle miskyk, maar dit werk nie, my oë bly op hulle. Gelukkig kom ons by die skool aan en die klok lui en hulle moet uitmekaar gaan. Mens sal sweer dit gaan maande wees wat hulle mekaar nie gaan sien nie soos hulle afskeid neem. Kyk in mekaar se oë in en smile en waai en kyk oor hulle skouers na mekaar. Dit voel of my maag 'n knop maak. My keel is droog. Niks sal ooit weer wees soos dit was nie.

In die klaskamer is dit weer net doktor Verwoerd en Tsafendas en die kommuniste. Elke onderwyser het iets te sê voor ons met die werk kan aangaan, behalwe miss Giles. Sy gaan aan met die werk asof niks gebeur het nie. Maar sy lyk darem nie bly nie.

Ons werk maar min, want elke periode is daar nuwe stories oor wat in die parlement gebeur het.

Na skool jaag ek vir Joepie aan sodat ek nie weer in Elsie en Voete hoef vas te kyk nie. Ons loop vinnig huis toe, waar Ma haar middagstories sal luister en ek by haar kan sit met my koffie en brood en nie een keer aan Elsie hoef te dink nie.

Ma sit die radio af en sy sê ons twee moet sommer by die agter-
deur op die stoeptrap gaan sit, sy wil 'n bietjie buite wees. Sy
vou haar rok tussen haar bene in en trek die soom op sodat die
son op haar bobene skyn. Darem nie so hoog soos Melinda s'n
nie.

"Wat is fout, Timus?" vra sy. "Ek weet nie mooi nie, maar
dis vir my of daar die afgelope tyd iets is wat jou pla. Is dit die
ding met Erika?"

"Nee, Ma."

"Nie een van ons weet hoe swaar sy regtig gekry het oor
Salmon nie."

"Ek weet, Ma, dis nie dit nie."

"Wat dan – Rykie?"

"Nee." Ek doop 'n stuk brood in die koffie en sit dit in my
mond sodat ek nie verder hoef te praat nie.

"Is dit Elsie? Jy het lanklaas iets van haar gesê, weet jy? Is
daar fout tussen julle?"

Die fout tussen my en Elsie se naam is Voete.

"Daar was nooit iets nie, Ma, ek het net haar tas gedra."

"En jy dra hom nie meer nie."

"Nee."

"Doen iemand anders dit nou?"

"Nee, Ma."

Niemand dra haar tas nie, maar sy word elke middag na
skool gevry. Ek wens Ma wil my liewer net uitlos. Daar's niks
fout met my nie. En dit het niks met niemand te doen nie.

Ma staan op. Sy trek haar rok reg en vryf my hare deurme-
kaar. "Dalk is my klonkie net besig om groot te word," sê sy,
net toe Gladys skielik om die huis se hoek kom. Sy kyk nie na
ons kant toe nie, loop net na haar kaia toe. Nog steeds in Ma
se kamerjas.

"Wat is dit met haar, Ma?"

"Ek weet nie, sy sal seker nou-nou hiernatoe kom."

Later kom Gladys uit. In haar eie klere. Onder haar een oog
is dit donker en geswel. "Sorry I'm late, miesies."

"Maak nie saak nie. Wat sê die polisie, hoekom het hulle julle
kom vang?"

"They say it is because doctor Woerwoerd was killed."

"Maar wat kon jy tog nou daarmee te doen gehad het?"

Gladys trek haar skouers op. "They say the Communists killed him, en elke kaffer in hierdie land is 'n Communist, so we are all guilty."

"Hoekom lyk jou gesig so – het hulle jou geslaan?"

Gladys kyk na Ma se gown in haar hand. "I will go and wash it for you, miesies."

Ma skud haar kop. "Gooi in die wasmandjie, Gladys. En bring jou beker, daar's tee in die pot."

21

"Hoesit Zane?" sê Hein. "Het jy gehoor doktor Verwoerd word môre begrawe?"

Asof die man in die maan dit nog nie weet nie. Zane loop net aan. Hein laat hom nie afsit nie.

"Maar ek weet iets wat jy nie weet nie."

"Ek het jou gesê ek donner jou as jy weer jou bek oor my ma oopmaak."

"Dit het niks met jou ma te doen nie, dis Helen en Sterre-kyker!" Hein leun eintlik vorentoe oor die kleinhekkie.

Zane gaan staan.

"Ek het hulle by mekaar gevang. Hulle het gevry."

Zane loop na Hein toe terug en maak die hekkie oop. Hy gryp Hein voor die bors en stoot hom terug tot teen die stoep-pilaar. "Ek het nou genoeg gehad van jou, Hein Ahlers."

Hein lyk bang. "Ek sweer, Zane, ek het hulle gesien. Ek sal my hand op die Bybel sit."

Hein se ma kom uit. "Los my seun!" skree sy en probeer Zane wegstoot, maar hy staan waar hy staan. Hy kap Hein se kop teen die pilaar.

"Eina, jisses! Hy't haar vasgehou, man, ek sweer, haar kop teen sy bors en als."

"Ek gaan haar self vra, Hein, en as sy sê jy lieg, kom ek terug, dan word jy môre saam met Verwoerd begrawe."

Zane loop by die jaart uit.

Hier kom 'n ding, dit weet ek sommer. En as ek reg gekyk het, gaan dit 'n vreeslike ding wees. Ek hol om na Governerstraat toe sodat ek van die ander kant af in Kingsingel kan uitkom waar Helen-hulle bly.

Zane gaan nie met die trap af na Helen-hulle se huis toe nie. Hy roep sommer van die kleinhekkie af na haar. Ek wens hy wil nie so skree nie, want Ma sal hom tot by ons huis kan hoor, en dan gaan sy wonder wat nou weer in die straat fout is en na my begin soek om te sorg dat ek in die huis is.

Helen kom uit en maak die voordeur agter haar toe. "Why don't you come in?"

"Was Joon vandag by jou?"

"Yes, why?"

Joon kuier nie skelm by Helen soos oom Rocco by sy ma nie.

"Het hy aan jou gevat?"

Dit lyk of sy skrik. Sy antwoord nie.

"Het hy aan jou gevat, vra ek." Hy skop die kleinhekkie oop.

"Won't you come inside, Zane, please?"

"Antwoord my!"

"Yes, he did, but not in the way –"

"Bitch!"

Sy kom na hom toe aan en sit haar hand op die hek. "Zane, please –"

Hy klap haar deur die gesig.

"It wasn't like that, Zane, it wasn't at all like that."

"Bitch!" Voor sy kan antwoord, klap hy haar weer, harder as die eerste keer. Sy val op die sypaadjie neer maar staan dadelik op. Mense kom van oral af nader. Helen se ma ook. Ek moet op die skuins stut van die hekpaal staan om te kan sien. Helen begin huil.

"What kind of a man are you?" vra Helen se ma.

Zane steur hom nie aan haar nie. Hy slaan Helen met die vuis op die bors. Sy keer vir haar tiete. Hy slaan weer en tref haar arm. Dit klap so hard dat ek kan sweer sy gaan ook môre met gips loop, maar sy gryp na hom en haar naels krap diep hale oor sy gesig. Dis eers net wit strepe maar dit word rooierig en toe begin die bloed loop.

"Dis nou al hóé lank wat ek wonder oor jou en Joon Sterrekyker," sê hy.

"We weren't doing anything wrong, Zane, Joon was only hugging me to –"

"Shut up!" Nog 'n hou teen haar bors. Sy keer weer met gekruisde arms. Hy slaan haar hard in die maag. Twee of drie keer, sodat sy haar hande laat sak en vooroor buk. Haar wind moet uit wees. Dit lyk of sy gaan opgooi.

Zane mik om weer te slaan, maar Joon is skielik tussen hulle. Helen sak op haar knieë af, vooroor, tot haar gesig teen die teer is. Sy kreun en kantel om en bly lê met haar bene opgetrek, hande op die maag. Zane druk sy gesig teen Joon s'n. "Kýk na my!" skreeu hy. "Kyk na mý!"

Joon roer nie.

Ek is bang Zane gaan hom met een hou doodslaan.

"Lig jou hande, man!"

Maar Joon draai na Helen toe en hurk by haar.

Zane laat sy arms sak, maar sy hande bly vuiste maak, oop en toe. Daar kom trane uit sy oë. Dit meng met die bloed op sy gesig en dit word rooi en loop verder af, tot by die hoeke van sy mond en oor sy ken tot op sy hemp. Hy draai om en loop met lang treë weg.

Ek wag en wag, ek luister vir 'n draad wat fluit, maar daar is niks nie. Niemand kom roep my om te sê dat Zane vlermuise slaan nie. Uiteindelik kan ek dit nie meer hou nie. Ek loop in Kingsingel af, om die draai by die Gouwse, verder aan, en kry vir Zane waar hy teen Helen-hulle se groothek leun.

"Hallo, Zane," sê ek in die verbygaan. Hy groet nie terug nie. By die trappies wat mens tot in Governorstraat vat, gaan ek af, tot agter 'n heining waar Zane my nie meer sal kan sien nie. Daar gaan staan ek en loop versigtig terug tot ek hom tussen die takke en blare deur kan sien. Hy loop weg van die hek af, maar 'n ent verder draai hy terug. Heen en weer loop hy voor Helen-hulle se huis verby.

Ek bly lank staan, maar dit raak vervelig om Zane so op en af te sien loop. Dit raak buitendien skemer. Ek moet huis toe. Hier by ons word dit gou donker oor ons in 'n gat bly.

In die Gouwse se jaart sien ek vir Braam en Melinda. Hulle staan aan die kant van die huis. Hulle weet nie van my nie. Braam buk af en soen Melinda op die mond. Haar arms is 'n rukkie lank om sy nek. Braam kom pad toe geloop.

"Hallo, Braam."

Hy skrik.

"Naand, Timus."

"Het jy gehoor van Zane en Helen?"

"Ja."

"By Melinda?"

"Ja."

"Wat sê sy?"

"Vir wat vra jy so baie vrae?"

Ek trek my skouers op asof dit nie saak maak of hy my antwoord of nie. "Ek sien Zane loop op en af voor Helen-hulle – ek het gedag hy gaan dalk weer vlermuise slaan."

"Hy sal nie vanaand nie. Melinda sê Helen het baie seergekry."

"Hoekom gaan Zane dan nie na haar toe nie?"

"Helen se ma sê hy mag nie."

"Van wanneer af laat Zane hom sê?"

Braam kyk terug na Helen-hulle se huis. "Joon is daar," sê hy.

Mara-hulle is besig om reg te maak vir die twenty-first. Sy en Pa was weer 'n páár keer aanmekaar, want hy wou hê sy moet die paartie tot volgende naweek uitstel. Oor doktor Verwoerd se begrafnis. Daar was glo twee honderd en vyftig duisend mense langs die strate in Pretoria toe doktor Verwoerd se lyk van die Uniegebou af op die kanonwa heldeakker toe getrek is. Pa het voor hom sit en uitkyk asof hy alles voor hom sien gebeur. Hy't sy sakdoek uitgehaal en sy neus geblaas.

Ek het hom jammer gekry.

Elke keer as Pa kombuis toe gaan, sit Mara 'n plaat op haar gram, soos "Twist and Shout", of "Wild Thing", of iets anders wat raserig is. "Om in die mood te kom vir 'n paartie," sê sy, maar ek kan sweer dis meer om Pa se siel nog verder te versondig.

Ek dink Pa het besluit dis beter as hy liewer in die kombuis bly en luister wat alles nog in Pretoria gebeur.

In die sitkamer is daar nou musiek en in die kombuis kanonskote en toesprake en goed. Ek sit 'n ruk by Pa en dan gaan kyk ek wat die meisiekinders maak. Ek dink Braam is weer by Melinda; hy weet Pa steur hom vandag net aan een ding.

Ma maak soos ek, sy is dan hier en dan daar. "Gaan kyk 'n slag hoe dit met Ouma gaan," sê sy vir my.

Ouma lyk bly om my te sien. "Jy kom of jy gestuur is, kind. Ek wil by julle wees. Loop haal iemand dat julle my in die rystoel kan kry, ek wil gaan kyk hoe gaan dit met die birthday girls."

Mens hoor Ouma se stem eerste, sommer hier uit die kombuis uit. Almal lag. Ma ook. Daar sal trane in Ma se oë wees, dit weet ek sonder om haar te sien. Niemand kan so lekker soos sy lag nie.

Pa staan op. Daar is marsmusiek op sy radio, soos dié wat die kadet-orkes by die skool speel. Ek loop agter hom aan sitkamer toe.

Hy gaan staan in die deur, sê niks nie, kyk net die vroumense so.

"Ek het nogal uitgesien daarna om te twist en te jive," sê Ouma, "maar hoe doen 'n mens dit nou in 'n rystoel? Ek sal die partytjie in 'n krankekonsert verander. Dink net: my af heup, Timus se gips-arms – al wat nog kan breek, is Rykie se water."

Hulle lag kliphard, tot hulle vir Pa sien. Dit word stil in die sitkamer. Ma vee haar trane af.

Ouma sê: "Moenie hier kom staan en skaduwee gooi nie, Awerjam."

Pa kyk van haar af na Ma en toe na Mara. "Ek weet ek het gesê julle kan maar twist op julle partytjie, maar hoe moes ek geweet het dit gaan so 'n vreeslike dag wees?"

"Abram, jy het belowe!" sê Ma.

Pa skud sy kop. "Hoe moes ek geweet het dit gaan so 'n donker dag wees? Niemand sal vanaand dans nie." Hy draai om en loop terug kombuis toe.

Daar speel 'n Stones-plaat. Mara haal hom af en sit vir Jim Reeves op. "This world is not my home," sing hy.

Ek loop buitentoe, want vir nog trane sien ek tog nie kans nie. Hoe ons paartie gehou gaan kry met dié soort atmosfeer in die huis, weet ek nie. Daar is nog net 'n paar uur oor voor die gaste sal begin aankom.

As dit nie was dat Pa in die sitkamer aangekom het en ek huis-uit gevlug het nie, het ek seker alles misgeloop. Ek is nog net 'n entjie padaf, toe 'n ambulans by my verbykom. 'n Rooi lig wat op die dak draai. Van ver af sien ek Zane by Helen-hulle se kleinhekkie waar hy haar gisteraand so geslaan het. Die ambulans hou by hom stil. Ek hardloop nader, maar die ambulansmanne het die draagbaar uit en hulle is die huis in voor ek daar kom. Zane gaan met die trappies af in die jaart in, maar hy bly voor die stoep staan. Ek kan van die straat af sien hy het nie geskeer nie. Die stoppels laat sy wange blouerig lyk. Sy hare is deurmekaar.

Die voordeur gaan oop en Joon kom uit.

"Hoe gaan dit met haar?" vra Zane.

"Nie goed nie. Kom kyk self."

"Nie terwyl jy daar is nie."

"Jy sal kom kyk wat jy aangevang het!"

Ek het Joon nog nooit so hard hoor praat nie.

"Dis alles jou skuld," sê Zane.

Joon draai terug huis toe. "Kom," sê hy oor sy skouer. Hy los die deur agter hom oop. Zane loop stadig in. Ek wens ek kan ook. 'n Ruk gebeur daar niks nie, toe kom die ambulansmanne uit. Helen lê op die draagbaar. Haar oë is toe, maar sy hou Joon se hand vas. Haar ma loop aan die ander kant van die draagbaar. Hulle laai Helen in die ambulans. Die tannie klim ook in. Die sirene begin skreeu. Ek en Joon bly agter. "Jy moet huis toe gaan," sê hy.

"Wat is fout met Helen?"

Hy skud net sy kop.

Zane kom uit die huis uit. Hy loop swaar. Amper soos oom Gouws as hy te veel gedrink het. Hy kyk nie na my of Joon toe hy by ons verbyloop nie.

"Dink jy hy gaan vanaand weer die draad swaai, Joon?"

"Kan wees, maar ek dink hy het vir eers genoeg gehad van die dood."

"Wie's dood?"

"Gaan huis toe, Timus."

Die son is besig om agter die bos weg te raak. Dis amper tyd vir Mara-hulle se paartie om te begin.

22

Ek kan nie glo wat ek sien nie. By die lamppaal waar ons altyd Zane se vlermuise uit die boks gooi, maak die pad boepens; minder as Rykie, maar onder die straatlig kan ek sien dat die teer nie so plat is soos altyd nie. Terwyl ek kyk, is dit of die boep stadig groter word. Maar dit kan nie wees nie, daarvoor is teer te hard. En onder die teer is klippe en onder die klippe grond wat met stoomrollers vasgetrap is. Karre ry daarop. En die Korporasie se tippers. En treklorries vol meubels. Ek moes verkeerd gekyk het, die pad kan nie opswel nie.

Maar die teer begin voor my oë oopkraak. Ek staan versigtig nader. Daar kom water by die kraak uit. Sê nou die aarde maak oop en sluk my in? Niemand sal ooit weet wat van my geword het nie.

Meer en meer water loop uit die aarde. Die kraak word groter. Ek sien nie meer kans om alleen daar te bly nie en ek draf omkyk-omkyk tot by ons kleinhekkie. Pa staan en tuin natspuit. In die donker. Seker net om nie in die huis te wees waar die musiek so hard speel nie. Ek wil hom nie sê van die teer nie, hy sal net sê ek verbeel my, en wat soek ek in elk geval dié tyd van die aand op straat? Ek moet liewers vir Braam gaan roep.

In die sitkamer sit Mara-hulle en koeldrank en koffie en tee drink, sy en die ander meisiekinders en van hulle vriende. Dit lyk meer na 'n teedrinkery by 'n begrafnis as na 'n twenty-first. Niemand lag nie. Die meisiemense sit en fluister vir mekaar. Die ouens staan en rook en tjips eet. Mara lyk hartseer. Ek dink daar is so min mense oor daar nie sjampanje is nie en oor die ouens nie hulle eie drinkgoed mag gebring het nie en oor Pa weier om toe te laat dat daar op die dag van doktor Verwoerd se begrafnis gedans word. Rykie staan by die venster en uitkyk. Ek wonder of sy en Mara darem 'n paar persente gekry het behalwe die groot silwer sleutels wat Pa en Ma vir hulle gekoop het. Mara hou hare voor haar asof sy hom in 'n slot draai. "Die sleutel tot die lewe," sê sy, "nou soek ek nog net die blerrie deur." Sy begin lag, maar die lag word huil. Rykie sien dit en gaan na haar toe. Mara laat haar nie troos nie. Sy hurk by die gram en soek tussen haar seven-singles. Na 'n rukkie begin Leslie Gore sing: "It's my party and I'll cry if I want to".

Mara en Rykie lag en huil deurmekaar.

Ek sien hoe party van die ouens vir hulle girls knipoog en met die kop deur toe beduie: kom ons waai. Twee-twee gaan hulle buitentoe. Ek weet hulle gaan nie terugkom nie.

Ek kry Braam in die kombuis waar hy sit en lees.

"Hoekom is jy nie by die paartie nie?" vra ek.

"Watter paartie?" Hy kyk nie eers op nie. Hy hou nooit op met lees nie, behalwe partykeer om Melinda te gaan vry.

"Daar's iets buite aan die gang, wil jy kom kyk?" vra ek.

"Nee."

"Asseblief, man, die pad gaan kleintjies kry of iets."

Braam laat sak sy boek. "Die pad gaan wat?"

"Ek weet nie regtig nie, maar dit maak my bang, dis of daar iets onder die teer is wat wil uit."

Ek vertel hom van die bult in die pad. Uiteindelik kry ek hom van sy boek af weg, al begin ek klaar wonder of dit regtig was, die water wat onder die teer uitkom. Braam sal my nooit weer glo as dit nie so is nie.

Maar by die drein naby ons kleinhekkie hoor ons water inloop, soos wanneer dit lekker hard gereën het. Sulke tye gaan ek graag uit, en wanneer die sigaretstompies en papiere en goed alles weggespoel het, loop ek in die water wat langs die sypaadjies afkom. Of ek gaan vlei toe en staan langs die bek van die groot pyp en kyk of daar nie tennisballe of ander goed uitspoel nie, want die water gryp alles wat in die strate lê.

Ek wys na die drein en sê vir Braam: "Sien jy? Ek het jou mos gesê!"

"Dis nie nodig om te skree nie."

Die boep in die pad het nou krake na alkante toe.

"Gebarste pyp," sê Braam, "soos jý gepraat het, het ek gedink hier is 'n dinosaurus-eier aan't uitbroei."

"Ek het gedink dis dalk iets vreesliks. Mens weet nooit."

"Mm, veral nie met jóú verbeelding nie."

Daar kom nog mense by. 'n Mens hoef net op 'n plek te staan

en stip na iets te kyk, al is daar niks nie, dan is daar gou nuuskierige mense by wat ook kyk. Almal staan na die pad en staar. Die water borrel by die groot kraak uit, soos by die fontein op Oupa se plaas.

"Verskoon my," sê Braam, "maar ek het 'n boek om te lees."

"Ek dag daar's 'n paartie by julle?" sê iemand vir hom.

Braam loop sonder om te antwoord.

Hy is skaars weg of 'n stukkie teer breek weg en die water spuit in die lug op. Die mense spat uitmekaar. Sterker en sterker spuit die water. Dis nou al twee keer so hoog soos 'n man se kop. Ons staan verder terug. Die gat in die pad word groter. Al meer mense kom aangestap. Gladys en Beauty is ook eenkant op die sypaadjie. Hulle praat en beduie en lag. Hoe hoër die water opspuit, hoe wyer val dit terug grond toe, en hoe groter word die kring. Die water lyk mooi in die lig van Zane se straatlamp. Die druppels blink soos diamante.

Die straal spuit in die lug op tot daar grond in die gat val, dan sukkel die water weer 'n rukkie om deur te kom, maar elke keer as dit gebeur, word die gat groter en die fontein hoër.

Die mense staan in 'n kring, weg van die water af. Tussen die pa's en ma's is daar baie klein kindertjies in hulle pajamas.

Joon kom aangestap, en agter hom Mara-hulle. Die paartie is verby. Al die pelle is weg. Braam stoot Ouma se rystoel. Soos ek Ma ken, is sy seker besig om op te ruim waar die paartie was. Pa en Erika sal nie kom kyk nie.

Joon gaan staan. Al die mense kyk na hom. Hy loop onder die fontein in. Sy hare en klere word nat. Dawid Zeelie gaan na hom toe. Hy sit sy hand in Joon s'n. Ouma vat die wielringe van haar rystoel vas. Sy beweeg stadig vorentoe.

Al die kleintjies beur aan hulle ma's se arms om ook onder die fontein in te kom. Die tannies sien dat dit nie sal help om te probeer keer nie en trek die kinders se klere uit sodat hulle kan gaan speel.

"Wees versigtig, hoor!"

Die gat is al groterig, 'n kind sal daar kan inval. Die straal water is nou dikker as my gips, en hy spuit ver verby die telefoondrade. Bo maak dit soos 'n sambreel oop en val in groot druppels terug, helder en blink. Kort-kort val die gat se wal weer in en hy word al hoe dieper. Die ma's lyk bekommerd oor hulle kinders, maar Joon hou hulle van die gat af weg.

Daar is al 'n hele trop kaal seuntjies en dogtertjies. Hulle lag en skree en plas en spat mekaar nog natter.

'n Kar kom in die straat af, stadig sodat die mense kan pad-gee, maar voor die gat moet hy gaan staan; hy sal nie daar ver-bykom nie. Dis 'n tannie wat bestuur. Sy sit wipers aan en klim uit. "Ek dink ek moet sommer my kar was terwyl ek nou hier is," sê sy en maak haar kattebak oop. Agterin is groot papier-sakke van die OK Bazaars. Sy krap daarin en kom regop met 'n boks Omo in haar hand en slaan die kattebak toe. Sy is nou ook nat, maar sy lag net en maak die seeppoeier oop en gooi daar-van in die gat. Daar is dadelik spierwit skuim om ons.

Rykie gaan voetjie vir voetjie vorentoe, maar nie asof sy bang is nie. Sy glimlag. Haar rok word nat en plak teen haar lyf vas. Sy druk haar maag uit asof sy wil hê haar kleintjie moet ook die water voel.

Ouma ry tot by oom Gouws en sê vir hom iets. Oom Gouws hou sy duim op en loop huis toe, en 'n rukkie later dreun die boeremusiek soos dit nog nooit in Kingsingel gedreun het nie. Oom Gouws het die gram se speakers in die sitkamervenster staangemaak. Die musiek moet ver gehoor kan word, want na 'n rukkie kom daar van oral af nog mense aangeloop. Gladys en Beauty en dies staan hulle lywe en swaai. Joon wink vir hulle en een-een kom hulle nader, onder die fonteinwater in, Beauty heel voor.

"Kyk net hoe doen daai meide die seties," sê oom Gouws.

Seunskinders trek hulle hemde uit. Van die jong meisietjies ook. Hulle lag en skree en swaai hulle arms. Ek is te skaam vir my ribbekas om my hemp uit te trek. Nou die dag het ek gesien dat ek selfs al by Joepie agtergeraak het, iets wat ek gehoop het nooit sal gebeur nie. Toe ek by hom in die badkamer was, het ek gesien dat hy al hare begin kry, oral, al is dit nog dun en ver van mekaar af. Dit maak sulke swart strepies teen sy vel as hy nat is.

Zane staan op die sypaadjie. Hy kan sy oë nie van Rykie afhou nie. Maar hy kyk nie na haar soos Braam na Melinda nie. Hy lyk hartseer en draai weg en loop die donkerte in.

Melinda trek haar nat bloes uit. Sy het niks onder aan nie. Sy hang haar bloes en romp oor hulle heiningdraad. Sy staan daar in haar rooi panty. Al die seuns kyk na haar. Die ooms ook. Oom Gouws sien haar ook nou. Hy skud sy kop, maar hy lyk nie kwaad nie. Klein June kyk op na hom. Sy sê iets. Hy knik. Sy loop onder die fontein in. Haar klere raak nat. Melinda trek dit vir haar uit. Haar lyf is klein en blink. Al wat sy nog aanhet, is die polioskoen met die ysters aan.

Dis of die ooms van Melinda vergeet het. Hulle trek hulle klere uit. Die tannies ook. En Gladys-hulle. Die vrouens se tiete swaai. Ooms en seuns se peesters ook; langes en kortes, maar die koue water laat alles tot teenaan hulle lywe krimp. Dis of niemand meer na iemand kyk nie. Tot oom Gouws is kaal en nat. Al die mense begin dans. Die Gouwse se heining lyk al soos 'n wasgoeddraad. Die tannie wat seep in die gat gegooi het, trek haar bloes uit en was die kar daarmee. Ouma se maer arms roei haar stadig om die gat in haar rystoel.

Die water is besig om my gips te laat sag word.

Die musiek word stadiger. Braam gaan na Melinda toe. Hy buig voor haar en steek sy hand uit. Sy sit haar arm om sy nek. Hulle wals om die gat. Skielik is Pa en Ma ook daar. Hulle staan waar dit droog is. Pa roep: "Doktor Verwoerd is vanmiddag begrawe!"

Die water raas soos dit boontoe spuit en weer op die teer val. Voete plas in die nattigheid. Gladys-hulle maak 'n slangetjie, die een se hande op die ander een se kaal heupe. Hulle vleg tussen ons deur.

"Mara!" skree Pa, maar ek dink nie sy hoor hom nie. Sy wals met Joon. Hy trap nie op haar tone nie.

"Rykie! Timus!"

Ek raak bang, maar ek bly onder die fontein in.

"Braam, bring jou ouma hier!"

Niemand luister na Pa nie. Ma kom na ons toe aan, maar Pa gryp haar hand en trek haar terug. Hy skud sy kop en loop met

Ma huis toe. Sy bly oor haar skouer kyk. Dit lyk of sy wil losruk, maar Pa is te sterk vir haar. Na 'n ruk is hy terug, en toe hou twee polisie-vans langs hom stil. Drie konstabels en 'n sersant klim uit. Pa praat en beduie. Die sersant kyk na die konstabels en skree: "Kry die spul meide daar uit!"

Maar Gladys-hulle kýk nie eers na die polisie of na Pa nie. Oom Gouws se boeremusiek bly speel en Gladys-hulle dans en dans. Die polisie loop op hulle af, onder die fontein in.

"Joon!" hoor ek ant Rosie roep. Nou sien ek haar vir die eerste keer: eenkant teen die Odendaals se heining. Sy wys na die Omo wat die tannie met die kar eenkant neergesit het.

Joepie gaan staan soos 'n soutpilaar. Hy staar na ant Rosie. Sy mond hang oop.

Joon vat die boks en skud al die poeier in die gat uit. Die wêreld is nou spierwit van die skuim. Dit val op ons kaal lywe en ek voel hoe my vel glad word en ek sien hoe Gladys-hulle uit die polisiemanne se hande gly.

Die sersant gaan praat oor die polisie-van se radio, sommer so deur die venster. In sy nat uniform lyk hy leliker as 'n stasie-blompot.

Die mense begin hulleself was, hulle hare, hulle lywe. Sommer mekaar se rûe ook.

"Timus," sê Joepie. Ek sien sy oë is groot. "Ant Rosie het gepraat."

"Ja," antwoord ek.

"Maar sy's dan stom?"

"Nie meer nie."

"Dis 'n wonderwerk," sê Joepie.

Die gips kom van my arms af los.

Die straal water lyk al so dik soos 'n telefoonpaal. Dit bly spuit, baie hoër as ons wildevy. Die gat in die pad is nou al so groot dat die randstene aan al twee kante begin inval. As dit so aanhou, gaan die Gouwse en die Odendaals en oom Dik Daanhulle oor 'n rukkie nie meer huise hê om in te bly nie. Nog 'n stuk teer breek weg.

"Rykie!" roep iemand. Sy kyk om. Karel staan tussen die twee polisie-vans. Rykie hou op met dans. Karel loop na haar toe, onder die water in. Hy gaan staan voor haar. Hulle praat, maar ek kan nie hoor wat hulle sê nie. Rykie laat hom aan haar kaal blink maag vat. Toe begin hulle ook dans. Vir die eerste keer vandat sy pregnant is, lyk Rykie gelukkig.

'n Korporasielorrie kom aangery en hou 'n entjie van die fontein af stil. Iemand met 'n groot spanner klim uit. Hy loop na die geel brandweerkraan toe. Toe hy die spanner draai, hou die water skielik op met spuit. Waar die blink waterdruppels was, is daar nou net vaal sterre oor. Die mense kyk op. Kop agteroor staan hulle. Almal lyk skielik vir my soos Joon.

23

Niemand sal ooit weer 'n twenty-first soos Mara en Rykie hê nie. Pa slaap lankal, en nou Ma ook, met 'n sagte snorkie nou en dan. Die Korporasiemense werk nog aan die pyp.

In die donker is dit of ek weer die dansery onder die fontein sien. Melinda trek haar klere uit. Haar hele lyf blink. Ek vee die water uit my oë om beter te kan sien. Stukke teer sak in die pad weg. Die water spuit hoog. Druppels so groot soos sterre val op ons en spat uitmekaar. Die musiek speel kliphard terwyl polisiemanne agter die kaal meide aan hardloop. Braam en Melinda dans en soen mekaar se nat lippe. Ouma Makkie ry al om die gat, vinniger en vinniger. Oom Gouws was tannie Marie se rug. Hy sit sy arm om haar en hulle loop saam huis toe. Rykie klim in Karel se kar en hulle ry weg. Joon maak die straps van June se beenysters los en trek haar skoen uit. Sy val nie om toe sy saam met die ander begin dans nie. Joepie staan kaal met die swart haartjies wat in strepe bo sy peester lê. Ek staan langs hom. Ook sonder klere.

Ek vat aan my arms – die gips is af. Dit het eers sag geword, toe 'n pappery, en toe het Joon die punt van die lap gesoek en gekry en dit begin afdraai. Die lap het soos 'n stert agter my gesleep. Tot die laaste watte van my afgeval het. Iemand het dit in 'n bondel bymekaargemaak en in die gat gegooi. Die water het dit boontoe laat skiet en laat val en weer opgeskiet. Ek weet nie wat op die ou end daarvan geword het nie.

Ek lê in my bed en hou aan om oor my arms te streel. Ek is nie vaak nie. 'n Geluid buite die venster laat my regop sit. Dit kom nie van die pad se kant af nie. Dit was 'n draad wat spring, asof iemand se voet vashaak terwyl hy deur die heining kruip. Iemand fluister, maar dis nie Pa en Ma nie. Hulle snork nog.

Ek staan stilletjies op en loer deur die venster. Dit is nou mistig buite, maar die geel lig op Hein-hulle se voorstoep val op twee mense: Hein en Zane. Ek hoor hulle stemme, maar nie wat hulle sê nie. Hein knik sy kop, en toe Zane van hom af wegloop, volg hy hom.

Ek weet ek soek slae, maar ek móét gaan kyk wat aangaan. Ma-hulle slaap vas. Ek glip by die kamer uit. In die gang waar Braam slaap, haal ek sy vlootjas van die kapstok af. Gelukkig het ek nie meer gips aan nie, ek sal my arms deur die moue kan steek. Ek sluit die agterdeur saggies oop en loop aan die ander kant van die huis om, weg van die slaapkamervensters af, en klim deur die draad. In die straat trek ek die jas aan. Die soom lê op my voete.

Ek loop soos dit vir my gelyk het Zane-hulle gaan loop, verby die plek waar die Korporasiemense besig is om die waterpyp heel te maak. 'n Generator raas, maar die mense werk so hard dat hulle nie eers na my kant toe kyk nie. Die jas se kraag is hoog teen my nek opgeslaan.

Dit word donkerder hoe verder ek van die Korporasiemense se helder ligte af gaan. Ek is bang, maar ek dink: dalk kom Joon op sy fiets verby. Ek trap die jas se soom vas en struikel. Shit, as ek nóg iets breek, sal Joepie my tas vir die res van die jaar moet dra. Wat het my besiel om uit te kom? Al wat ek hoef te gedoen het, was om my oë toe te maak, dan't ek nou al vas geslaap. Dan hoef ek nie te geskrik het vir elke sypaadjieboom wat skielik voor my staan nie.

Die ligte wat Hein nou die dag uitgeskiet het, is nog nie reggemaak nie, en die mis maak dit nog donkerder om my. 'n Ent vorentoe sien ek 'n straatlamp se skynsel. Dalk moet ek aan die oorkant van die pad gaan loop, want al die lamppale staan aan dié kant. Mis waai by die lig verby. Dit maak vorms soos die wolke waarna ons partykeer lê en kyk. Die vorms lyk lewendig, of dit op 'n mens afkom, goed met gesigte en bene en arms. Ek gaan staan, te bang om verder te loop. My asem klink vir my so hard soos 'n lokomotief wat swaar trek.

Voetstappe laat my my lyf teen die muur vasdruk. Zane se muur waarop hy loop en vlermuise slaan. Oorkant die straat kom drie mense uit die mis geloop, onder die lig deur, en hulle raak weer weg. Ek kan nie sien wie dit is nie. Ek loop stadig verder tot ek stemme hoor. Ek sien niemand nie, net 'n straatlamp en die Zeelies se hek en 'n boom. "Sjuut," sê iemand. Seker Zane of een van die ander. Hulle praat nie weer nie. By die loco skreeu 'n elektriese unit. Na 'n lang ruk hoor ek nog iets: 'n fiets se ketting wat kraak. Wiele op die pad. Ek hoop dis Joon. Dit kan net hy wees, dié tyd van die nag. Die fiets kom uit die mis aangery, stadig nou. Ja, dis Joon. Hy maak sy fiets teen die Zeelies se hekpaal staan, maar voor hy sy boek uit die carrier kan haal, kom Zane-hulle uit die boom se skadu. Hein gryp hom vas. Nou eers sien ek die derde een se gesig – Ruben.

Hulle kon maklik geweet het waar om Joon in te wag, by enige oom wat dié tyd van die nag op skof moet gaan. Joon is nooit laat nie. Maar wat wil hulle met hom maak?

Zane pluk hom aan die arm van die hek af weg. "Kom, Sterre-kyker, ons moet praat," sê hy.

"Ek moet oom Zeelie gaan roep."

"Zeelie se moer, hy kan self wakker word."

Hein vat Joon se ander arm vas. Dit lyk nie of Joon stoei om los te kom nie.

"Kom ons loop," sê Zane. "Bring sy bike, Ruben."

Ruben tik met sy vinger op Joon se boek. Hy sê: "Daar's 'n moerse klomp manne wat vandag sal moet double-shift werk oor die Sterrekyker nie sy werk gedoen het nie."

Ek hou 'n hele ent agter hulle. Dalk moet ek vir Pa gaan roep, maar ek is te bang. Bang vir Pa en bang daar is nog van Hein se pelle op pad, en dan vang hulle mý wanneer ek alleen terug huis toe loop. Ek hou maar so agter Zane-hulle. Joon sal nie laat ek iets oorkom nie.

Hulle loop shunting jaart se kant toe en gaan staan naby die plek waar ant Rosie die vlermuise laat verbrand.

Van die vlei se kant af sluip ek nader. Ek hoor 'n stoomenjin van die doodloopkant van die spoor af naderkom, sssj-sje-sje-sje-sssj. Zane beduie vir die ander twee om Joon in die lang gras plat te trek.

Agter die lokomotief kom trokke een na die ander uit die mis uit. Die lokomotief verdwyn. Nou lyk dit of die trokke op hulle eie aankom en weer in die mis wegraak.

Zane-hulle staan op. Ruben en Hein hou nog steeds Joon se arms vas. Zane stamp Joon voor die bors.

"Het jy geweet Helen is pregnant?"

"Ja."

"Hoe?"

"Sy het my gesê."

"Hoekom sal sy dit vir jou sê en nie vir my nie?"

Joon trek sy skouers op.

"Dalk oor dit jóú kleintjie was?"

Joon antwoord nie.

"Hein het julle self sien vry."

"Ons het nie gevry nie."

"Nè?"

"Ek het haar getroos."

"Watse troos het sy nodig gehad?"

"Sy was bang. Dink jy dis maklik vir 'n ongetroude meisie om verwagtend te wees?"

"Daai kleintjie het afgekom," sê Zane, "en ek wil weet wie s'n dit was."

"Jy weet."

"Hoekom sou sy by jou gaan huil as dit myne was?"

"Sy vertrou my."

"Maar nie vir mý nie? As ek die pa van daai kleintjie was, sóú sy."

"Dit wás jou kind, Zane."

"Ons sal dit uitvind, Joon Sterrekyker, ons sal daai ding sommer nou-nou uitvind."

Ek wip soos ek skrik toe daar skielik twee trokke teen mekaar vasstamp. Dis op een van die spore na aan ons, maar ek sien hulle nie. Mens hoor hulle mos nie aankom nie.

Zane stoot Joon agtertoe, na waar die geluid van die trokke vandaan gekom het. Joon se voet haak aan die spoor vas en hy struikel.

Ek gaan nog 'n bietjie nader. Nou sien ek eers die trokke, wasig in die mis.

"Bring hom," sê Zane.

Ek kruip 'n entjie nader. Die son is seker aan die uitkom, want die mis word witter. Ek kan al 'n bietjie verder sien. Hier en daar 'n lamppaal, en verder weg die skynsel van die loco se skerp ligte.

Zane gaan staan by die laaste trok. "Hier sal nou-nou nog een aankom, Sterrekyker, wie weet wanneer, en dan gaan jy tussen hom en hierdie een wees." Hy beduie met sy kop vir Hein-hulle, en hulle gaan staan weerskante van die spoor met Joon tussen hulle. Hulle hou hom aan die polse vas.

Zane druk Joon se rug teen die trok se buffer vas. "Al wat ek wil hoor, Sterrekyker, is of dit jou kleintjie was, of myne."

"Ek het jou klaar gesê."

"Maar ek glo jou nie. Dalk sal jy die waarheid vertel as daai trok op jou afkom."

Zane staan terug. Hy en die ander kyk na die mis waaruit die volgende trok gaan kom.

Hulle probeer Joon net bang maak. Ek wéét dit. Hulle sal hom los sodra daar 'n trok kom. En al wil hulle hom vashou, sal hy net iets sê en hulle vingers sal lam word sodat hy van die spoor af kan padgee.

"Jy wil nie die waarheid hoor nie, Zane," sê Joon.

"Hoekom nogal nie?"

"Want dan sal jy wéét dat dit jou eie kind was wat jy dood-geslaan het."

Zane storm nader. "Fok jou, man, fok jou!" skreeu hy. En hy stamp Joon so hard dat ek kan hoor hoe sy rug die buffer tref.

Joon bly net so staan, sonder om te probeer loskom. Hein en Ruben trek sy arms weerskante toe. Sy kop is agteroor.

Skielik kom 'n trok uit die mis. Stadig. Eers net die voorkant, met die buffer soos 'n groot oop hand wat Joon wil gryp. Ek wens ek sien verkeerd, maar ek weet dis waar. Daar is nie 'n shunter op die trap voor langs die trok nie, iemand wat kan keer dat Joon vasgeslaan word. Ek kyk of hy hom probeer los-ruk. Hy staan net daar. Hein-hulle hou die trok dop. Langs die leë trap is die way-bill waarop geskryf is waarnatoe die trok moet gaan, aan watter trein hy gehaak moet word. Die trok bly loop.

"Shit, Zane, die ding is te naby!" sê Hein. Hy klink bang.

"Sjarrap!"

Ek wil skree, maar my stem haak vas. Ek is net so stil soos die trok wat nou al halfpad uit die mis is.

"Toe, Sterrekyker, wie se kind was dit?"

Joon antwoord hom nie.

"Sê vir my!"

Ek dink Zane is besig om mal te raak.

Die trok word groter en groter.

Dit lyk amper of mens hom met die hand kan druk om te laat stilhou, so stadig loop hy, maar ek weet niemand kan dit doen nie, al is die trokke hier almal leeg.

"Daar is nie meer tyd nie, Sterrekyker!"

Ek kan sien Ruben word ook bang. "Zane, fokkit, man!" skreeu hy.

Mens kan die hele trok nou al sien, die buffer na aan Joon.

"Praat, Sterrekyker!" sê Zane.

Hulle wag te lank, dink ek, hulle gaan Joon te laat wegruk. Ek vlieg uit die gras uit op en gil en gil. Zane kyk om na my. Ek knyp my oë toe. Die trok stamp in die ander een vas.

"Fok!" hoor ek Zane skree. "Fok, fok, fók!"

Sonder om te kyk, weet ek dat Joon vasgeslaan is.

Zane kom gryp my aan my skouers en skud my. "Jisses, man, wat maak jy hier? Kyk wat het jy gedoen!" Hy draai my na die trokke toe en ek sien Joon se bolyf skeef na ons kant toe hang. Hein kruip tussen die trokke deur, teen Joon se bene verby, en toe hy regop kom, is daar bloed aan sy klere.

"Hoekom het julle hom nie laat los nie?"

"Ons het gewag dat jy sê, Zane."

"Stupid bliksems! Dit was net om hom bang te maak. Ons wou net die waarheid uit hom hê. Ek móés weet, ek móés. Jirre, Timus, dis jou skuld. Dis jóú skuld, man!"

Ek luister nie meer na hom nie. Joon hang net daar. Almal sê altyd die mense wat vasgeslaan word, praat nog eers met hulle familie en hulle neem afskeid en gaan eers dood wanneer die trokke uitmekaar getrek word. Maar Joon praat nie.

Zane staan die ander twee en skel. Ek hardloop weg, huis toe.

Joon is dood.

By ant Rosie se huis gaan staan ek. Sy weet nog van niks. Ek moet haar gaan sê, maar dan sal sy vra hoe ek weet. En sê nou net Joon is nie dood nie. Dalk het ek verkeerd gekyk, dan gee ek dalk ant Rosie 'n hartaanval.

Hoe wéét 'n mens?

Môreoggend sal ek wakker word en dan sal alles wees soos dit altyd was: Joon wat skeel kyk en ant Rosie wat voor hom uit loop en klippe optel. Die gat in die pad mooi toegegooi en vasgestamp. Karre sal daaroor ry. Oom Gouws se duiwe sal vlieg.

Sorry, ant Rosie, sê ek voor ek aangaan. Ek hardloop nie meer nie, want Ma-hulle sal my hoor as my asem jaag wanneer ek by die huis aankom.

Die mis is byna heeltemal weg. Dit is al lig. Die Korporasie-mense is nog besig om die gat toe te gooi en vas te stamp. Stukke teer lê op 'n hoop op die sypaadjie. Oral is modder.

Ek hang Braam se jas op en stamp per ongeluk teen sy bed. Hy maak 'n geluid en draai om en slaap verder. Ma-hulle is ook nog nie wakker nie. Ek klim op my bed, maar ek gaan lê nie. Die eerste sonstrale begin deur 'n skrefie tussen die gordyne deur skyn. Daar draai stof in die streep lig, amper soos die mis om die straatligte gedraai het. Die mis waaruit die trok gekom het.

"En nou as jy so sit?" Dis Pa se stem.

Voor ek my kan keer, sê ek: "Joon is dood."

Ma sit regop in die bed. "Jy het gedroom," sê sy.

Ek skud my kop.

"Jy het, my klonkie, ek het jou vannag hoor rondrol. Eers teen die nanag het jy tot ruste gekom."

"Joon is dood. Iemand moet vir ant Rosie gaan sê."

Ma staan op en trek haar gown aan. Sy kom sit langs my. "Dit was net 'n nagmerrie. Ek gaan maak gou koffie, jy sal sommer gou beter voel."

Terwyl Ma weg is, praat Pa nie. Hy staan op en trek die gordyne oop. "In die helderte van die dag lyk alles altyd anders," sê hy.

Toe ek my koffie gedrink het, vra Ma: "Is die spoke nou weg?"

"Nee."

"Timus," sê Pa. Dit klink of hy besig is om hom te vervies. "As Joon dood is, moet sy lyk tog êrens wees."

"By die shunting jaart."

"Nou ja, kom wys my dan. Maar ek sê nou vir jou, as daar niks is nie, foeter ek jou op hierdie heilige Sondag, en dié slag sal ek my nie laat keer nie."

"Ag, Abram."

Pa trek 'n kortbroek aan. "Kom," sê hy terwyl hy sy hempsknope vasmaak.

In die gang staan Braam se bed klaar opgevou, gereed om op sy wieletjies na sy bêreplek gestoot te word. Sonder om 'n woord te sê, loop Braam saam met ons vlei se kant toe.

Toe ons naby die plek kom waar Joon tussen die trokke vasgeslaan was, gaan ek staan.

"En nou?" vra Pa.

"Hy is nie meer hier nie."

"Waar was hy?"

"Daar voor êrens."

"En nou, waar's hy nóú?" Pa se stem is kwaai.

"Ek weet nie."

Pa draai terug huis toe. "As jy by die huis kom, kan jy vir my in die badkamer gaan wag," sê hy oor sy skouer. Hy stap haastig aan.

Braam sit sy hand op my skouer. "Waar kom jy daaraan dat Joon dood is?"

"Ek het gesien."

"Is jy seker?"

"Nee."

"Ek het gehoor toe Ma sê jy't gedroom."

"Ek het nie gedroom nie."

Braam skud sy kop. "Weet jy, partykeer verstaan ek dat Pa vir jou kwaad word."

Ek bly alleen agter, en eers toe Braam-hulle 'n hele ent weg is, sien ek iets in die gras blink, naby die wissel waar ant Rosie die vlermuise verbrand het. Ek gaan nader. Dis Joon se fiets. Langs die fiets staan ant Rosie se sak. Ek kyk rond maar sien ant Rosie nêrens nie. Dis die eerste keer wat ek haar sak op sy eie sien. Ek maak hom oop. Binne is dit die ene klippe. Ek moet by ouma Makkie kom!

Pa staan tuinslang in die hand. Ek weet nie of hy weet dat daar nie water uitkom nie. Hy kyk nie na my toe ek verbyloop nie, maar ek weet hy weet van my. En dat hy my kans gee om te gaan dink op die bad se rand.

Ouma is nog in haar kamer. Ek sukkel om haar wakker te kry. Uiteindelik sit sy half regop. Sy lyk baie oud.

"Dit lyk of jy 'n spook gesien het, Timus-kind."

"Ant Rosie is weg."

"Hoe meen jy sy's weg?"

"Ek het haar sak gekry."

"Is jy seker dis hare?"

Ek knik my kop. "Hy's vol klippe, Ouma."

"En Joon, waar is hy?"

"Ek weet nie. Ek het gedink hy is dood, maar Ma sê ek het gedroom."

Ouma vat my hand. "Timus-kind, Rosie sou daardie sak nie neergesit het as haar Joon nog geleef het nie."

Pa maak die badkamerdeur agter hom toe. Hy gaan sit op die lêwwetrie se bak. Ek kyk weg.

"Timus," sê hy, "ek wil jou nie slaan nie, maar jy maak dit vir my moeilik. As jy vir my sê jy het gedroom oor Joon, los ons die slae."

"Ek het nie, Pa."

"Timus!"

"Pa, ant Rosie se sak staan vol klippe by die vleikant-sylyn."

"Wat sê dit?"

"Dat sy opgevaar het hemel toe."

Pa staan op en vat my hande agter my rug vas. Nog voor die eerste hou op my bobeen val, skree ek.

Dis net ek wat nie kerkklere aanhet nie. Ek moes by die huis bly, want ek kon nie met rooi geslaande bene kerk toe gaan nie. Ek het by Ouma gesit terwyl die diens op die radio aan die gang was. Na die dominee geluister ook, ingeval Pa sou vra as hy by die huis kom. Maar daar is nie tyd om te vra nie, want iemand klop hard aan die voordeur. Die deur staan oop want Pa-hulle het nou net gekom, en ek sien een van die shunters op die stoep.

"Waar is jou pa?" vra hy.

Ek wys oor my skouer sitkamer toe en hy loop sommer by my verby.

"Oom Abram, daar's groot fout by die loco."

"Wat?" vra Pa. Hy kyk na my.

"Ons het Joon daar gekry."

"Dood?"

"Hoe't oom geweet?"

"Vader, behoede ons," sê Ma. Sy sit haar hand voor haar mond.

Pa staan op. Sy oë is nog op my, asof dit ek was wat Joon doodgemaak het. Asof hy weet dit was my skuld.

"Tussen twee trokke vasgeslaan, oom Abram. Niemand het dit agtergekom met die mis vanoggend nie. Hulle het hom heen en weer geshunt, skoon uit sy skoene uit. Sy voete rou van die ballasklip en sleepers. Sal oom asseblief vir ant Rosie gaan sê?"

Ek staan tussen die mense wat voor ant Rosie se hek saamgedrom het toe hulle van Joon hoor. Pa klop en klop en draai uiteindelik maar self die deurknop en gaan in. Die mense is doodstil. Almal wag. Pa kom uit en skud sy kop en loop huis toe. Hy sien my nie. Die mense gaan uitmekaar. Hulle begin ant Rosie se naam roep. Van oral af kom hulle stemme aan, uit al die strate en die jaarts uit en van die loco en die bos se kant af: "Ant Rooooooosieeeee! Ant Rooooooosieeeee!"

Hulle soek verniet, dit weet ek. Ek gaan huis toe om vir Ouma te gaan sê sy was reg.

Ma keer my by haar kamer voor. "Jy kan nie nou daar ingaan nie."

"Maar ek moet, Ma."

Sy steek haar vingers tussen my hare in en vryf my kop en sê: "My klonkie, ouma Makkie is dood."

24

Pa het toe bevordering gekry. Hy is klaar op Stanger en hy kom net naweke huis toe. Hy het vir my en Braam en Ma al gaan wys hoe dit daar lyk; nie een van die meisiekinders wou saam nie. Ons gaan weer in 'n spoorwegkamp bly, maar darem in 'n goeie straat: waar die ingenieurs se huise is. Daaroor is Ma bly. En oor ons nuwe jaart nie 'n groot boom op het nie. Ek verstaan haar nie, sy't Pa nou die dag gekeer by die wildevy. Dit was die dag wat Bella en Mara weg is na die losieshuis waar hulle plek gekry het. En wat hy Erika vir die eerste keer sien rook het. Sy't nie eers geskrik toe hy op haar afkom nie. Hy het die langbyl gaan haal en na die wildevy toe geloop en aan die stam begin kap. Ma is na hom toe. Ek weet nie wat sy vir hom gesê het nie, maar Pa het met sy rug teen die boom gaan staan en op die byl geleun of dit 'n kierie is, en toe Ma van hom af wegloop, het hy op sy hurke afgesak. Hy het nie aandete kom eet nie.

Rykie is met Karel getroud; sy het nie haar kleintjie laat aanneem nie. Sy het toe uiteindelik vir Ma gesê wat Gladys die dag vir haar gesê het toe sy Boytjie na sy ouma toe gevat het: "Moenie daardie ding doen wat jy wil gedoen het nie, Rykie. You must thank God you will never be forced to give away your baby."

Martina gaan een van die dae Pretoria toe. Sy wil 'n verpleegster word, maar Pa sê sy sal dros die oomblik as sy 'n bedpan moet uitspoel.

Braam gaan kyk of hy 'n oorplasing Pretoria toe kan kry sodat Martina nie so alleen in die vreemde hoef te wees nie. En om vir 'n slag 'n ander plek as Durban te sien, en die plekke waar die trein verbyry tussen hier en die Kaap, sê hy. Eintlik wou hy sommer bedank en vir hom ander werk soek, êrens waar hy meer geld kan verdien as 'n pen-pusher in die staatsdiens. Maar Ma het gesê oor haar dooie liggaam; mens werk vir die spoorweë of vir die staat sodat jy seker kan wees van 'n pensioen as jy die dag aftree.

Ek dink nie Erika sal ooit leer om sonder Salmon klaar te kom nie. Sy gaan matriek dop, het die skoolhoof laat weet. Ma sê dit maak nie saak nie, want soos sy deesdae is, sal sy tog nie werk kry nie, wat nog te praat van hou? Sy gaan saam Stanger toe.

Oom Louis die koster druk deesdae net 'n knoppie in die konsistorie, dan laat 'n elektriese motor die klok lui. Pa was bly die dag toe die kerkraad die kloktou laat afhaal het. "Asof dit die tóú was wat Erika amper laat doodgaan het," het Ma gesê.

Ma het weer vir Gladys gevra of sy nie wil saamkom Stanger toe nie, dis darem 'n bietjie nader aan Msinga waar Boytjie is, maar sy't nee gesê, wanneer moet sy dan haar man sien?

Die treklorrie staan gepak.

"Gaan jy regkom, Gladys, met ander werk?" vra Ma.

"Yes, miesies."

Ma beduie met haar oë na Gladys se maag toe. "Só?"

"Hoe het miesies geweet?"

"Jy was tien jaar by ons, Gladys, hoe sal ek jou nie ken nie?"

Ek wil nie sien as hulle mekaar groet nie.

"Koebaai, Gladys," sê ek.

"Goodbye, Timus. Ndlela'nhle."

Ek moet mooi loop, dis wat sy sê, maar ek loop sommer 'n rigting in. Ek wil net weg. Ek het klaar vir Joepie-hulle gegroet en die Gouwse en vir oom Dik Daan-hulle en so. Al die tannies het vir my koeldrank gegee en ek het elke keer maar gedrink, anders voel hulle dalk sleg. Nou moet ek nog net in die bos en die vlei en by die shunting jaart gaan draai.

Op pad loop ek vir die laaste keer by al ons straat se huise verby.

Zane het Helen gevra om met hom te trou. Sy het ja gesê.

"Hoekom?" het Rykie haar gevra.

Helen het haar skouers opgetrek. Sy laat my deesdae baie aan Erika dink. Ek verstaan nie hoekom Helen nie bly gelyk het nie, want sy kry tog die ou wat sy altyd wou gehad het. En Ma sê sy dink nie Zane sal ooit weer aan haar slaan nie.

Die Ahlerse is maar nog hier. Ek dink Hein het matriek gedop.

Hy weet nog nie wat hy gaan doen nie, maar hy dink aan unit-assistent. Oom Basie praat van aansoek doen om geboard te word, want sy stompiebeen pyn te veel in die winter.

"Mens sal sweer die pyn sal ophou as hy geboard is," sê Ma.

Iets wat nie lyk of dit ooit gaan ophou nie, is Fransien se hartseer oor Boytjie. Sy glo nog steeds hy gaan terugkom. Ek dink dis hoekom niemand nog kans gesien het om vir haar te sê dat Joon dood is nie.

Tannie Hannie-hulle wou Ruben Amanzimtoti toe vat vir sy laaste skoolvakansie, maar toe hulle weer sien, is hy weg, sak en pak.

Ek weet nie wie daar nog is om te groet nie. Dit maak nie saak nie. Ek wens net ek kon vir ant Rosie sê dat ek spyt is oor Joon.

Joon Sterrekyker.

Ek loop tot waar hy dood is. Selfmoord, sê party mense. Wie sal my glo as ek sê dit is nie so nie? Wat sal dit help as hulle my glo?

Daar het nie 'n roepman in Joon se plek gekom nie. Die spoorweë sê die tyd van wakker maak is verby, mense weet goed genoeg hulle moet opstaan om te gaan werk.

By die kerkplek in die bos kan ek nie glo dat ek bang was nie. Dis net 'n kring tussen bome. En die bome word van die see se kant af minder gemaak om plek te maak vir nog huise. Eendag sal hier seker nie meer 'n bos wees nie. Ek wonder waar die Bantoes dan sal kerk hou, en waar die aaptrop heen sal gaan.

Die vlei wat altyd vir my gelyk het of hy sonder end was, is sommer 'n stuk veld met 'n vuil waterstroompie. Van hier af kan mens die hele shunting yard sien: lokomotiewe, elektriese units, rye en rye trokke. Daar is g'n vrag in die trokke nie, almal leeg, al die jare, en daar word ook nie iets ingelaai nie. Hulle word net heeltyd rondgeshunt. Die shunters het walkie-talkies en iemand in 'n kantoor sê vir hulle hoe hulle die trokke moet shunt, van dié sylyn af na daai een toe, tot die trokke 'n trein is wat gehaak word en hier moet weg, nog steeds leeg, agter die lokomotief aan. Die trokke gaan net saam. Al wat hulle moet doen, is om aangehaak te bly, hulle sal daar kom waar die way-bills wat aan hulle vas is, sê waar hulle moet heen.

Dis tyd om te gaan. Ma begin seker al die pad dophou vir my. Boonop is ek al weer aan die knyp van al die koeldrank wat ek gedrink het. Ek pie nooit meer buite nie. En in die lêwwetrie mik ek na die kant van die bak.